Es lief nicht immer rund bei Björn und Karin in den letzten Jahren. Aber als sie jetzt plötzlich nicht mehr mit ihrem Mann in den Urlaub fahren will, schrillen bei Lehrer Björn Keppler alle ehelichen Alarmglocken. Doch es kommt noch schlimmer: Karin hat nicht nur das Ferienhaus in der Toskana storniert, sie hat ihrem Björn auch eine Funktionshose gekauft, in der er Wanderurlaub machen soll. Und zwar da, wo nicht nur Fuchs und Hase sich schon tagsüber Gute Nacht sagen: in den unendlichen Weiten der Uckermark, irgendwo zwischen Flieth-Stegelitz und Kleinzedlitz. Dort soll er mal schön in Ruhe über seine Ehe, über seine kleinen und großen Schwächen und den ganzen Rest nachdenken. Sagt Karin. Begleitet von einem Esel namens Friedhelm, bricht Studienrat Keppler schweren Herzens auf zum Abenteuer seines Lebens.

»Zum Lachen und Träumen«
Lea
»›Urlaub mit Esel‹ ist eine köstliche Sommerlektüre, eine Hommage an die Uckermark und vor allem ein saukomischer Lesespaß.«
Katharina Bott, news.de

Weitere Titel des Autors:
›Neu-Erscheinung‹
›Zwischen allen Wolken‹
›Kalt geht der Wind‹ (mit Oliver Welter)
›Lang sind die Schatten‹ (mit Oliver Welter)
›Tief steht die Sonne‹ (mit Oliver Welter)

Michael Gantenberg (geboren 1961) war WDR-Radiomoderator, Gastgeber des Satiremagazins ›Extra 3‹ und schrieb u.a. für DIE ZEIT und die FAZ. Für die RTL-Komödie ›Ritas Welt‹ erhielt er den Grimme-Preis und den Deutschen Fernsehpreis. Er schrieb zahlreiche Folgen für die Krimireihen ›Unter Verdacht‹, ›Henker & Richter‹ und einen ›Tatort‹. Michael Gantenberg lebt mit seiner Familie in der Nähe des Sauerlandes.

Weitere Informationen finden Sie bei www.fischerverlage.de

Michael Gantenberg

Urlaub mit Esel

Roman

FISCHER Taschenbuch

3. Auflage: Juli 2019

Erschienen bei FISCHER Taschenbuch,
Frankfurt am Main, Mai 2013

© S. Fischer Verlag GmbH, Frankfurt am Main 2011
Druck und Bindung: GGP Media GmbH, Pößneck
Printed in Germany

ISBN 978-3-596-18836-9

*Für meine Frau, die mich nie gezwungen hätte,
diese Reise zu unternehmen.*

Vorbemerkung

Bitte lassen Sie sich unter keinen (selbst denen, die Sie sich selber einfallen lassen) Umständen davon abhalten, sich ein persönliches Bild von der Uckermark zu machen, egal, was Sie auf den folgenden Seiten lesen werden. Egal, was Sie irgendwo anders lesen. Ganz egal! Auch wenn Sie der Meinung sind, dass die Uckermark genauso ist, wie der Name klingt.

Nein! Nein! Nein!

Die Uckermark verdient Ihr Interesse, meines hat sie schon bekommen, und ich habe es bis heute nicht bereut. Ganz im Ernst!

Viele der von mir beschriebenen Dörfer, Städte und Landschaftsimpressionen sind frei erfunden. Zumindest die Namen. Bei den Menschen, die in dieser wundersamen Geschichte auftauchen, ist es ähnlich. Aber die Esel gibt es und die Wanderungen mit ihnen auch.

Es liegt an Ihnen herauszufinden, was wahr ist und was nur wahr sein könnte. Begeben Sie sich auf die Suche, es lohnt sich. Auch wenn Sie im schlimmsten Fall nur sich selber finden.

Die Uckermark ist genau da, wo die meisten sie nicht suchen.

Was willst du?
Wer bist du?
Wen liebst du?

1. Friedhelm glotzt, was sonst …

Nein! Nein! Nein! … Ich bin doch nicht bescheuert. Ich werde nicht mit einem Esel vierzehn Tage durch die Uckermark wandern. Schon gar nicht mit einem Esel, der Friedhelm heißt und mich mit Flatulenzen begrüßt, die Bäume töten könnten.

Natürlich furzt er jetzt. Als müsste er auch noch bestätigen, was ich gerade gesagt habe.

Er furzt, und ich rümpfe die Nase. Was hat dieses Tier bloß gegessen. Eben noch roch es nach frischem Moos und Laub, jetzt riecht es nach Hölle und Verdammnis.

»Kannst du das vielleicht woanders machen?«

Nein, das kann er nicht. Woanders würde es ja keiner mitbekommen. Der feine Esel braucht ein Publikum. Der feine Esel hat einen Ruf zu verteidigen. Ich aber auch. Ich habe auch einen Ruf. Und das ist nicht gerade der Ruf eines Naturliebhabers, Eselfreundes oder Uckermark-Fans.

Er furzt wie zum Trotz.

»Kannst du das bitte sein lassen, ja?«

Nein, kann er nicht, er legt nach. Natürlich. Wo andere einen Magen haben, hat ein Esel ein Treibhaus.

»Jetzt hör mal zu, mein Freund: Ich bin Lehrer. Englisch und Geschichte. Sekundarstufe II. Ich habe Ferien, und ich habe mir jeden verdammten Tag verdient, kapierst du das? Nein, das kapierst du natürlich nicht, weil du jeden Tag Ferien hast. Weil du gar nicht weißt, was es heißt, sich jeden Tag da draußen den Arsch aufzureißen, für einen Haufen dummdreister Ignoranten. Arsch nehme ich zurück, die Ignoranten bleiben.«

Der Esel glotzt. Das ist normal, wie ich vermute. Ich kenn' mich nicht aus mit Eseln. Alles, was ich über Esel weiß, stammt aus der Weihnachtsgeschichte, dem Einzug des berühmtesten Esels in Jerusalem und einem Besuch im Zoo. Ich befinde mich da in allerbester Gesellschaft. Die meisten Menschen wissen nicht viel über Esel. Sie kennen nur das Klischee, nicht das Tier.

»Ja, was glotzt du denn, meinst du, ich mache das hier freiwillig? Uckermark im Hochsommer? Mit einem Esel? Meinst du das? Für wie bescheuert hältst du mich?«

Ein Furz kann auch eine Antwort sein.

»Ist das alles, was dir dazu einfällt? Das ist erbärmlich!«

Eigentlich ist es doch gut, dass ihm nichts anderes einfällt, als zu furzen. Das macht mich zum überlegenen Teil dieser unfreiwilligen Paarung. Mir fällt immer was ein. Dem Esel nicht. Deshalb haben wir die Evolution auch nicht als Lastentier abgeschlossen.

»Ich sage dir was, Friedhelm: Meine Frau hatte die Idee für das hier.«

Das wird ihm egal sein.

»Aber es ist nicht so, wie du denkst. Ich liebe meine Frau. Liebe! Kennst du das? Liebe? Nein, kennst du nicht. Woher auch? Mensch, glotz mich nicht so an!! O Gott, was erzähl' ich hier eigentlich?«

Er antwortet nicht. Gut, wenn er es täte, wäre ich endgültig verrückt. Oder bestimmt kurz davor. Ich bin nicht Doktor Doolittle. Ich bin froh, dass ich mit Menschen reden kann, das ist schon schwer genug. Den Dialog mit Tieren brauche ich nicht.

»Weißt du, wo ich jetzt eigentlich sein müsste: Bei meiner Frau! Auf dem Weg nach Italien. Schon mal von gehört? Italien, mhm? Toskana, Oliven, Wein? Mmh?«

Björn Keppler, hast du sie noch alle? Du sprichst mit einem Esel.

»Was ist, du glotzt ja immer noch. Hier gibt es nichts zu glotzen, ich denke nach, okay?«

Der Esel glotzt und schweigt. Soll er. Ich denke wirklich nach. Ich kann das. Er nicht. Oder? Ich kann auch Selbstgespräche führen, und ob er das kann, ist mir so egal wie die Lehrerausbildung in Usbekistan.

Eigentlich sind Selbstgespräche für einen Mann, der in einem Jahr 40 wird, nicht ungewöhnlich, sondern nur der Ausdruck seiner sozialen Reise. Mit jedem Jahr, das ein Mann älter wird, sinkt der Kreis der aktiven Zuhörer überproportional. Irgendwann hört einem nur noch die eigene Frau zu. Oder der Steuerberater. Für die meisten Männer beginnt früher oder später das große Schweigen.

»Weißt du, was ich denke?«

Das weiß er nicht, wäre ja auch noch schöner.

»Ich denke …«

Ich werde doch einem Esel nicht erklären müssen, was ich denke.

»So weit kommt's noch!«

Ich muss jetzt ganz ruhig sein, das ist alles nicht wahr. Doch, doch, doch.

»Kollege, du und ich, das läuft nicht, haben wir uns verstanden?«

Offensichtlich nicht, er zeigt keinerlei Reaktion. Das kenne ich von meinen Schülern.

»Ich mag keine Esel, das hat nichts mit dir zu tun, ich mag überhaupt keine Tiere. Strenggenommen schon. Aber ich mag keine Tiere, mit denen ich irgendwas machen muss. Streicheln, füttern, spazieren gehen, so was. Ich mag Tiere, die das alles alleine machen. Aber es hat wirklich nichts mit dir zu tun.«

Ganze zwei Stunden kennen wir uns jetzt, und ich spreche mit dem Esel. Einem Asinus aus der Familie der Pferde. Esel! Esel! Esel!

Der Unterschied zwischen ihm und meinen Schülern ist wahrscheinlich marginal, und diesem Tier etwas erklären zu wollen, was ich mir selber kaum erklären kann, macht garantiert genauso wenig Sinn, wie es Sinn macht, Heranwachsenden den Unterschied zwischen Conditional 1 und Conditional 2 beibringen zu müssen.

Egal, eins steht fest, irgendwas scheint meinen Verstand völlig ausgehebelt zu haben. Ich spreche mit Friedhelm, einem zehnjährigen Esel aus Flieth-Stegelitz in der Uckermark, zweieinhalb Autostunden von Berlin entfernt. Und Friedhelm hört mir, anscheinend, auch noch zu. Wenigstens das ist ein Unterschied zu meinen Schülern. Trotzdem, ein Beamter der Besoldungsstufe A 13 spricht nicht mit einem Lebewesen, dessen Ohren länger als ein Erwachsenenpantoffel und dessen Zähne gelber als van Goghs Sonnenblumen sind.

Friedhelm scheint etwas von mir zu erwarten. Ein

Signal, ein Kommando, irgendwas. Bis auf diese lächerlich kleine Anleitung zum Umgang mit Friedhelm, die mir seine Besitzerin in die Hand gedrückt hat, habe ich nichts, was mich zu einem kompetenten Eselführer macht. Vielleicht erwartet dieser Esel auch nichts von mir. Er wäre nicht das einzige Lebewesen, das von mir nichts erwartet. Der Direktor des Gymnasiums, Dr. Eckehardt, hat dies bereits in meinem ersten Jahr an *seiner* Schule aufgegeben, und der Rest meines Kollegiums hat sich dem schnell angeschlossen. Das lernt man am Schiller-Gymnasium, noch bevor man zum ersten Mal den Schulhof betritt. Wer was werden will, der denkt wie Dr. Eckehardt, der redet wie Dr. Eckehardt, und wenn man sich nichts aus Mode macht und auch als Frau eine gewisse Kompromissbereitschaft besitzt, kleidet man sich auch so wie Dr. Eckehardt. Ich wollte nie was werden außer Beamter, dementsprechend verhielt ich mich, was Dr. Eckehardt gleich am ersten Tag richtig einzuschätzen wusste.

Von Hunden weiß ich, dass sie dem Blick eines Menschen nicht lange standhalten können, es sei denn, sie halten sich für dominanter und stärker. Ein Hund schaut irgendwann weg, wenn er begriffen hat, wem er da in die Augen schaut. Friedhelm schaut nicht weg. Im Gegenteil, er scheint mich regelrecht zu fixieren. Jetzt nur nicht einschüchtern lassen. Man muss Grenzen ziehen, frühzeitig. Was für Krisengebiete und Ehen gilt, hat auch in einer Esel-Mensch-Beziehung seine Berechtigung.

»Okay, kannst du haben. Wenn du glaubst, dass du hier der Chef bist oder so was, dann hast du dich geschnitten«, provoziere ich ihn.

Friedhelm lässt sich nicht provozieren. Sein Unterkiefer malmt unbekümmert, wie die Kiefer meiner Schüler, die während meines Unterrichtes lieber einen Kaugummi bearbeiten, statt sich den Herausforderungen der Unterrichtsinhalte zu stellen. Bei meinen Schülern ist mir das egal. Ich habe noch nie den Ehrgeiz besessen, sie für den Einstieg ins Leben vorzubereiten. Es interessiert mich nicht, ob sie am Ende ihrer Schulzeit den Unterschied zwischen der Weimarer Republik und Dynamo Dresden kennen. Und wenn sie Past Perfect für eine Postpunk-Band aus Manchester halten, von mir aus. Ich werde nicht nach Erfolg bezahlt, sondern für meine gute Absicht und Präsenz. Letztere bringe ich mit. Der ganze bildungstheoretische Quatsch kann mir gestohlen bleiben. Lehrer ist für mich ein Traumberuf, wenn nur die Schüler nicht wären. Seit ich beschlossen habe, dass sie mir egal sind, geht es mir wirklich besser. Die Magenschmerzen haben nachgelassen, und mein Appetit ist auch wieder da. Ich habe gelernt, mein Programm runterzuspulen, ohne dabei ständig darauf achten zu müssen, dass es irgendeiner mitbekommt. Seit vier Jahren versuche ich nicht mal mehr, mir die Namen meiner Schüler zu merken. Wozu auch? Wenn man bei der Notengebung ein bisschen aufpasst, geht es auch so. Das ist unverantwortlich, natürlich. Aber seit ich weiß, dass ich mir wichtiger bin als die, kann ich damit leben.

Bei Friedhelm ist mir das jetzt nicht egal. Seltsam. Ich will ihm nichts beibringen, aber ich will auch nicht, dass er mich so anglotzt und dabei mit dem Kiefer malmt. Ich will das nicht. Aber ich werde das jetzt auch nicht mit ihm ausdiskutieren. Selbst wenn in dieser Anleitung steht, dass man mit dem Esel sprechen soll. Ich habe mein Leben lang mit Eseln gesprochen, die mir zumindest *theoretisch* auch hätten antworten können. Mit Friedhelm werde ich jetzt nicht –

Der Esel scheint zu ahnen, was ich denke, und kommt einen Schritt näher. Zwei Meter trennen uns noch, und ich glaube bereits, seinen Atem riechen zu können, oder kommt der faulige Geruch von diesem abgesägten Baumstamm, auf dem mein übertrieben großer Rucksack lagert? Friedhelm hebt einen seiner Vorderläufe und hält ihn in der Luft wie ein Karatekämpfer. Provoziert er mich jetzt? Ist das schon dieses typisch Eselige? Ich weiß nicht, was wirklich eselig ist. Ich kenne alle Klischees, aber ich habe nie versucht zu ergründen, was hinter diesen Klischees steckt. Esel waren mir bislang so egal wie meine Karriere.

»Keinen Schritt näher!«

Ich spreche lieber doch mit ihm. Es macht keinen Sinn, jetzt den Prinzipienreiter zu spielen. Und es hilft, wenigstens kommt er mir nicht näher.

»Brav. Braver Esel.«

Friedhelm senkt seinen Vorderlauf, was ihn sofort friedlicher erscheinen lässt.

Und jetzt, wie soll das jetzt weitergehen, wo Friedhelm davon ausgehen muss, dass ich ihn als Gesprächspartner akzeptiert habe? Was leitet er daraus ab? Können Esel überhaupt irgendwas ableiten? Ich weiß es nicht. Ja, meine Eselkenntnisse sind mangelhaft, aber wie hätte ich wissen können, dass ich eines Tages diesem … diesem Friedhelm gegenüberstehen würde, mitten in der Uckermark, die, wie mir spätestens jetzt klar wird, aus drei Dingen besteht – Landschaft, Landschaft und Landschaft. Was durchaus Vorteile hat. Denn während es in meinem Klassenraum ständig Zeugen meiner latenten Verzweiflung gibt, sind Friedhelm und ich hier allein. Wenigstens das.

Niemals hätte ich damit gerechnet, dass ich hinter einem Wassergraben, der eine Reihe alter Kopfplatanen zu bewässern hat und einem fetten Biber Heim und Wohnstatt bietet, dass ich in dieser einsamen Naturidylle mit einem Esel stehe, der sich nun keinen Zentimeter mehr bewegt und mich immer noch anstarrt, als gäbe es nichts Schöneres auf dieser Welt.

Eigentlich müsste ich jetzt ganz woanders sein, weit weg von Bibern, Kopfplatanen und Friedhelm. An der freien Tankstelle in Rosenheim, die den Liter Diesel sechs Cent billiger anbietet als die Tankstelle auf der Autobahn Richtung Salzburg und dabei nur lächerliche drei Kilometer hinter der Abfahrt liegt. Sechs Cent, ich habe es gestern noch im Internet recherchiert, so wie ich es seit Jahren tue, wenn wir in den Süden fahren. Nur den Preis für eine Tasse Kaffee habe ich nicht recherchieren können, was nicht so schlimm ist, denn mit dem, was ich beim Tanken spare, kann ich mir jeden Kaffee leisten. Doch dazu kommt es ja nun nicht. Hier werde ich mir nichts leisten können, weil es noch nicht mal eine freie Tankstelle gibt, mal ganz abgesehen davon, dass ich auch keinen Diesel brauche. Friedhelm steht auf Wasser, und das gibt es hier umsonst. Überall. Neben der reinen Landschaft gibt es in der Uckermark auch viel Wasser, Wasser, Wasser.

Warum hat Karin das getan? Ich verstehe es immer noch nicht. Es hat doch alles wie immer angefangen …

2. Karin, bitte!

Wie in jedem Jahr hatte ich den Volvo schon eine Woche vor dem Beginn der Sommerferien ausgeräumt, gesaugt und gewachst, damit die Mücken, Fliegen und sonstigen Insekten keine Chancen hatten, sich dauerhaft auf dem tiefgrünen Lack des alten Schweden zu verewigen. Meine Laune stieg mit jedem Tag, mit dem sich die Ferien näherten. Während meine Kollegen und Kolleginnen immer erschöpfter zu sein schienen, um dem Anspruch auf die schulfreie Zeit auch äußerlich gerecht zu werden, blühte ich auf.

Meiner Frau ging es ähnlich – dachte ich. Karin blühte auch auf, aber die Gründe ihres Aufblühens hatten nur am Rande mit mir und den sechs freien Wochen zu tun, die vor uns lagen.

Karin erwartete mich in der Küche, und die Art, wie sie mich anlächelte, hätte mich skeptisch machen müssen. Oder sensibel. Oder beides. Stattdessen war ich zu sehr damit beschäftigt, die Ersatzschläuche in die Fahrradtaschen zu packen, die genau einmal im Jahr zum Einsatz kamen.

»Ich hab' noch vier Schläuche gekauft. Diesem Typen in Lucca schmeiß' ich das Geld nicht mehr in den Rachen.«

Karin schwieg.

»Acht Euro für einen Schlauch, unverschämt. Würde mich nicht wundern, wenn der persönlich die Glasscherben auf die Via Arena schmeißt, damit sich unsereins die Reifen ruiniert.«

Karin schwieg weiter.

»Also für die Räder habe ich jetzt alles. Ich leg' alles in die Garage, okay?«

Erst jetzt registrierte ich ihr Schweigen.

»Karin, alles okay?«

»Ja, alles okay, Björn.«

»Is' was?«

»Nein, warum?«

»Weiß nicht, du stehst da so.«

Sie stand da wie angewurzelt, die Arme vor der Brust verschränkt, und atmete ein bisschen zu flach.

»Gut, dann ... mach' ich uns was zu essen.«

»Für mich nicht«, sagte Karin.

»Für dich nicht?«

»Das sagte ich.«

»Ja, ich habe es ja auch gehört. Irgendwas ist doch?«

Ich lächelte sie an. Sie lächelte nicht zurück.

»Ist es wegen der Schläuche? Du hältst mich für zu sparsam, oder? Karin, mir geht es da ums Prinzip: Ich sehe einfach nicht ein, dass ich in Lucca das Doppelte für einen Schlauch bezahlen muss, den ich hier in Köln für die Hälfte bekomme. Das ist nicht sparsam, das ist vernünftig.«

Schweigen.

»Björn. Kennst du die Uckermark?«

Irritiertes Schweigen.

»Was?«

»Die Uckermark.«

Entsetztes Schweigen.

»Die Uckermark? Was ist damit, sind da die Schläuche noch billiger?«

»Das kannst du mir dann ja hinterher sagen.«

»Wie?«

»Ob die Fahrradschläuche in der Uckermark billiger sind, kannst du mir dann sagen.«

Lähmendes Schweigen.

Karin hatte noch immer die Arme vor ihrer Brust verschränkt, und sie hatte sich keinen Millimeter bewegt. Ich schon. Ich wechselte vom Standbein auf das andere und zurück. Das mache ich immer, wenn ich nervös bin oder wenn ich eine Situation nicht richtig einschätzen kann. Seit einer meiner Schüler mich darauf angesprochen hat und es netterweise vor der gesamten Klasse vormachen musste, versuche ich das zu unterdrücken.

»Karin, ich versteh' nicht ganz, was das jetzt soll.«

Endlich bewegte sie sich.

Karin griff in die Schublade, in der wir unsere Pässe, Klebeband und Postkarten verwahrten, die wir aus sentimentalen Gründen nicht vernichten konnten, und klaubte einen Umschlag hervor, den ich nie zuvor gesehen hatte. Sie gab ihn mir.

»Da, schau mal rein.«

Ich öffnete den Umschlag und fand ein Sortiment an bunten Beschreibungen einer Gegend, die mir mindestens so fremd vorkam wie meine Frau in diesem Moment.

»Uckermark, super, ähm, habe ich irgendwas verpasst, Karin?«

»Ja, aber das kannst du jetzt nachholen.«

»In der Uckermark?«, scherzte ich.

»Ja«, entgegnete sie ernst. »Du fährst in die Uckermark.«

»Ich?«

»Du.«

»Karin? Alles gut?«

»Steht alles in den Unterlagen. Ich habe dir eine Reise gebucht. Vierzehn Tage Uckermark.«

»Wir fahren nach Lucca, und das habe *ich* gebucht.«

»Ja, und *ich* habe es storniert.«

»Karin, so langsam werde ich sauer.«

»Von mir aus.«

»Karin, wir fahren seit zehn Jahren nach Lucca.«

»Und das wird das erste Jahr, in dem wir nicht da hinfahren. Sondern …« Sie tippte auf den Prospekt.

»Spinnst du, was soll das?«

»Björn, ich werde mich jetzt nicht mit dir streiten. Du fährst in die Uckermark, oder wir trennen uns gleich.«

Das saß, und nur einen kleinen Moment später saß auch ich, weil es mir sonst buchstäblich den Boden unter den Füßen weggezogen hätte.

»Karin, ich … wir … du … was ist denn los? Trennen?«

»Ich möchte jetzt nicht mit dir darüber reden.«

»Karin, du haust mir das vor den Latz, und dann willst du nicht darüber reden. Ich will darüber reden. Wir waren gestern noch beim Italiener.«

»Was hat das denn damit zu tun?«

»Du gehst mit mir zum Italiener, und einen Tag später willst du dich von mir trennen?«

»Björn, es gibt Menschen, die trennen sich beim Italiener.«

»Wir nicht.«

»Ja, wir haben uns auch nicht getrennt. Und wenn du mir genau zugehört hättest, dann wüsstest du auch genau, warum.«

Rettendes Schweigen. Luft holen. Energie sammeln. Strategie ändern. Ehedidaktik.

»Okay, Karin, nur mal angenommen, Uckermark, kein Thema, kann man überlegen, muss man aber nicht – aber wirklich, nur mal angenommen, Uckermark ... ich fahr' da doch nicht allein hin. Wir haben Urlaub. Du. Ich. Wir. Ich hab noch nie allein Urlaub gemacht.«

»Musst du auch nicht.«

Ich war erleichtert. »Mensch, ich hab echt gedacht, du schickst mich jetzt allein los.«

»Du hast einen Esel dabei«, ergänzte sie trocken.

»Ich habe was?«

»Im Umschlag, der blaue Prospekt.«

Ich starrte sie an, hoffte, dass jetzt endlich die erlösende Pointe kam. Aber Karin griff nur zu dem Umschlag und kramte für mich den blauen Prospekt hervor.

Als ich meinen Blick darauf warf, sah ich zum ersten Mal Friedhelm.

3. Kleinzedlitz in Sichtweite

»Kommst du jetzt?«

Einen Esel anzubrüllen macht genauso wenig Sinn wie der Versuch, einen kaputten Fahrradschlauch mit einer alten Banane zu flicken. In der Kurzanleitung für Eselwanderer steht, schreien Sie Ihren Esel niemals an, reden Sie mit ihm. Einen Teufel werde ich tun.

»Komm jetzt, verdammt nochmal!«, schreie ich, so laut ich kann.

Ziehen Sie nicht unnötig am Strick, damit erreichen Sie das Gegenteil.

Ich ziehe nicht, ich werfe mich in den Strick. 79 Kilo Beamtenkörper gegen 380 Kilo Eselmasse. Man muss kein Physiker sein, um sich das Ergebnis auszurechnen.

Ich werfe mich auf den Boden. Ohne jeden Effekt. Friedhelm zeigt auch jetzt keinerlei Reaktion.

»Okay, dann bleibst du eben hier. Ist mir scheißegal. Das Experiment ist zu Ende. Ich mach' mich doch hier nicht zum Affen.«

Doch, das tue ich. Genau in diesem Moment. Ich kapituliere vor einem Lebewesen, das nicht 13 Jahre zur Schule gegangen ist, das nicht zehn Semester studieren musste, das nicht während eines schrecklichen Referendariats so tun musste, als wäre alles ein wunderbarer Traum, der bitte nie zu Ende gehen möge.

Ich kapituliere vor Friedhelm, der genau in diesem Moment ganz langsam in Richtung Kleinzedlitz losmarschiert, während Karin jetzt wahrscheinlich gerade … Ach, Karin.

»Bleib stehen. Stehen bleiben! Hörst du? Bleib stehen, du verdammtes –«

Friedhelm beschleunigt, was mir egal wäre, wenn er nicht meinen Rucksack hätte.

»Friedhelm?«

Noch ist das Gehen, was Friedhelm da macht. Gehen kann ich auch. Also hinterher.

Er beschleunigt. 380 Kilo Esel wechseln in den Galopp. Ich nicht, wie auch.

»Friedhelm!«

Wenigstens sieht mich keiner. Aber das da hinten ist Kleinzedlitz, dort werden Menschen wohnen, auch wenn ich mir das hier nicht vorstellen kann. Und diese Menschen werden sehen, wie ich hinter einem Esel herlaufe, der seinen Abstand zu mir ständig vergrößert. Sie werden nicht wissen, was ich sonst so mache und dass ich nun eigentlich in Lucca sein müsste oder wenigstens auf dem Weg dorthin.

»Scheiße! Friedhelm!«

Ich brülle. Der Schweiß rinnt mir die Stirn herunter, mein Puls beschleunigt sich. Das Hemd verfärbt sich dunkel.

Friedhelm macht mit jeder Sekunde Meter gut. Kleinzedlitz kommt näher.

Reden Sie ruhig mit Ihrem Esel. Wer denkt sich so was aus? Menschen, die noch nie unfreiwillig hinter einem Esel hergerannt sind.

»Friedhelm!« Das Schreien fällt mir immer schwerer. Schreien oder rennen, beides geht nicht. Ich bin kein Sportlehrer. Ich bin Autofahrer, Aufzugbenutzer, Sofajogger.

»Friedhelm?« Ein letztes leises Rufen – und das Wunder geschieht.

Er bleibt stehen. Er dreht sich nicht zu mir um, aber er bleibt stehen. Das gibt es doch nicht.

»Friedhelm?« Ich klinge schon fast zärtlich.

Und er dreht sich jetzt auch noch um.

»Brav.«

Er kommt zurück. Er kommt tatsächlich zurück.

»Brav, ja, brav. Komm. Komm zu mir.«

Ich bin nicht Studienrat Björn Keppler, ich bin Dr. Doolittle. Ich kann mit einem Esel sprechen! Blödsinn. Ich darf ihn nur nicht anschreien, steht ja auch in der Anleitung. Aber ich werde niemals zugeben, dass ich mich daran halte. Ich halte mich nur an meine eigenen Vorschriften.

Friedhelm kommt ganz langsam auf mich zu. Seine braunen Augen haben einen leichten Glanz, der sie sanft erscheinen lässt, milde, gütig. So was habe ich zuletzt gedacht, als ich unter dem Einfluss von Hermann Hesses Romanen sogar ein normales Frühstücksmüsli verklären konnte. Das ist Jahre her. Ich trage die Haare kurz und verdiene mein eigenes Geld.

Bilde ich mir das ein, oder riecht Friedhelm jetzt auch anders aus dem Maul? Das bilde ich mir ein. Er wird sich kaum die Zähne geputzt haben während seiner kurzen Flucht. Und er wird es nicht merken, dass ich nun ganz vorsichtig, ganz langsam den Strick, der auf dem Boden schleift, in die Hand nehme und dann ganz dezent zu mir ...

»Friedhelm?«

Er hat es gemerkt, weiß der Teufel, wie er es gemerkt hat, aber er hat es gemerkt, und jetzt rennt er in die andere Richtung. Wir müssen nach Kleinzedlitz, und das liegt im Osten. Ich weiß, hier liegt alles im Osten, aber Kleinzedlitz liegt ganz besonders im Osten. Und dort liegt auch der weit und breit einzige Hof, der mich und Friedhelm heute aufnehmen wird. Das sagt die Anleitung. Versuchen Sie am ersten Tag unbedingt, den Reißerhof in Kleinzedlitz zu erreichen, sonst müssen Sie die Nacht im Freien verbringen.

Ich werde alles tun, auf keinen Fall aber werde ich eine Nacht im Freien verbringen. Ich würde noch nicht mal in Lucca eine Nacht im Freien verbringen. In der Uckermark erst recht nicht.

»Friedhelm?!«

Ich kann wieder schreien, die Luft ist zurück. Und jetzt ist mein Gehirn auch so mit Sauerstoff versorgt, dass ich wieder an meine Frau denken kann. Endlich.

4. Ein Rucksack. Rucksack!

»Können wir nicht noch mal über alles sprechen. Wir können jederzeit in Lucca anrufen, so schnell haben die garantiert keine Nachmieter gefunden.«

»Haben sie, war überhaupt kein Problem«, sagte Karin und betrachtete dabei den Rucksack, der, halbgepackt, auf meiner Seite unseres Ehebettes stand.

»Du hast bei Giancarlo und Maria angerufen?«

»Ja.«

Die Unbekümmertheit in ihrer Stimme war mir neu.

»Aber sonst ruf' ich da immer an.«

»Ja, sonst.«

Nun kam auch noch ein Anflug von Überheblichkeit hinzu.

»Haben sie was gesagt?«

»Das Wetter ist schön.«

Zur Überheblichkeit gesellte sich die plumpe Ignoranz.

»Sonst nichts?«

»Giancarlo schickt uns Olivenöl.«

»Und Maria?«

»Nichts.«

»Und dass wir nicht kommen, dazu haben sie nichts gesagt?«

»Schon.«

»Was?«

Mit dieser Frage löste ich bei ihr einen Strategiewechsel aus. Karin verließ den sicheren Hafen der Arroganz und wurde offen aggressiv. Nicht hart, nicht verletzend, aber deutlich offensiver, als sie es sonst war.

»Björn, das ist doch egal. Und wenn es dich so sehr interessiert, dann ruf sie doch an.«

»Ich hab nur gefragt.«

»Stimmt. Hast du Mückenspray dabei?«, fragte nun sie.

»Gibt es da überhaupt Mücken?«

»Wo es Wasser gibt, da gibt's auch Mücken. Und in der Uckermark gibt es viel Wasser.«

»Das ist ja beruhigend.«

Karin inspizierte mein Reisegepäck, als gäbe es nichts Wichtigeres auf dieser Welt. Sie wirkte dabei lauernd, bemüht beschäftigt. Und dann hob sie mit einem Mal ihren Kopf aus der Lauerstellung, als gälte es nun, alle Konzentration auf etwas anderes zu richten.

»Schlafsack?«, fragte sie.

»Ja.«

»Isomatte?«

»Ja.«

»Trinkflasche?«

»Trinkflasche? Ich denk', ich soll in die Uckermark, von Wüste war keine Rede.«

»Im Prospekt steht: Trinkflasche nicht vergessen.«

»In Prospekten steht viel.«

»Deine Sache.«

»Okay, wo haben wir unsere Trinkflasche?«

»Wir haben keine.«

»Wenn wir keine haben, wie soll ich sie dann einpacken?«

Karin antwortete nicht auf meine Frage, die Antwort musste ich mir selber geben.

»Schon klar, mein Urlaub, meine Trinkflasche, meine Sache, richtig?«

»Genau.«

»Karin, ich möchte trotzdem noch mal mit dir darüber reden. Du hast bestimmt für alles deine Gründe, auch wenn mir das alles jetzt sehr radikal vorkommt. Ich bin bereit, alles zu verstehen, aber wir sollten wirklich noch mal darüber reden. Bitte, ja?«

»Ich fahre gleich in die Stadt, soll ich dir eine Trinkflasche mitbringen?«

Ich kam einfach nicht an sie ran. Ein Dämon musste von ihr Besitz ergriffen haben – oder der Ratschlag einer Freundin. Wahrscheinlich Gabi, die alte Schlange, die mich noch nie leiden konnte, die alles daransetzte, mich schlechtzumachen. Jetzt war es ihr offensichtlich gelungen.

Am Vortag meiner Abreise in Richtung Uckermark war ich der einsamste Mann auf diesem Planeten. Sechs Wochen Ferien vor der Brust, davon zwei in einem Natur-Gulag kurz vor der polnischen Grenze. Nur ein Esel und ich.

Ich saß allein auf meiner Seite des Ehebettes und ertappte mich dabei, wie ich das von mir wie stets frisch gemachte Kissen auf ihrer Seite streichelte, während Karin schon auf dem Weg in die Stadt war, um mir eine Trinkflasche zu kaufen. Eine letzte Erinnerung – in der Halbliter-Version –, für die mein Rucksack eine Außentasche hatte, tatsächlich, extra für Trinkflaschen, was mir erst jetzt auffiel, denn benutzt hatte ich diesen Rucksack noch nie. Und eigentlich hatte ich es auch nicht vorgehabt.

5. Ein Ziel. Ein Stall. Ein Zuhause

Die Toskana des Nordens liegt vor mir. Das sagt nicht nur mein kleiner Führer durch die Uckermark, das sagt hier jeder, wie mir Friedhelms Besitzerin noch vor der Übergabe meines Esels verriet.

Friedhelm ist das egal. Das Gras in der richtigen Toskana wird auch nicht besser schmecken als hier – obwohl, wie soll er jemals den Unterschied schmecken? Er ist und bleibt ein Esel. Urlaube sind ihm fremd, und wenn Menschen wie ich nicht wären, käme das Thema Urlaub noch nicht mal theoretisch an ihn heran.

Wir waren fünf Menschen, die einen Esel in die Hand gedrückt bekamen. Jetzt sehe ich von ihnen ... keinen mehr. Der Horizont der Uckermark hat jeden einzelnen verschluckt. Danke. Mir reicht Friedhelm, ich brauche keinen anderen Fremden mehr, um mich aufzuregen.

Friedhelm steht jetzt bei mir, der Strick baumelt lose vor seinem zotteligen Hals.

»Ich weiß, was du vorhast. Ich greif' den Strick, und du rennst los.«

Friedhelm malmt.

»Ich mach' dir einen Vorschlag: Wir beide gehen jetzt nach Kleinzedlitz, du gönnst dir 'ne Runde Stroh oder was auch immer, ich trink' mir irgendwas, um den ganzen Mist hier zu vergessen, und morgen marschieren wir zurück. Ich fahr' nach Hause, du wartest auf einen anderen Bekloppten, der mit dir hier durch die Gegend latscht, und gut. Na, wie klingt das?«

Friedhelm malmt.

»Es ist nichts gegen dich, echt nicht!«

Friedhelm malmt.

»Es ist nur so, du und ich, das ist nicht gerade ein Dreamteam. Ich ... ich bin verheiratet.«

Bin ich das wirklich noch? Natürlich. Ich muss allein Urlaub machen, irgendwo am Ende der Welt, aber das kann auch völlig normal sein. Ein kleines Kapitel im Rahmen einer ganz normalen Ehehygiene.

»Ja! Ich bin verheiratet.«

Friedhelm malmt. Und bewegt sich dabei keinen Zentimeter. Die Rotationsbewegungen seines Unterkiefers, der sich unter seinem stationären Oberkiefer sogar seitwärts bewegt, haben etwas Kontemplatives. Friedhelm malmt und schaut, mehr nicht. Was für ein Leben.

Das Angebot, ein paar Mohrrüben als Lockmittel für Friedhelm mitzunehmen, habe ich dankbar abgelehnt. Die acht Kilometer zwischen der Eselübergabestation und Kleinzedlitz schienen mir auch ohne Gemüsekorruption möglich. Ich bin schließlich Pädagoge, zumindest von meiner Ausbildung her.

»Und, wie sieht's aus? Ist ja nicht mehr weit.«

Mit Mohrrübe wäre es bestimmt leichter gegangen. Vielleicht finde ich etwas anderes, um ihn zu überzeugen, überreden hat anscheinend keinen Sinn, und ich werde jetzt auf keinen Fall versuchen, nach dem Strick zu greifen, weil ich ganz genau weiß, was er dann macht. Er wird die Strecke zwischen uns und Kleinzedlitz verlängern. Und dazu werde ich ihm keine Gelegenheit geben.

»Okay, du bleibst hier stehen, ich guck' mich mal eben um.«

Friedhelm malmt.

Für einen kurzen Moment finde ich es hier wirklich schön. Die sanften, welligen Hügel, die Bäume, die sich am Horizont zu einem Panorama vereinen – ein Bild, das tatsächlich an die Toskana erinnert. Schon schön. Aber Möhren wachsen hier weit und breit nicht. In Lucca wachsen sie auch nicht an jeder Ecke, da kaufe ich sie mir bei Vincenze auf dem Markt und esse sie selber, statt mit ihnen einen Esel bestechen zu wollen.

Aber irgendwelche Kräuter und Gräser wird es ja wohl geben. Und es geht doch nur um die Geste. Ich zeige ihm etwas, er findet es prima, hält mich für nett, ich darf den Strick nehmen, alles gut.

Was mache ich hier bloß? Und was macht eigentlich Karin? Ich könnte sie anrufen. Keine gute Idee. Sie wird denken, dass ich mich entschuldigen will, für was auch immer, um sie davon zu überzeugen, doch noch mit mir nach Lucca zu fahren, wie immer. Ich rufe sie nicht an. Wenigstens eine Nacht sollte ich hier bleiben. Nur eine Nacht. Morgen rufe ich sie dann an. So wird's gemacht.

Während ich weiter nach Gräsern, Kräutern und sonstigen Eselsdrogen suche, wähle ich ihre Nummer. Ich kann nicht warten, keine Nacht, keine Stunde, keine Minute.

Ich muss sie jetzt anrufen. Vielleicht redet sie ja mit mir. Ich habe genug Einsatz gezeigt. Bin mehr als sechs Stunden mit dem Zug von Köln nach Prenzlau gefahren. Bin mit einem Bus über Land geholpert und durch Dörfer gekommen, von denen ich nie zuvor gehört hatte: Röpersdorf, Sternhagen, Strehlow, Potzlow, Kaakstedt, Gerswald, Flieth. Ich habe mir jeden einzelnen Namen gemerkt, um Karin zu beweisen, dass ich hier war. Und ich würde das jetzt auch wahnsinnig gerne tun. Mir kommt es gar nicht in den Sinn, mich zu fragen, ob es hier in dieser verlassenen Gegend ein Netz gibt. Hier gibt es so vieles nicht, ein Netz wird es geben müssen. Schon allein, damit die Menschen hier jemandem wenigstens per Handy sagen können, dass es so vieles nicht gibt. Und tatsächlich, es gibt ein Netz, ich habe eine Verbindung!

Das penetrante Tuten ist das einzige Geräusch, das hier nicht natürlich ist. Es bildet einen unangenehmen Kontrast zum sanften Rauschen des Windes und einem unglaublichen Eselsfurz, den Friedhelm gerade jetzt einstreuen muss. Ich presse das Handy dichter an mein Ohr. Friedhelm legt noch mal nach. Ich gehe ein paar Schritte weiter, mit dem Wind, wie ich jetzt merke. Karin schaut jetzt wahrscheinlich auf das Display. Sie erkennt meine Nummer und – geht erst recht nicht ran. Oder sie hat das Handy im Auto vergessen, aber dann wäre sie auch weggefahren. Und wohin? Mit wem? Warum? Vielleicht ist auch ihr Akku leer. Sie vergisst fast immer, ihr Handy aufzuladen. Und wenn sie es nicht vergisst, dann vergisst sie ihr Handy auch von der Ladestation zu nehmen, um es bei sich zu tragen, was der Sinn eines Handys ist. Keiner der

Gründe kann von mir hier überprüft werden. Keiner. Sie geht einfach nicht ran.

Ich drücke das Gespräch weg, lausche dem Wind und warte auf den nächsten Eselsfurz. Vergeblich, denn Friedhelm ist weg.

6. Gleisarbeiten

Dass sie mich zum Bahnhof gebracht hatte, war für mich mehr als nur eine nette Geste. Sie begleitete mich sogar bis zum Gleis. Das war nicht nötig.

»Schön, dass du mitgekommen bist, Karin.«

»Warum nicht?«

»Na ja, erst schickst du mich in die Uckermark, und dann kommst du auch noch mit. Ich mein', bis zum Gleis. Du hättest mich auch nur vor dem Bahnhof rauslassen können.«

»Ich hab' Zeit.«

»Verstehe.«

»Und außerdem gab es ausnahmsweise mal einen Parkplatz.«

»Natürlich, sonst hättest du ... ja, so, wann kommt denn der Zug? Hat bestimmt Verspätung.«

»Nö.«

Karin lenkte meinen Blick auf die Anzeigetafel. Keine Verspätung.

Der Rucksack parkte, samt Trinkflasche, neben mir. Die Situation war mindestens so lächerlich wie mein Outfit. Ich trug eine dieser beigen Funktionshosen, die meine alternativen Kollegen ganzjährig tragen, als gälte es, nicht nur einen Schulhof zu betreten, sondern in der Pause auch noch den Nanga Parbat zu besteigen. Karin hatte mir diese Hose mitgebracht. Sie war ein Geschenk, deshalb hatte ich sie angezogen. Nur deshalb. Ich sah unmöglich darin aus.

»Steht dir«, sagte Karin.

»Finde ich auch, so eine Hose wollte ich immer schon mal haben.«

»Echt? Ich dachte, so was magst du nicht.«

»Doch«, log ich.

»Ich finde die praktisch, wenn es warm wird, kannst du daraus eine kurze Hose machen.«

Karin sah so manches immer nur von der praktischen Seite. Für sich selber hätte sie aber niemals eine solche Hose gekauft. In Modefragen galt ihre praktische Sicht der Dinge eher nur für mich. Doch so kurz vor dieser Landverschickung hielt ich es für weniger angebracht, mit ihr so etwas zu diskutieren.

»Stimmt, Karin, die ist wirklich ... durchdacht, die Hose, sehr praktisch, hier mit dem Reißverschluss, damit kann man eine kurze Hose draus machen, oder?«

Wie denn sonst.

»Soll ich mal?«, fragte Karin.

»Du, lass mal. Ist ja noch frisch.«

Es war warm, wie es sich für einen Julitag gehörte.

»Will ja nur mal gucken«, sagte Karin.

»Was machst du eigentlich, wenn ich jetzt in der Uckermark ...«

Karin schwieg, obwohl sie die Frage genau verstanden hatte. Stattdessen nestelte sie an dem Reißverschluss meiner neuen Hose, und ein paar Sekunden später konnte jeder auf dem Gleis erkennen, dass meine Waden in den letzten Monaten nicht nur die Sonne gemieden hatten, sondern auch jede Form der körperlichen Betätigung. Mir war das peinlich. Ich mache mir nicht viel aus Äußerlichkeiten, nur in der Öffentlichkeit. Und ein Bahnhofsgleis besteht im Grunde nur aus Öffentlichkeit.

»Kannst du das Bein bitte wieder dranmachen?«

»Klar, ich wollte nur eben wissen, ob es funktioniert.«

Während Karin versuchte, mein Bein zu retten, sondierte ich die Lage. Eine typische Lehrermacke. Wer einmal während des Unterrichts von einer Stahlkrampe getroffen worden ist, vermutet von überall her einen Angriff. Erst jetzt fiel mir auf, wie viele Paare auf dem Gleis standen. In inniger Umarmung, locker plaudernd oder beim küssenden Austausch von Frühstücksresten. Gleich würde ich als einziger Single in den Zug steigen, denn niemand schien sich hier verabschieden zu wollen.

Karin auch nicht, denn statt sich mit mir zu unterhalten, musste sie sich auf den Reißverschluss konzentrieren.

»Das Ding hakt. Ich glaub', ich hab' die Rechnung noch, ich kann die Hose umtauschen.«

»Ja, komm, machen wir. Ist aber auch ärgerlich.«

»Ich will die nicht jetzt umtauschen, erst, wenn du zurückkommst.«

Ich versuchte erst gar nicht, meine Enttäuschung zu verbergen. Ich war wie elektrisiert von der Aussicht, diese Hose auf der Stelle wieder zurück in den Laden zu bringen, um direkt danach mit Karin den Rest des Nachmittages in der Stadt beim Italiener oder sonst wo zu verbringen.

»Die Hose kann ich doch auch in vierzehn Tagen umtauschen, Björn.«

»Natürlich. Aber ich kann doch jetzt nicht so in den Zug steigen.«

»Warte, ich hab's gleich.«

Eben noch war Karin bemüht gewesen, den Reißverschluss gewaltfrei davon zu überzeugen, die teilweise kurze Hose in eine vollständig lange zu verwandeln. Gewaltfrei schien das aber nicht zu gehen. Karin wechselte die Strategie. Ohne Erfolg. Ein hässliches Geräusch erklang, und die Hose hatte 50 Prozent ihrer Funktionsfähigkeit verloren. Und soweit ich das von oben beurteilen konnte, für immer.

Dass mein Zug jetzt einfuhr, dass ich mich von Karin nicht richtig verabschieden konnte, dass ich wie ein Depp aussah und mit einem langen und einem kurzen Bein in den Zug steigen musste, all das konnte ich nicht verdient haben. Was auch immer ein Mensch in seinem Leben verbricht, zerstörte Funktionshosen sind das Ende der Kultur und der Anfang der Barbarei.

Wenigstens lachte Karin zum Abschied. Die meisten meiner Mitreisenden lachten mit ihr.

7. Wer den Esel vor sich hertreibt, muss seinen Furz vertragen

Ich kann ihn schon sehen.

Friedhelm hat Hunger. Es liegt nicht an mir. Dafür kennen wir uns noch gar nicht lange genug. Seine Flucht hatte einen anderen Grund. Er will jetzt nur eben unbedingt diese gelben Blumen da hinten essen, und direkt danach will er wieder zurück zu mir, um dann auf direktem Wege, gemeinsam mit mir, nach Kleinzedlitz zu wandern. Genauso wird es sein. Auch so eine Lehrermacke, entweder alles durch eine Folklorebrille zu betrachten oder mit völlig unangebrachtem Optimismus. Beides macht hier keinen Sinn, denn in der Welt von Friedhelm spiele ich keine Rolle und Kleinzedlitz auch nicht. Für ihn zählen jetzt nur die Blumen, die er in sich hineinschaufelt, und selbst die wird er vergessen haben, sobald er satt ist. Was für ein Leben. Ein Eselleben.

Ich schleiche mich an ihn heran, gegen den Wind, damit Friedhelm keine Witterung aufnehmen kann. Ich habe dazugelernt. Zwar bin ich immer noch weit davon entfernt, ein Naturbursche zu sein, aber so wie ich mich dieser wilden Kreatur nähere, passt auch die mittlerweile vollständig gekürzte Funktionshose zu mir. Und ich werde jetzt auch nicht auf einen kleinen Ast treten, damit Friedhelm mit seinen riesigen Ohren etwas anderes tut, als die Fliegen zu vertreiben. Vier bis fünf Meter sind es noch, bis ich bei ihm bin. Ich beuge mich herab, schleiche jetzt gebückt, mit einem leichten Ziehen im Rücken, dessen Schmerzimpuls ich zu unterdrücken versuche. Wer Erfolg haben will, muss leiden können. Das gilt auch für Lehrer, was für mich nichts mit Erfolg zu tun hat, sondern mit Aushalten. Wenn ich mich einigermaßen geschickt anstelle, dann sind es nur noch zehn oder zwölf Jahre bis zur Pension. Irgendwas werde ich bis dahin haben, was Psychosomatisches oder was Reelles, ganz egal, Hauptsache kaputt im Sinne der Beamtenpensionierung.

Friedhelm hebt den Kopf, hat er doch was gehört? Nein, er ist sich seiner Sache sicher. Er senkt den Kopf schon wieder, sind ja auch noch genug von diesen gelben Blumen da. Er glaubt, er hätte mich abgeschüttelt – so wie Karin. Der Vergleich hinkt, das ist klar, aber ich muss unweigerlich an sie denken, irgendwie schleiche ich mich ja schließlich auch an sie heran, mit einem kleinen Umweg über Kleinzedlitz in der Uckermark. Wenn ich dieses Abenteuer bestanden habe, dann werde ich auch vor ihr stehen, und dann werden wir reden müssen, und sie wird mir etwas erklären. Bis dahin ist es nicht mehr lange. Ich bin jetzt fast am Ziel.

»Au!«

Zwei Vokale, ein Schrei, und Friedhelm weiß, was zu tun ist. Esel sind gemäßigte Fluchttiere, steht in der Anleitung. Friedhelm scheint das Wort ›gemäßigt‹ nicht zu kennen. Er ist ein ausgesprochen leidenschaftliches und kompromissloses Fluchttier, das jetzt, ohne jede Mäßigung, mit einem Rest von gelben Blumen im Maul über einen gefällten Baumstamm springt, als gälte es, olympische Rekorde zu brechen.

Irgendein Mistvieh hat mich gestochen, in die Wade, dort, wo sonst immer eine vernünftige Hose mich vor so mancher Gefahr einigermaßen schützt.

Der Stich ist unübersehbar. Karin würde ihn jetzt kleinreden. Ich nicht. Es bildet sich bereits eine knallrote Quaddel, mit einem gelblich milchigen Zentrum. Bilde ich mir das ein, oder ist diese Quaddel wirklich außergewöhnlich groß? Größer als sonst, größer als alle mir bekannten Formen eines Insektenstichs. War das wirklich nur ein Insekt oder gar eine Schlange, eine gefährliche Schlange? Ich kenne mich nicht aus, ich weiß nicht, wo welche Schlange beheimatet ist. Ich weiß nur, dass dieser Stich kein gewöhnlicher ist. Und weit und breit ist niemand zu sehen, der mir jetzt helfen könnte: ein Arzt, ein Sanitäter, eine Hebamme oder wenigstens ein Bauer mit Erste-Hilfe-Ausbildung. Was ich in unserem Ferienhaus in Lucca großartig finde, finde ich hier beängstigend: Die Einsamkeit macht mich verrückt, und ich bin noch gar nicht lange so einsam. Karin würde sich jetzt noch immer keine großen Sorgen machen, aber sie wäre ja auch nicht gestochen worden.

Ich greife in eine der Funktionstaschen meiner schrecklichen Funktionshose und ertaste das Schweizer Messer, das Karin mir am Morgen meiner Abreise, noch vor dem Frühstück, zugesteckt hat. Für den Fall der Fälle. In den entsprechenden Filmen ist so ein Messer die letzte Möglichkeit, das große Finale zu verhindern. Man schneidet die Wunde ein, um das Gift besser abfließen zu lassen – oder ging das doch anders? Die Kinohelden lassen das Messer noch minutenlang über einer Flamme kreisen, um es steril zu machen, behaupten sie. Was für ein Blödsinn, sie machen es glühend, mehr nicht. Mal abgesehen davon, dass ich hier keine Flamme habe, will ich mir nicht auch noch zusätzlich eine Brandverletzung zufügen. Ich lasse das Messer, wo es ist. Wer aufgeregt ist, macht Fehler, und ich bin sehr aufgeregt. Jetzt keine Experimente. Wenn ich das Bein abbinde, kann ich so auch das Schlimmste verhindern. Erst wenn das Gift das Herz erreicht, ist alles zu spät. Bis dahin habe ich noch Zeit, glaube ich. Die Quaddel sieht mittlerweile so aus, als hätte jemand einen Medizinball unter meiner Haut versteckt. Eine normale Hose könnte ich gar nicht mehr tragen. Ich schleppe mich zum Baumstamm. Er erscheint mir wie der richtige Ort, um alles Weitere mit mir zu besprechen.

Plötzlich spüre ich einen warmen Atem in meinem Nacken. Friedhelm steht hinter mir.

Was für eine Tragödie. Im Moment meines Todes bin ich allein mit einem Esel, in Sichtweite von Kleinzedlitz.

Selbst wenn Karin mich jetzt so sehen könnte, würde sie sich nicht um mich sorgen. Sie hat sich eigentlich nie Sorgen um mich gemacht, zumindest nicht wegen irgendwelcher körperlicher Probleme. Dabei haben Lehrer jede Menge davon. Meistens dann, wenn keine Ferien in Sicht sind oder wenigstens Fortbildungen. Ich hätte es gut gefunden, wenn sie sich Sorgen gemacht hätte. Sie hätte nicht gleich zum Äußersten greifen müssen, Notruf, Testamentsbesprechung, diese Richtung, aber ein wenig Respekt vor meinem Zustand, ein wenig Anerkennung meines Leidens hätte ich angemessen gefunden.

Damals, als ich im Bett lag, nach dieser Sache in der Schule, da hat sie sich auch keine Sorgen gemacht …

8. Ich kann nicht, kannst du?

»Ich habe Fieber.«
 »Glaube ich nicht.«
 »Kannst ja messen. Da.«
 Meine zittrige Hand deutete zum Nachttischchen, auf dem das Fieberthermometer darauf wartete, einer ungläubigen Ehefrau zu beweisen, wie krank ihr Mann war.
 »Björn, es ist Montag, das ist kein Fieber, das ist nur die Angst vor deiner Klasse.«
 »Ich habe keine Angst, ich habe Fieber.«
 In diesem Moment war ich mir wirklich nicht sicher, was nun stimmte. Theoretisch konnte es Fieber sein, aber das mit der Angst hätte es auch sein können. Mir waren ein paar Fehler unterlaufen, die einem Lehrer nicht passieren dürfen. Es war zu spät, daran etwas zu korrigieren. Schüler können nichts behalten, außer den Fehlern ihrer Lehrer. Ich hatte Grund, Angst zu haben, und ein bisschen Fieber hätte da durchaus erlaubt sein dürfen.
 »Björn, hat es was mit dieser Katrin zu tun?«
 »Katja, wenn schon.«
 »Also, hat es?«
 »Was meinst du jetzt?«
 »Dein Fieber.«
 »Glaubst du, ich bekomme Fieber wegen einer Schülerin?«

»Warum nicht?«

»Warum misst du nicht einfach?« Meine Frage sollte provozierend klingen. Sollte! Karin ist keine Frau, die sich durch Fragen dieser Art provozieren lässt. Sie kann derartige Fragen mit einem Blick auflösen, als hätte es sie nie gegeben. Deshalb unternahm ich noch einmal den Versuch, auf das Nachttischchen zu deuten.

Karin nahm das Fieberthermometer und gab es mir. »Dann miss mal schön, ich glaub' nicht, dass du Fieber hast.«

Ich hätte nun selber messen können, vielleicht hätte sich ein Wert ergeben, der zumindest ein Indiz für eine erhöhte Temperatur gebracht hätte. Vielleicht. Vielleicht. Vielleicht.

»Okay, ja, ich habe kein Fieber, Karin.« Ich gab ihrem Namen einen anklagenden Unterton.

»Mein Reden.«

»Weißt du, was mich heute in der Klasse erwartet?«

»Das, was dich jeden Montag erwartet, plus Katrin.«

»Katja.«

»Von mir aus.«

»Bitte, Karin, kannst du nicht anrufen und sagen, dass ich krank bin.«

»Warum?«

Ich weiß nicht, warum sie es nicht einfach tat, ohne ständig Gegenfragen zu stellen. Wer Gegenfragen stellt, kann nicht antworten. Warum war sie nicht bereit, mit einem einzigen Anruf in unserem Sekretariat dafür zu sorgen, dass es mir besser ging? Sie hatte nichts zu verlieren und ich jede Menge zu gewinnen, einen freien Tag, ein wenig Abstand. Ja, es wäre eine egoistische Auszeit. Ich würde nicht mit ihr durch die Stadt wandeln können, weil man bei solchen Gelegenheiten immer erwischt wird. Von Eltern oder Schülern, die blaumachen. Die blaumachen dürfen, im Gegensatz zu ihren Lehrern, die diesen völlig idiotischen Beamteneid geschworen haben, der die Freiheitssehnsucht eines Menschen nicht kennt und nur die bedingungslose Treue zum Staate verlangt.

»Und morgen?«

»Wie, und morgen?«

»Soll ich morgen auch anrufen und übermorgen und überübermorgen?«

»Ich will nur warten, bis sich die Wogen ein wenig geglättet haben.«

»Warum gehst du nicht einfach hin und entschuldigst dich bei Katrin?«

»Katja«, verbesserte ich sie erneut, etwas leiser als zuvor.

»Sag ihr, dass es dir leidtut, dass du es nicht so gemeint hast, und alles ist wieder gut.«

»Ich habe jedes Wort so gemeint.«

»Dann eben nicht.«

»Karin, soll ich ernsthaft vor einem jungen Mädchen den Bückling machen, das mich vor der ganzen Klasse OPFER genannt hat?«

»Was ist denn daran so schlimm?«

»Opfer?«

»Na und? Opfer! Ich kenne schlimmere Beleidigungen. Dass du dieses kleine Mädchen eine spätpubertierende, indolente, fette Kuh genannt hast, finde ich persönlich schlimmer.«

»Das ist kein kleines Mädchen, das ist eine Zweizentnerbombe in giftgrünen Leggings. Und sie hat mich OPFER genannt – nicht EIN OPFER, nur OPFER! Sie hat sich noch nicht mal die Mühe eines gescheiten Satzbaus gemacht.«

»Björn, sie ist dreizehn.«

»Das Thema Satzbau hatten die in dem Alter längst, sogar zweisprachig.«

»Dreizehn!«, wiederholte Karin, etwas eindringlicher.

»Keine Entschuldigung.«

»Björn, du bist erwachsen.«

»Und sie ist übergewichtig«, ergänzte ich völlig ohne Zusammenhang.

»Das ist doch völlig egal.«

»Ich will nur, dass du dir ein Bild von ihr machen kannst.«

»Björn?«

»Ja?«

»Merkst du noch was?«

»Was?«

Karin schüttelte nur den Kopf.

»Was soll ich merken?«

»Manchmal denke ich, da liegt ein Fremder neben mir.« Karin verließ das Schlafzimmer und ließ mich allein.

Ich zog mich an und musste davon ausgehen, dass ich gleich fieberfrei den direkten Kontakt mit Katja suchen würde.

9. Hier sind Menschen

Keine Ahnung, wie ich es überlebt habe, aber Friedhelm und ich haben den Reißerhof erreicht, mit letzter Kraft.

Die Schwellung ist ein bisschen zurückgegangen. Nicht genug, um sorgenfrei zu sein, aber genug, um zu gehen, ohne dass es würdelos aussieht oder wie bei einem übergewichtigen Walker, der seinen Sport mit den Vorbereitungen auf die Passionsspiele verwechselt.

Wir hätten uns nicht so anstrengen müssen, denn der Hof scheint unbewohnt, obwohl er in meinen Unterlagen als einzige Anlaufstation für Eselreisende in Kleinzedlitz ausgewiesen ist. Doch was interessiert es einen Uckermärker – oder heißt das Uckmarker, das muss ich noch herausfinden –, ob jemand bei ihm Asyl sucht, nur weil es ein Reiseveranstalter in seinem Angebot so vorgesehen hat.

Friedhelm kennt sich hier aus. Natürlich, Friedhelm ist wie ein altes Zirkuspferd, immer die gleiche Runde. Jeder Eselreisennovize läuft den Reißerhof am ersten Tag an, und jeder wird sich spätestens hier die Frage stellen, was das alles soll und wann der letzte Zug von Prenzlau nach Berlin fährt oder der Bus. Beide Verbindungen scheiden jetzt aus. Wenn die Sonne versinkt, flüchtet sich auch der öffentliche Nahverkehr in Richtung Berlin in schwarze Löcher.

»Hallo, ist hier jemand?«

Friedhelm hebt den Kopf und schaut mich an.

»Außer dir.«

Friedhelm schaut sich nun auch um. Noch halte ich seinen Strick und werde ihn erst wieder loslassen, wenn Friedhelm in einem Stall steht, den er aus eigener Kraft nicht mehr verlassen kann.

»Hallloooooooooo?«

Friedhelm hält sich für das einzige Halloooooooooo-Ziel in ganz Kleinzedlitz und glotzt mich schon wieder an.

»Kollege, du bist echt nicht gemeint, okay?«

War das zu hart? Keine Ahnung, in dieser blöden Anleitung steht nichts über die Sensibilität von Eseln. Friedhelm reagiert, ohne dass ich es einordnen kann. Er schubbert mit einem Mal ohne Vorankündigung sein Sabbermaul an meinem Hemd ab. Zum ersten Mal spüre ich, welche Kraft dieser Esel besitzt, denn wenn er wollte, könnte er mir den gesamten Brustkorb abschubbern. Deshalb lasse ich ihn gewähren und hoffe, dass es nur eine freundliche Geste ist, auch wenn mein Hemd nun so aussieht, als hätte sich eine komplette Kleinkindgruppe darauf ausgekotzt.

»Wer sind Sie?«

Die Stimme klingt, als käme sie aus einem alten Ölfass. Ich drehe mich und sehe zum ersten Mal Elli, die Besitzerin des Reißerhofes.

»Björn Keppler. Ich bin hier gebucht.«

»Ach.«

»Ja. Und das ist Friedhelm.«

»Weiß ich, kenn' ich. Elli.«

»Schöner Name«, lüge ich höflich.

»Scheiß Name. Durfte ihn mir nicht selber aussuchen«, kontert Elli.

»Schön. Ja, dann ...«

Ich rudere mit den Armen, was Elli nicht so recht einordnen kann. Hier auf dem Land rudert man nicht mit den Armen. Hier tut man etwas Gescheites mit den Armen oder lässt es bleiben.

»Was machen Sie da?«

»Nichts.«

Jetzt macht sie meine Bewegungen nach. Wenn Elli mit den Armen rudert, sieht es aus, als spielten zwei Strohhalme Mühle. Ich muss lachen.

»Was ist denn daran so lustig?«, fragt Elli.

»Nichts, nur so.«

»Keiner lacht nur so.«

»Entschuldigung. Ich lache, weil Sie mit den Armen rudern.«

»Sie doch auch«, ergänzt Elli. »Warum tun Sie das?«

»Das mache ich nur so, einfach so«, erkläre ich und höre endlich auf zu lachen.

»Komisch.«

Elli hört nun auf, mit ihren Armen zu rudern, so komisch findet sie das dann wohl doch nicht. Da sie nun aber keinerlei Anstalten macht, etwas anderes zu unternehmen, versuche ich, das Gespräch in Richtung Dienstleistung zu bringen.

»Ja, ich denke, es ist spät geworden, und Friedhelm und ich sollten jetzt vielleicht etwas essen.«

»Wo?«

»Bei Ihnen?«

Ich lasse meine Frage so selbstverständlich klingen, als hätte ich sie eigentlich gar nicht erst stellen müssen.

»Zu spät«, antwortet Elli noch selbstverständlicher.

»Ähm, in meinen Unterlagen steht nicht so genau drin, wann man hier sein muss. Um ganz genau zu sein, da stehen überhaupt keine Zeiten drin.«

»Stimmt.«

»Dann kann ich vielleicht doch noch was essen?«

»Nein, zu spät, sagte ich ja.«

Elli geht auf Friedhelm zu und nimmt mir den Strick aus der Hand.

»Was haben Sie vor?«

Elli schaut mich entgeistert an, so als hätte ich sie gerade gefragt, ob sie ein Kind von mir möchte oder meine Socken waschen.

»Ich füttere den Esel.«

»Ach, der kriegt noch was?«

»Der kann sich ja nix selber machen, oder?«

Da hat Elli recht. Sie führt Friedhelm zu einem kleinen Stall an der Seite des Hofes, der ein altes Wellblechdach hat und einen kleinen Zugang zum Inneren des Gemäuers. Ich hoffe nicht, dass sich dort meine Unterkunft befindet.

»Äh, Frau Elli?«

»Elli reicht.«

»Gerne, Elli … ja, vielleicht zeigen Sie mir dann mal das Zimmer oder den Stall. Elli!?«

Elli mustert mich, während ich sie mustere.

Sie trägt einen dunkelgrünen Trainingsanzug, vermutlich aus NVA-Beständen. Die Hose ist in Kniehöhe extrem ausgebeult, was in Ellis Fall ganz bestimmt nicht an besonders sportlicher Beanspruchung der Textilie liegen kann, sondern nur mit der Tragehäufigkeit zu tun hat. Elli ist klapperdürr, so dürr, dass Sport eine Lebensbedrohung darstellen würde und keine Freizeitbereicherung. Elli fehlen, grob geschätzt, zwischen 30 bis 40 Kilo Körpermasse, um den Anzug auch nur halbwegs auszufüllen. Ihr Haar ist sehr kraus, ich hoffe, von Natur aus, alles andere wäre eine Bankrotterklärung des Frisörhandwerks. Wäre da nicht diese kleine Auswölbung im Brustbereich, könnte man annehmen, dass Elli ein Mann wäre. Ein sehr dünner Mann.

»Sie schlafen bei Friedhelm.«

»Das glaube ich nicht.«

»Ihr Problem. Schlafsack?«

»Wie?«

»Haben Sie einen?«

»Natürlich habe ich einen Schlafsack, aber deshalb werde ich noch lange nicht meine Nacht neben Friedhelm verbringen.«

»Wie Sie wollen. Sie können auch gerne auf dem Hof schlafen. Sie müssen nur auf Victor aufpassen, der läuft nachts frei herum.«

»Victor?«

Elli zeigt zu einer kleinen Hütte, mit einem Loch an der Seite, das groß genug ist, um eine Wildsau rein- und rauszulassen. Elli pfeift, und Victor schießt aus dem Loch. Victor ist keine Wildsau, sondern eine Abrissbirne auf vier Beinen. Sein Kopf besteht nur aus einem gigantischen Unterkiefer, der mit blutroten Schlabberlefzen von der Natur eher lieblos als wohlmeinend dekoriert wurde. Sein

Oberkörper ist wuchtig wie ein Kirmesboxer, sein krauses Fell hat eine verdächtige Ähnlichkeit mit Ellis Frisur. Victor schießt auf mich los und wird knapp einen Meter vor mir plötzlich nach hinten gerissen, weil er wieder einmal erst kurz vor dem Ziel unsanft daran erinnert wurde, dass er nur nachts ohne diese dicke Stahlkette frei herumlaufen darf.

»Okay, Elli, wo genau soll ich mich hinlegen?«

Elli zeigt mir den Weg, während Victor sich in seine Hütte schleicht, um in Ruhe darüber nachzudenken, welchen meiner Körperteile er heute Nacht als Erstes zerlegen wird.

Ich habe großen Hunger und versuche, mir im Stroh ein wenigstens einigermaßen menschenwürdiges Lager zu basteln, muss aber feststellen, dass mein Vorhaben zum Scheitern verurteilt ist. Das Stroh sticht durch den dünnen Stoff des Schlafsacks, und in Sicht- und Duftweite furzt Friedhelm sich in den Schlaf. Er scheint zufrieden, ich bin es nicht.

Gute Nacht!

MAILVERKEHR

Liebe Karin,
habe die erste Station meiner Reise erreicht, die Uckermark ist wirklich unglaublich schön. Viel schöner, als ich gedacht hatte. Nicht ganz so schön wie Lucca, aber schon sehr schön. Und gar nicht mal kalt. Heute Nacht schlafe ich direkt bei dem

Esel im Stall. Kannst du dir das vorstellen? Ich in einem Stall? Habe sehr lecker gegessen – Hausmannskost, ein bisschen fettig, aber genau das Richtige nach einer langen Wanderung. Die Wirtin des Hofes ist sehr nett. Wir haben uns lange unterhalten, schon toll, was man über diese Landschaft hier erfahren kann, wenn man sich nur ein wenig dafür interessiert. Und die Menschen hier sind total glücklich, wenn man ihnen das Gefühl gibt, sich für sie zu interessieren. Heute hat mich ein Vieh gestochen, aber halb so wild. Das gehört dazu, oder? Wenn man in der freien Natur unterwegs ist, darf man nicht zimperlich sein.
Wenn du magst, ruf ich dich morgen mal an, würde gerne deine Stimme hören. Schreib doch mal, hier gibt es überall Netz. So, ich muss jetzt leise sein, Friedhelm schläft schon. Kleiner Scherz.
Schlaf auch schön …

Dein Björn

Gesendet vom Handy – 23:13 Uhr

• • •

Hallo Björn,
schlaf auch schön.

Karin

Gesendet vom Handy – 1:34 Uhr

• • •

Liebe Karin,
habe gerade durch Zufall deine Mail gesehen, kann auch nicht schlafen, bist du noch wach?

Björn

Gesendet vom Handy – 1:35 Uhr

• • •

Liebe Karin,
ich bin's noch mal. Wir könnten auch noch telefonieren, leise. Ich kann nur nicht raus aus dem Stall, weil draußen ein Hund frei herumläuft. Feiner Kerl, nur nachts ein bisschen paranoid, kein Wunder, wenn alles so unheimlich ist. Soll ich anrufen?

Dein Björn

Gesendet vom Handy – 1:54 Uhr

• • •

... kann nicht telefonieren, sehr laut hier.

K.

Gesendet vom Handy – 2:45 Uhr

• • •

Karin? Wo bist du?

Björn

Gesendet vom Handy – 2:46 Uhr

• • •

Morgen, ja?
Gesendet vom Handy – 2:50 Uhr

• • •

Kein Problem, bin eh zu müde, muss morgen viel Strecke machen.

B.

Gesendet vom Handy – 2:53 Uhr

10. Kurze Nacht, lange Erkenntnis

Elli hat mir ein Frühstück gemacht. Es ist zu gut, um es grundlos schlecht zu finden, aber nach dieser Nacht hätte ich auch Dachpappe auf Toast gegessen. Nun verschlinge ich bereits meine dritte Portion gebratenen Speck, der genauso kross ist, wie ich ihn liebe und selber nicht hinbekomme.

»Gut geschlafen?«, fragt Elli und gießt Kaffee nach.
»Super.«
Ich werde ihr auf keinen Fall von dieser Nacht erzählen, die ich mich auf dem Schlafsack wälzend, ohne ein Auge zugemacht zu haben, in diesem Stall neben Friedhelm verbringen musste. In Gedanken bei meiner Frau, die sich mitten in der Nacht an einem Ort aufhielt, der zu laut für ein kleines Telefongespräch war. In Gedanken bei meiner Frau, die ihre Mails mit K. unterschreibt, weil die Verwendung weiterer Buchstaben nicht sinnvoll erscheint. In Gedanken bei meiner Frau, der ich es nicht wert bin, wenigstens ihren Namen für mich auszuschreiben. In Gedanken bei meiner Frau, die mir etwas erklären muss. In Gedanken bei meiner Frau, die mir das alles hier eingebrockt hat. Den Speck ziehe ich ab, der ist wirklich gut, aber damit hat meine Frau auch nichts zu tun. Sie kann auch keinen Speck braten. Entweder bleibt er zu labbrig, oder er ähnelt einer Schiene Lakritz. In Gedanken bei meiner Frau, der ich

heute keine Mail schicken werde, und einen Anruf wird sie auch nicht von mir bekommen. Nichts!

Elli schaut mich an.

»Is' was?«, frage ich sie.

»Nö, is' nur komisch«, sagt Elli.

»Wieso, was?«

»Die meisten machen kein Auge zu.«

»Ich schon, ich habe ja Urlaub.«

»Noch Hunger?«

»Danke.«

»Hätte mich auch gewundert. Sie haben ganz schön zugeschlagen.«

»Finden Sie?« Ich weiß nicht, wann ich zum letzten Mal in meinem Leben so viel gefrühstückt habe.

»Man könnte meinen, Sie kriegen zu Hause nichts.«

Was stimmt, Karin kocht nicht gerne, jedenfalls nicht für mich, nur weil ich sie das eine oder andere Mal kritisiert habe. Karin ist an der Stelle übertrieben empfindlich. Einmal habe ich ihr gesagt, dass der liebe Gott das Salz nicht nur erfunden hat, um es im Winter auf die Straßen zu streuen, schon war sie beleidigt.

»Warum, ich esse immer so viel. Wer sich bewegt, muss essen.«

»Dachte, Sie sind Lehrer?«

»Was soll das denn heißen?«

»Bewegen? Lehrer?«

Warum soll ich das kommentieren, sie hat ja recht. Lehrer bewegen sich zum Lehrerzimmer, zur Klasse und nach Hause, dazwischen sind sie ein Opfer der Gravitation. Unbeweglich, auf dem Boden verankert. Ich habe auch direkt nach der Verbeamtung aufgehört, mich zu bewegen.

»Kaffee?«

»Nein, danke. Die Tasse ist ja noch voll.«

»Nicht Sie, die Dame.«

»Welche …«

Bevor ich verstehe, welche Dame gemeint ist, sehe ich sie. Ein weiterer Gast: mein Alter, ausgeruht, frisch geduscht und geföhnt, ein rot-weiß kariertes Baumwollblüschen, knielange Caprihose in Dunkelblau (neu!), Wanderstiefel (alt!), ein keramikweißes Lächeln und eine Stimme, die so unnatürlich mädchenhaft klingt, dass sich bei mir die Haare aufstellen. Sie klingt, als würde einer meiner Schüler gerade mit voller Absicht und pubertärer Kraftmeierei ein Stück frischer Kreide über die Tafel ziehen. Eine Stimme, die Glas schneiden kann, in jeder Dicke.

»Morgen! Gerne, mit Milch, bitte«, schabt die Stimme, die mindestens so alt ist wie ich und ganz dringend einen Stimmtrainer aufsuchen sollte.

»Ist hier noch frei?«

Die Stimme deutet auf den Platz, der mir gegenüberliegt.

Ich nicke, und Elli beeilt sich, ein frisches Gedeck auf *meinen* Tisch zu stellen.

Es gibt Menschen, die nichts mehr hassen, als uninspirierte Gespräche am frühen Morgen. Ich bin so einer. Elli hat damit nichts zu tun und schenkt der Stimme ihren Kaffee ein.

»Schön hier, oder?«

So klingt ein typisch uninspirierter Gesprächsanfang von Menschen, die niemals freiwillig die Nähe des jeweils anderen suchen würden. Das gilt jedenfalls für mich. Was auch immer man auf eine solche Frage antwortet, es ist der Anfang eines Gespräches, das ich nicht führen will.

»Ja«, antworte ich.

Ich schiebe mir den Speck in den Mund und achte darauf, dass sein Fett meine Lippen zum Glänzen bringt und zwei kleine Fettbächlein an den Rändern herabtropfen. So was sieht niemand gerne, der sein Frühstück noch vor sich hat. Karin wäre jetzt aufgestanden, um mir ein Stück Haushaltstuch zu holen. Die Stimme hat damit kein Problem. Sie schaut meinen gut verschmierten Fettmund an, als gäbe es nichts Schöneres auf dieser Welt.

»Machen Sie die Tour zum ersten Mal?«

»Welche?«

»Die Eseltour.«

»Ja.«

»Ich bin schon zum dritten Mal hier.«

Mir war entgangen, dass im Stall noch ein weiterer Esel war. Und Friedhelm anscheinend auch. Er hätte doch sonst reagiert.

Die Stimme hat mein Interesse provoziert. »Wo ist denn Ihr Esel?«

»Inge?«

»Wenn er so heißt?«

»Sie. Ich habe eine Eselin. Die Jahre davor habe ich es mit Eseln versucht, aber das ist nix, die haben ihren ganz eigenen Kopf. Männer halt.«

Freut mich zu hören. Und ich werde ihr nicht den Gefallen tun und über diese Genderproblematik diskutieren. Hatte ich eigentlich eine Auswahlmöglichkeit bei der Eselübergabe? Und wenn, hätte ich dann so was wie Inge genommen? Mit Inge durch die Uckermark, bitte nicht, wenigstens *das* habe ich richtig gemacht.

»Inge ist auf der Weide, im Sommer hat so ein Tier nichts im Stall zu suchen«, erklärt die Stimme, ganz Fachfrau. »Auch nachts nicht!«

»Und Sie? Haben Sie auch auf der Weide geschlafen?«

Elli hat das mitbekommen und weiß genau, was mein fragender Blick zu ihr bedeutet.

»Wir haben hier nur ein Gästezimmer«, erklärt Elli.

»Und das ist wirklich schön«, ergänzt die Stimme.

»Na dann«, murmele ich teilnahmslos.

Den nächsten Zielpunkt werde ich früher erreichen. Ich werde keine Nacht mehr in einem Stall verbringen. Ich habe lange genug auf einen gewissen Standard hingearbeitet, und den werde ich mir nicht zerstören lassen, nicht von den Lebewesen der Uckermark.

»Ich heiße Sabine«, sagt die Stimme und hält mir ihre Hand hin, die in diesem Leben anscheinend noch nichts anderes getan hat, als irgendwohin gehalten zu werden.

»Björn Keppler.«

Wir schütteln uns die Hände, für meine Begriffe eine Spur zu lang.

»Wir duzen uns alle auf der Strecke.«

»So?«

»Ja, Eselfreunde unter sich.«

»Ich bin kein Eselfreund.« Das sage ich mit dem Brustton der Überzeugung.

»Das glaube ich nicht.«

»Können Sie!«

»Wir duzen uns«, korrigiert Sabine mit einem Kleinmädchenlächeln.

»Ja-ha, die Eselfreunde vielleicht, aber ich bin ja keiner.«

»Macht nichts, früher oder später werden alle Eselfreunde.«

»Noch jemand Kaffee, ich mach' sonst die Maschine aus«, sagt Elli.

»Für mich nicht, danke«, antworte ich höflich.

»Für mich auch nicht, danke«, antwortet Sabine, die Eselfreundin.

In Gedanken bin ich jetzt wieder bei meiner Frau und überlege mir, sie doch anzurufen, um mich für das alles hier zu bedanken. Keine gute Idee, sie soll ruhig mal schmoren, jetzt darf *sie* sich mal Gedanken machen. Ich krame mein Handy raus und schalte es ab. Tja, Karin, wer nicht hören will …

»Ich würde das Handy nicht ausmachen«, rät mir Sabine.

»Warum? Müssen Eselfreunde immer erreichbar sein?«

»Ja. Aus reiner Sicherheit.«

Die ernste Miene, die Sabine nun aufsetzt, lässt keinen Zweifel daran, dass sie es ernst meint.

»Wie meinen Sie das?«

»Du.«

»Wie meinst DU das?«

Sabine holt tief Luft, ich rechne mit einem längeren Referat.

»Letztes Jahr ist Jochen mit Gandalf gegangen ...«

»Nee, das war nicht Gandalf, das war Frodo«, korrigiert Elli.

»Stimmt, Frodo. Ja. Also der Jochen ist mit Frodo gegangen, und zwischen Großhedlitz und Kleinmüllitz am Oberduckersee, da ist der Frodo plötzlich durchgedreht ...«

»War das nicht in Neupresslau?«, fragt Elli vorsichtig.

»Nee, in Neupresslau war das mit Jutta«, sagt Sabine. Ich bin ganz ruhig.

»... also der Frodo ist durchgedreht, wahrscheinlich hat ihn irgendwas gestochen.«

»Und?«

»Hatte sein Handy aus.«

»Ja, wo ist das Problem?«

»Jochen hatte den Strick noch in der Hand, und Frodo hat ihn mitgeschleift.«

Elli nickt und senkt ihren Blick auf den alten Steinboden des Reißerhofes.

»Ist er ...?«, frage ich.

»Ja.«

»Tot?«, frage ich weiter.

»Nein«, antwortet Elli.

»Bis nach Kleinmüllitz hat der Frodo den Jochen geschleift. Wenn er sein Handy nicht ausgeschaltet hätte, dann hätte er Hilfe holen können.«

Elli und Sabine nicken mich an.

»Hilfe ist gut, wen hätte er denn anrufen sollen?«

»Einen Eselfreund«, schlägt Sabine vor.

»Gibt es hier jede Menge«, ergänzt Elli.

»Ich lass' mein Handy trotzdem aus. Ich geh' auf volles Risiko.«

»Dann sollten wir vielleicht besser zusammen gehen«, schlägt Sabine vor.

»Besser nicht, ich muss das hier allein durchziehen.«

»Das ist keine gute Idee, wir gehen zusammen.«

»Nein.«

»Doch.«

»Nein.« Ich werde lauter.

»Sie hat recht«, sagt Elli, ganz leise, aber sehr bestimmend, »zusammen ist besser.«

»Auf keinen Fall!«

11. Die Inkonsequenz trägt keine Wanderschuhe

Immer wieder beißt Friedhelm Inge in den Hals, er kann sie nicht leiden, und ich wünsche mir, ich könnte es ihm gleichtun und Sabine auch beißen. Einfach so, in ihren sonnencremeverschmierten Hals oder sonst wohin.

Inge grunzt nur abfällig und tritt dabei kurz mit den Hinterläufen aus, mehr nicht. Für eine Gebissene erträgt sie Friedhelms Beißattacken ziemlich gelassen.

Wir wandern über einen alten Knüppeldamm, so nennt der Märker, wie mir Sabine mit leicht angeberischem Unterton gleich zu Anfang verriet, diese Feldsteinstraßen. Links und rechts säumen Linden und Buchen unseren Weg. Sabine erklärt mir jeden Strauch, jedes Blatt, jedes Moosgewächs. Sie hat ein unglaubliches Bedürfnis nach Informationsvergabe. Und je mehr sie doziert, erklärt und über völlig uninteressante Dinge schwadroniert, desto größer wird mein Wunsch, sie zu beißen, um sie damit ein für alle Mal zum Schweigen zu bringen. Ich tue es nicht, weil ich es nicht schaffe. Ich habe noch nie jemanden gebissen, und bei Sabine möchte ich auch nicht damit anfangen. Stattdessen latsche ich friedlich, schweigend und entnervt neben ihr her und bewundere Friedhelm für seine grenzenlose Freiheit des Tuns und Seins.

Sabine hat sich entschlossen, *ihre* Inge ohne Strick laufen zu lassen, und mir das Gleiche für *meinen* Friedhelm geraten. Mir ist alles egal, von mir aus sollen die beiden Esel desertieren. Sie hätten jeden Grund. Und wer bin ich, dass ich die Freiheit einer Kreatur mit einem Strick zu verhindern wage. Solche Gedanken habe ich mir noch nie gemacht. Seit gestern habe ich schon etwas gelernt. Danke, Karin, aber glaub ja nicht, dass ich dich heute anrufe, das Handy bleibt aus.

Und jetzt muss ich mir endlich überlegen, wie ich Sabine loswerde, deren immer fürchterlicher werdende Stimme mich sonst zum Wahnsinn treiben wird.

»Ich liebe diese Landschaft, gleich vom ersten Augenblick an.« Sabine zwingt mir ein Gespräch auf, das ich gerne ablehnen würde, während Friedhelm jetzt nicht nur beißt, sondern auch noch deftig zutritt. Ein ganzer Kerl. Inge erträgt es. Entweder steht sie auf Schmerz, oder bei Eseln muss das so sein. Genau wissen möchte ich es eigentlich nicht.

»Diese Landschaft ist für mich nur eine provozierende Stimmungsvorgabe«, setze ich Sabines Liebeserklärung an die Uckermark entgegen.

»Wie meinst du das denn?«

»Ja, wie ich es sage ... alles schön, alles grün, alles gut, das sollst du denken, und es funktioniert ja auch.«

»Du, find' ich ein bisschen kurz gedacht, Björn.«

»Hast du jemals das Gegenteil empfunden, wenn etwas wunderschön ist? So im Sinne von – Regenbögen finde ich zum Kotzen – dieser Schnee ist ätzend weiß – dieser blöde weite Strand ist hässlich?«

»Warum sollte ich das tun?«, fragt sie mit der Unschuld einer Frau, die es wirklich nicht weiß.

»Mal einen eigenen Gedanken riskieren, schon mal drüber nachgedacht?«

»Bist du irgendwie schlecht gelaunt, du?«

Ja, das bin ich, seit du dich entschlossen hast, mich zu begleiten. »Nein, warum sollte ich schlecht drauf sein?«

»Dachte schon. Was magst du denn an der Uckermark?«

Warum soll ich dir das sagen? »Warum?«

»Interessiert mich. Mein Mann sagt immer ...«

Gott sei Dank, sie ist verheiratet.

»... diese Landschaft hat noch so was Unverbrauchtes.«

Kein Wunder.

»Er liebt diese Gegend fast noch mehr als ich.«

Und wo ist er dann? Braucht wahrscheinlich wie ich ganz dringend eine Auszeit von deiner Stimme, denke ich im Stillen.

»Vielleicht fahren wir irgendwann mal wieder zusammen hin.«

»Wo ist der denn jetzt?«

»Er ist tot.«

Was? Sie sagt das so unbekümmert, als hätte sie mir gerade verraten, dass sie am liebsten Kartoffeln mit Apfelkompott isst. Wie soll ich diese Frau jetzt weiter brüskieren, wie soll ich ihr erklären, dass ich lieber allein laufen möchte, jetzt, wo ich erfahren habe, dass Sabine ihren Mann verloren hat. Sie ist eine Witwe, das ist in unserer Altersklasse noch etwas sehr Seltenes – geschieden, ja, aber Witwe? Ich bin in dem Glauben erzogen worden, dass Witwen grundsätzlich schwarz tragen, gebückt gehen und mindestens seit 70 Jahren auf der Welt sind. Auch wenn ich weiß, dass das kompletter Blödsinn ist, habe ich einfach keine Gelegenheit gefunden, an diesem Bild etwas zu korrigieren. Sabine entspricht jedenfalls nicht im Entferntesten meinem Bild von einer Witwe.

»Das tut mir leid.« Und das meine ich so, wie ich es sage.

»Ach, schon gut.«

Aber hat sie nicht gerade gesagt, dass sie mit ihrem Mann vielleicht noch mal in diese Gegend reisen will.

»Bist du auch verheiratet?«, fragt sie mich.

»Ja.«

»Glücklich?«

»Natürlich.«

»Schön.«

»Ja, finde ich auch.«

»Wie heißt deine Frau?«, will sie von mir wissen.

»Karin.«

»Max. Mein Mann heißt Max.« Heißt? Hieß!

Sie ist verrückt, sie muss verrückt sein. Und wenn sie verrückt ist, dann darf ich sie auch allein lassen. Und ganz allein wird sie ja nicht sein, sie hat Inge.

»Du, ähm, ich glaube, ich geh' jetzt in eine andere Richtung.«

»Warum?«

Weil ich Angst habe, dass gleich irgendwas mit Max kommt, das ich nicht mehr verarbeiten kann. Aber das kann ich ihr nicht sagen.

»Ich muss mich schonen.«

»Bist du verletzt?«, fragt sie sorgenvoll.

»Ja, Meniskus.«

»Warum sagst du nichts, dann gehen wir eben langsamer. Max hat auch Last mit dem Meniskus.«

Hat? Hatte! Wenn überhaupt.

»Oh.«

»Wir haben es mit Salben versucht und Stützverbänden, keine Chance, aber er jammert nicht. Max erträgt alles.«

Wenn er tot ist, ist das auch keine Kunst. Ich werde sie jetzt darauf ansprechen, ganz direkt. Was soll passieren, ich habe nichts zu verlieren.

»Du sprichst von ihm, als wäre er noch da.«

»Natürlich, wie soll ich denn sonst von ihm sprechen?«

»Ich dachte, er ist tot.«

»Aber deshalb muss ich doch nicht so tun, als wäre er weg.«

Gegen Sabine habe ich keine Chance, weder mit der direkten Art noch sonst wie. Ich habe nur eine Option – Flucht!

»Was ist das denn, ich glaube, ich bekomme einen Anruf.« Wie zur Bestätigung krame ich in meiner Hosentasche nach dem Handy.

»Du hast es ausgeschaltet«, stellt Sabine nüchtern fest.

»Vibrationsalarm.«

»Der ist auch aus.«

»Stimmt. Mist. Vertan.«

»Ist nicht schlimm, das ist Phantomklingeln, ist ganz normal, geht aber automatisch weg«, versucht Sabine mich zu beruhigen. Sie ahnt nicht, dass ein Phantomklingeln das kleinste aller vorstellbaren Probleme für mich wäre.

12. Woanders ist das nur ein Teich

Wir sind fünf Stunden durch ein Naturreservat gewandert, haben einen Wallpfad gestreift, einen Findling berührt, zwei oder drei Hügelgräber erahnt, auf einem slawischen Burgwall gerastet und zwischendurch immer wieder – Natur, Natur, Natur. Und das alles ohne eine Sekunde Pause von: DER STIMME!

Wenn ich mir nur die Hälfte von dem gemerkt habe, was mir Sabine unterwegs erklärt hat, dann könnte ich jetzt aus dem Stand mein Biologie- und Erdkundeexamen nachholen ohne weitere Vorbereitung. Wahrscheinlich muss sie das tun. Sie muss reden. Und sie muss jemanden haben, der ihr zuhört. Jeder Mensch braucht jemanden. Aber warum muss ausgerechnet ich dieser Mensch für Sabine sein. Mir qualmt der Kopf von dieser Überdosis Naturkunde, und zum ersten Mal seit Jahren habe ich Mitleid mit allen Schülern dieser Welt, die sich jahrelang *zulehren* lassen müssen, ohne die Chance zu haben, sich wehren zu können. Mal abgesehen von umfangreichen und nicht ganz risikolosen Komplettverweigerungen.

Jetzt liegt Großberlitz vor uns. Ein kleines Dorf mit pittoresken Fachwerkbauten. Und wenn das Großberlitz ist, dann möchte ich nicht wissen, wie Kleinberlitz aussieht. Neben einer verwitterten Backsteinkirche zähle ich aus der Entfernung nur noch fünf andere Gebäude, und ich kann mir nicht vorstellen, dass sich dahinter noch andere befinden, die sich aus Angst vor Fremden klein machen und verstecken.

»Da hinten ist es schon«, sagt Sabine.

»Super.«

»Die Alte Post ist mitten im Zentrum.«

»Super.« Zentrum?

»Haben ein ganz tolles Essen.«

»Super.« Wo soll man denn hier ganz toll essen?

»Max liebt ja die Nudelsüpp.«

»Super.«

Mehr als ein ›Super‹ ist nicht mehr drin, schon lange nicht mehr. Ich bin völlig platt, und auch Friedhelm ist an seine Grenzen gestoßen. Er lässt Inge Inge sein und beißt sie bereits seit zwei Stunden nicht mehr. Friedhelm hat gelernt, dass irgendwann auch so was keinen Sinn mehr hat und außer Kraftverlust nichts bringt.

Nur Sabine läuft wie auf Duracell-Batterien. Ihr ist nichts anzumerken, sie ist so frisch wie am Start unserer Tour. Dabei sieht sie gar nicht so sportlich aus. Für einen Moment stelle ich mir vor, dass ihr Max sie trägt, was für ein Bild.

»Geht's noch?«, fragt die fitte Stimme.

»Klar, kein Problem.«

In meinen Schuhen findet eine der schlimmsten Kontaminierungen aller Zeiten statt. Ich zittere bei der Vorstellung, meine Füße an die Luft befördern zu müssen, und kann den Zustand meiner Socken nur erahnen. Seit einiger Zeit verursacht jeder Schritt ein Geräusch, als würde sich in meinen Schuhen die Fußsohle von einem honigverschmierten Bodenbelag lösen. Schwapp. Schwapp. Schwapp. Ekelhaft.

»Ich red' und red', wir haben die ganze Zeit kaum über dich gesprochen«, fällt Sabine kurz vor dem Ziel ein.

»Macht nichts, ich hör' auch gerne mal nur zu.«

»Was machst du eigentlich beruflich?«

Ich versuche es mit einem Witz.

»Wie heißen die Typen, die schon morgens beim Bäcker scheiße drauf sind?«

»Straßenbahnfahrer?«

Ich schüttele den Kopf.

»Nachtwächter?«

»Nachtwächter?«, frage ich.

»Weil sie eine schlimme Nacht hatten.«

»Seh' ich aus wie ein Nachtwächter?«

»Nein, stimmt, wie blöd ... wie war noch mal die Frage, ich liebe ja Rätsel.«

»Wie heißen die Typen, die schon morgens beim Bäcker scheiße drauf sind?«

»Gartenarchitekten. Stimmt's? Ich kannte mal einen, der war den ganzen Tag schlecht gelaunt. Gut, er war arbeitslos, aber das ist doch kein Grund, den ganzen Tag schlecht gelaunt zu sein.«

»Lehrer.«

»Lehrer?«

Sabine schaut mich an, als hätte ich ihr gerade einen schlimmen Gendefekt gebeichtet.

»Ja, Lehrer, das sind die Typen, die schon morgens beim Bäcker ...«

»Verstehe ich nicht.«

»Macht nichts, Sabine, macht nichts.«
»Bist du denn auch immer schlecht gelaunt?«
»Nein, es war nur ein Witz, ein Klischee, mehr nicht.«
»Aber du bist Lehrer?«
»Ja, ja, das schon. Englisch und Geschichte.«
»Hauptschule?«
»Gymnasium.«
»Macht nichts.«
»Finde ich auch.«

Während meiner Anreise bin ich felsenfest davon ausgegangen, dass die Uckermark nur eine erkennbare Kernkompetenz besitzt – Stille. Aber da wo Sabine ist, gibt es keine Stille. Auch die Uckermark ist da machtlos.

»So, jetzt haben wir es wirklich gleich geschafft. Wollen wir erst zum See, die Esel haben bestimmt Durst«, sagt Sabine, die Eselexpertin.

»Was für ein See?«

»Der Immersee, da vorne.«

Da vorne liegt etwas vor uns, das man bei uns in Köln Teich nennt. Zwischen dem einen und dem anderen Ufer liegen vielleicht 200 Meter, mehr nicht. So etwas See zu nennen ist so falsch wie die Bezeichnung Literatur für den Beipackzettel eines Durchfallpräparates.

»Ach da, ja, da lass uns mal eben mit den Eseln … ja, ja, die haben bestimmt Durst.«

Friedhelm hat sich erst gar nicht damit aufgehalten, auf mein Einverständnis zu warten. Er ist mit Inge vorgeprescht, die ihm mit einem gebührenden Sicherheitsabstand gefolgt ist. Esel wissen anscheinend immer, was zu tun ist.

»Und wenn die zu tief reingehen?«, frage ich, mäßig besorgt und das auch nur wegen meines Rucksacks, den Friedhelm noch trägt.

»Keine Angst, die gehen nicht tief rein. Esel haben großen Respekt vor Wasser.«

»Friedhelm und Inge auch?«

»Alle. Weißt du denn nicht, woher der Ausdruck Eselsbrücke stammt?«

Nein, das weiß ich nicht. Ich weiß aber, dass es im Englischen eine Verlaufsform nur im Simple Present und Simple Past gibt, aber das nützt mir jetzt gar nichts.

»Ich erklär's dir, Björn. Esel würden niemals einen Fluss überqueren, weil sie den Grund des Flusses nicht erkennen können. Deshalb muss man eine Brücke bauen, damit sie über den Fluss gehen können.«

»Ah ja, und deshalb gehen Esel auch nicht tief in den See.«

»Richtig.«

Was für Friedhelm definitiv nicht gilt. Wenn mich nicht alles täuscht, sehe ich da vorne nur noch seinen Kopf, mein Rucksack muss bereits unter Wasser sein.

Ich bin nass geschwitzt, und meine gesamten Wechselklamotten befinden sich im Immersee.

»Komisch, das machen Esel nie«, stellt Sabine mit aufrichtigem Erstaunen fest. »Willst du was von mir anziehen?«

O ja, bitte die Caprihose und die schicke Bluse, da träume ich schon die ganze Zeit von.

»Nein danke, die haben ja wohl hoffentlich was zum Trocknen in der Alten Post.«

Ich muss jetzt rennen, schnell rennen. Zum Immersee. Um zu retten, was nicht mehr zu retten ist. Schwapp. Schwapp. Schwapp.

»Friedhelm? Komm da raus! Verdammt nochmal, komm sofort da raus!«

13. Nicht jeder ist ein Esel, schade eigentlich, manchmal

Der Wirt der Alten Post macht einen sehr sympathischen Eindruck, was nicht daran liegt, dass er aus Westfalen kommt, sondern an seiner ausgeprägten Lebensfreude, die ansteckend wirkt. Er schaut freundlich aus. Sagt nichts über meinen Zustand, nimmt mir Friedhelm ab, als wäre das einzig und allein sein Job, und er zwinkert mir verständnisvoll zu, so als wolle er mir sagen, dass er ganz genau weiß, was hinter mir liegt. Und er gibt mir das Gefühl, dass er bei dem, was noch vor mir liegt, dafür sorgen wird, dass es halb so schlimm wird. Das kann er nicht, aber es tut trotzdem gut. Der Mann ist eine vertrauensbildende Maßnahme auf zwei Beinen. Wahrscheinlich interpretiere ich da jetzt was rein, aber wer eine Wanderung mit Sabine hinter sich hat, der würde auch in einem Stück Treibholz etwas einladend Positives sehen.

Günter hat die Schultern eines Schwergewichtsboxers und die Hände eines Klavierspielers. Irgendeine Beschäftigung muss ihn jahrelang dazu veranlasst haben, nur mit der Oberkörpermuskulatur zu arbeiten. Etwas körperlich Anstrengendes haben diese Hände noch nicht tun müssen. Ich kann das beurteilen, ich habe ähnlich zarte Hände, nur bei meinem Oberkörper wird es nicht zu einem Vergleich auf Augenhöhe kommen. Hoffentlich ist Günter kein Lehrer, der hier sein Berufsaussteigertum probiert, denn fast noch schlimmer als Lehrer sind Exlehrer. Er könnte ein Sportlehrer sein. Die sind oft auch athletisch, ohne je richtig gearbeitet zu haben. Sport und Religion, die Easy-Rider-Kombination des deutschen Bildungswesens, die bei allen, die richtig studiert haben, sofort diesen verständnisvollen Blick in die Pupillen zaubert. Natürlich, Sport und Religion, ganz hartes Studium, schaffen die wenigsten, und dann als Lehrer auch kein leichter Weg, diese ewigen Weiterbildungen, um dranzubleiben. Gerade beim Thema Religion, da ändert sich ja ständig was. Englisch und Geschichte ist auch nicht gerade das, was man unter einer Powerfächerkombination versteht, aber in der Hierarchieliste der akademischen Anerkennung steht sie deutlich höher als Sport und Religion, und zwar, deutlich unterhalb von Mathe und Chemie, in einem soliden Mittelfeld.

Günter ist das, was man bei uns einen Pfundskerl nennt. Ein Mann, dessen pure Präsenz jeden Zweifel vernichtet. Ein Kerl, der nur ein Urteil verdient: Spitzentyp, Klasse, weitermachen! So unglaublich es ist, aber es scheint tatsächlich Menschen zu geben, die ihren Job gerne machen und für die ein Kunde keine Bedrohung darstellt, sondern auch ein wichtiger Bestandteil ihrer Existenz ist.

»Günter.«

»Björn.«

Wir schütteln uns die Hand, und ich spüre, dass diese Begegnung die erste gute sein muss, seit ich diese Gegend hier erreicht habe. Ich fürchte, es wird auch die letzte gute sein. An manchen Tagen neige ich zum Pessimismus – wenn ich in nassen Klamotten stecke, besonders.

»Fürchterliche Stimme, oder?« Günter nickt in die Richtung, in der Sabine sich rührend um Inge kümmert und ihre feuchte Mähne trockenstriegelt.

»Fürchterlich ist noch untertrieben.«

Wir nicken uns zu, maximales Verständnis. Das Ergebnis jahrtausendealten kollektiven Leidens.

»Hast du Hunger?«

Ich hasse Spontanduzer, bei Günter finde ich es aber völlig in Ordnung. Und ganz ehrlich, so wie ich aussehe, nass von oben bis unten, wirke ich nicht wie jemand, dem man mit übertriebener Etikette kommen muss oder respektvollen Kommunikationsregeln.

»Ja, Hunger habe ich. Hast du vielleicht auch etwas zum Anziehen, bis ich wieder trocken bin?«

»Ich hol' dir was.«

Während Günter ins Haus trabt, winkt Sabine mir aus der Entfernung zu. Ich winke zurück.

»Hast du schon was zu essen bestellt?«, brüllt Sabine mir zu, so dass man es auch im fernen Berlin noch verstehen kann.

Ich schüttele den Kopf.

»Mach mal, für mich Nudelsüpp!«, fordert mich die Stimme auf.

Friedhelm, der neben Inge steht, wirft seinen Kopf hin und her. Ich bilde es mir nicht ein, es sieht aus wie ein Kommentar. Für den Hauch einer Sekunde schießen mir Gedanken zum Thema Wiedergeburt durch den Kopf. Friedhelm hat etwas zutiefst Menschliches in seinen bescheidenen Gesten. Und ich stimme ihm zu, wer diese Stimme hört, kann den Kopf nur hin und her werfen.

»Mach' ich!«, brülle ich zurück und gehe nun ins Haus.

Schwapp. Schwapp. Schwapp.

»Das ist doch keine Nudelsuppe«, murmele ich, während ich in der dampfenden Flüssigkeit vor mir herumrühre.

»Nee, Nudelsüpp«, korrigiert mich Sabine.

Und langsam ist mein Reservoir an Gleichmut und Verständnis aufgebraucht.

»Warum sagst du immer Süpp?«

»Weil es Süpp heißt hier!«

»Von mir aus, aber Nudeln sind das nicht, das sind doch Kartoffeln.«

»Ja, Kartoffeln.«

»In einer Nudelsuppe?« Hier sagen sie Nudel zur Kartoffel.

»Stimmt«, fügt Günter hinzu, der mir ein frisches Glas Bier auf den Tisch stellt. Und wenn er es sagt, macht es mir nichts aus.

»Der Björn muss noch eine Menge lernen, was, Günter?«

»Wenn du das sagst, Sabine.«

Sabine lächelt mich an, als hätte ich gerade erst meine Einschulungstüte bekommen. Ich trinke ein paar hastige Schlucke und hoffe, dass die Wirkung des Bieres so schnell wie möglich einsetzt.

Während ich mir nun vorstelle, wie es wäre, Sabine doch noch zu beißen, auf Eselsart, spüre ich etwas in meiner Hose, das mir so fremd vorkommt wie der Stoff, aus dem diese Hose gemacht wurde. Vermutlich irgendwas aus NVA-Beständen. Die textile Antwort auf die »bösen« synthetischen Stoffe des Westens: dunkelbraun, ohne jeden Schnitt, ein Jogginganzug für Panzergrenadiere. Vielleicht hat ein Gast die Hose hier vergessen, oder sie gehörte zum Inventar, das Günter neben der Immobilie mit erworben hat. Woher auch immer dieses traurige Kapitel Beinkleidgeschichte stammen mag – ich spüre etwas. Ein Brummen, ein Vibrieren – mein Handy! Und auf dem Display steht ihr Name: Karin.

»Ist das dein Handy?«, fragt Günter.

»Ja.«

»Willst du nicht rangehen?«

»Nein.«

»Sicher?«

»Ja.«

Das Vibrieren hört auf. Ein bisschen länger hätte sie es schon versuchen können.

»Noch ein Bier?«

Günters Frage kommt im genau richtigen Moment.

»Ja.«

»Für mich auch, bitte«, flötet die Stimme und wendet sich wieder mir zu, während Günter die Getränke holt: »Mach's doch lieber aus, kannst ja sonst gar nicht abschalten.« Sabine legt ihre Hand auf die Stelle, wo sie das Handy in meiner Hose vermutet. Na, wenn das der Max sieht.

»Och, ich kann auch so abschalten.«

»Morgen haben wir eine sehr lange Route vor uns«, sagt Sabine.

Nein, haben wir nicht. Du vielleicht, ich nicht.

»Echt?«
»Mhm.«

Sabine faltet einen Plan auf dem Tisch aus und lässt ihre Finger die kommende Route abmarschieren: von Großberlitz über Juckerneck nach Plötzen am Niedersee. 22 Kilometer. Das sind mindestens 325 657 Wörter, die auf mich einprasseln werden. 3676 mehr oder minder vollständige Sätze. Viele, viele Antworten, ohne dass eine Frage gestellt wurde. Unzählig viele Ahs, Ohs und IST-DAS-SCHÖN-Kaskaden. 22 000 Meter Albtraum auf dem Eselspfad. Rauf und runter über die sanften Hügel der Uckermark. Durch endlose Baumalleen von Buchen, Eichen und was weiß ich noch. Und weit und breit niemand, der einen retten kann. Das kann selbst Karin nicht gewollt haben.

Sabines Finger schleicht voller Vorfreude jeden kartographierten Zentimeter genüsslich ab, während unsere Nudelsüpp gemächlich erkaltet. Ich folge, mit stumpfem Blick, ihrer Wanderlinie. Keinen Meter werde ich mit ihr mehr gemeinsam marschieren, das steht fest. Sie weiß nur noch nichts davon.

Friedhelm hätte längst zugebissen. Schon schade, wenn man manchmal kein Esel ist.

MAILVERKEHR

Liebe Karin,
habe gesehen, dass du versucht hast, mich anzurufen. Konnte leider nicht ans Handy gehen, weil ich gerade mit Friedhelm

einen Fluss überqueren musste. Hatte leider nur eine Hand frei, und die brauchte ich für den Strick.
Hoffe, dir geht es gut. Ich werde früh ins Bett gehen. Die Wanderung heute war wunderschön, aber auch sehr anstrengend. Bin ganz schön müde.
Vielleicht rufe ich dich morgen mal an.

Dein Björn

Gesendet vom Handy – 16:34 Uhr

• • •

Hallo Björn,
OK.

Karin

Gesendet vom Handy – 16:37 Uhr

• • •

Danke!

B.

Gesendet vom Handy – 16:38 Uhr

• • •

Wofür?
Gesendet vom Handy – 16:42 Uhr

• • •

Hallo Björn,
eine Frage, fällt mir gerade ein, dachte immer, dass Esel keine Flüsse überqueren, stimmt das etwa nicht?

Karin

Gesendet vom Handy – 16:59 Uhr

• • •

Nein.
Gesendet vom Handy – 17:01 Uhr

14. Man kann nie müde genug sein, wenn man schlafen will

Mein Zimmer hat alles, was ein Gästezimmer haben muss. Mehr aber auch nicht. Ein Bett, ein kleines Nachttischchen, eine Lampe für die Gesamtbeleuchtung und eine kleine Lampe zum Lesen. Ach ja, und ein Fenster zum Hof. Die Toilette befindet sich auf dem Gang, direkt neben der Dusche, die ich mir mit Sabine teilen muss, deren Zimmer dem meinigen direkt gegenüberliegt. Auf Bilder hat Günter bei der Einrichtung der Gästezimmer verzichtet, eine gute Idee. Nichts ist schlimmer als Bilder, die dem Urlauber drinnen etwas vorgaukeln, das es draußen gar nicht gibt.

In Lucca hängen in jedem Zimmer Bilder. Schäfer, die auf ihre Schafe starren, im Hintergrund Olivenbäume. Schafe, die auf nichts starren, im Hintergrund Olivenbäume. Eine alte Holzbank, auf der niemand sitzt, im Hintergrund Olivenbäume. Keines dieser Motive kann man in unmittelbarer Nähe unseres Feriendomizils in der *richtigen* Toskana sehen. Ein paar Schafe vielleicht, einen Schäfer oder zwei, eine Holzbank, aber nichts in genau der auf den Bildern gemalten Anordnung. Komisch, eigentlich ist mir noch nie etwas Negatives zu Lucca eingefallen; dass es ausgerechnet die Bilder sein können, fällt mir erst hier ein, wo es keine gibt.

Ich liege auf dem Bett und starre an die Decke. So langsam ärgere ich mich über Karin. Erst reagiert sie auf nichts, und dann kommt sie mir mit ihrem halbgaren Eselswissen. Und was ist mit mir? Warum fragt sie mich nicht, wie es mir geht? Oder warum sagt sie mir nicht, wie es ihr geht? Ohne mich.

Warum? Warum? Warum?

Karin hat ein Konzept, einen Plan. Und wer einen Plan hat, der will etwas erreichen oder verhindern, in jedem Fall hat er eine aktive Absicht. Nur welche? Ich kann nicht noch eine Nacht ohne Schlaf verbringen.

Es klopft an die Tür. Bitte nicht. Ich weiß genau, wer es ist – Sabine.

Sie schweigt nur, um mich in Sicherheit zu wiegen, auf diesen Trick falle ich nicht herein. Es klopft erneut. Gerade mal acht Uhr, um diese Zeit schläft niemand. Wenn ich nicht antworte, wird sie glauben, dass ich unterwegs bin. Aber wo sollte ich hier unterwegs sein.

Poch. Poch. Poch.

Sie hat Geduld, das muss man ihr lassen – oder ist das nur Hartnäckigkeit?

Poch. Poch. Poch.

Nein, sie ist komplett durch den Wind. Sie bekommt nichts mehr mit. Noch nicht mal, dass ich nicht da bin oder jedenfalls so tue, als ob.

Poch. Poch.

Da, ihre Kräfte schwinden. Nur noch ein zweimaliges Klopfen.

Poch.

Ein Mal!

Po…

Stille. Ich werde jetzt nicht den Fehler machen und aufstehen, um zu sehen, ob sie weg ist. Ich werde mich noch nicht mal umdrehen, aus Angst, dass eines der Lattenrostelemente ein Geräusch erzeugt, das ich bereuen werde. Ich liege wie ein Kunde der Pathologie. Mein Oberkörper bewegt sich nur vorsichtig auf und ab. Ich bin ein Meister der Flachatmung.

Stille.

Draußen schreit ein Tier. Sabine muss sich gezeigt haben. Die Tierwelt reagiert. Jetzt könnte ich es wagen, aufzustehen. Es ist wirklich noch zu früh, um zu schlafen. Ein Bier oder zwei mit Günter, das wäre es. Ich muss es wagen.

Ganz langsam schleiche ich zur Tür und lehne mein Ohr an das Holz. Nichts ist zu hören, selbst die Tiere draußen schweigen wieder. Die Kernkompetenz der Uckermark zeigt sich – der Osten ist ruhig.

Ganz langsam drücke ich die Klinke der Tür. Kein Geräusch, kein Quietschen, nichts. Herrlich.

Auf dem Flur ist niemand zu sehen, ich habe lange genug gewartet. Alles richtig gemacht. Nur zur Sicherheit schaue ich auf Sabines Tür, so, als ob man auf diese Weise erkennen könnte, was dahinter passiert. Kann man natürlich nicht, aber erahnen. Und ich erahne nichts. Wunderbar. Entweder ist auch sie eine Meisterin der Flachatmung, oder sie schläft, oder sie ist unterwegs.

Jetzt kann ich den Flur entlangmarschieren. Jeder Schritt verschafft mir Erleichterung und das sichere Gefühl, dass nichts mehr passieren kann. Jetzt noch die Treppe nach unten. Alte Eiche, sehr rustikal, nett. Jetzt noch einmal links, einmal rechts, und schon bin ich im Gästezimmer, der guten Stube. Keine Eiche, aber auch nett.

Niemand da.

»Günter?«, rufe ich vorsichtig.

Keine Antwort.

»Günter?«, rufe ich etwas lauter.

»Der ist nicht da, der hat 'ne Sitzung oder so was!«

Ich fahre herum und sehe – die Stimme. Frisch geduscht, frisch geföhnt, bester Laune.

»Soll ich uns ein Bier holen? Günter hat mir gesagt, wir dürfen überall ran, sollen nur alles aufschreiben.«

Das kann doch nicht wahr sein. Günter! Der kann mich doch hier nicht allein lassen. Mit Sabine. Ein Pensionswirt trägt Verantwortung für seine Gäste. Immer.

»Björn, alles klar?«

»Ja. Alles klar.«

»Also: ein Bier?«

»Ja.«

»Sollen wir nachher was spielen? Günter hat so eine Spielekiste mit Mühle, Halma, Malefiz?«

Ich muss unbedingt mit Karin sprechen.

»Wir können aber auch nur quatschen, oder?«, schlägt die Stimme aus dem Hintergrund vor.

»Ja, nur quatschen.«

»Ich bin froh, dass wir uns kennengelernt haben, Björn.«

»Ich auch. Echt.«

Warum kommt Günter nicht von seiner Sitzung, oder wo auch immer er ist, zurück? Warum? Warum? Warum?

Liebe Uckermark, wenn du der Grund für das alles hier

bist, dann habe ich einen gut bei dir. Aber du kannst nichts dafür. Es muss andere Gründe geben, irgendwo sind sie vergraben, und ich muss sie finden, weil mir sonst der Schädel platzt.

Ich habe Ferien, und mit jedem Tag werde ich kaputter. Ich kenne nur den gegenteiligen Verlauf, und genau da muss ich wieder hin.

»Alles klar, Björn?«

»Nein.«

15. Irgendwann im Sommer 91 oder so

Karin und ich waren seit sechs Monaten zusammen. Mein Referendariat war zu Ende, der Beamteneid eine reine Formsache, und meine erste richtige Schule, das Schiller-Gymnasium, wartete auf meinen Einsatz als Lehrer.

Kann sein, dass ich in dieser Phase noch so was wie Ehrgeiz spürte, ein pädagogisches Brennen, einen Auftrag, ein Bildungsbedürfnis, sicher bin ich mir nicht. Was ich aber mit Sicherheit spürte, hatte immer mit Karin zu tun.

An jenem Tag, den ich nicht mehr historisch genau datieren kann, wurde aus einer intensiven Beziehung ein Paar, zwei Menschen, die zusammenbleiben wollen.

Auch wenn ich den Tag nicht mehr genau weiß, so bleibt mir doch das Ereignis für immer im Kopf: Karin und ich kauften an diesem Tag eine Waschmaschine in einem Elektronikfachmarkt in Köln-Nippes.

Der Kauf einer gemeinsamen Waschmaschine sagt mehr über zwei Menschen aus als jeder Liebesschwur, als jede Notiz, jeder Brief, jedes amtliche Dokument. Die gemeinsame Waschmaschine ist der Urknall jeder Lebensgemeinschaft.

»Die ist zu teuer«, sagte ich beim Anblick des Rolls-Royce unter den Waschmaschinen.

»Wieso?«

»Wieso? 1600 Mark, ich finde, das ist teuer. Das ist sogar zu teuer.«

»Sollen wir uns jetzt alle fünf Jahre eine neue Maschine kaufen oder lieber einmal eine, die dann 15 bis 20 Jahre hält?«

Karin hatte ihre feste Kaufabsicht nur aus Gründen der Höflichkeit und des Respekts in eine freundliche Frage gekleidet.

»Wer sagt uns, dass sie hält?«, wollte ich von ihr wissen.

»Ich.«

»Ah, und was macht dich da so sicher?«

»Nichts.«

»Verstehe – nichts. Und das reicht, um mal eben 1600 Mark auszugeben?«

»Hey, du bist hier nicht in der Schule, und ich bin nicht eine von deinen Schülerinnen, die du für doof verkaufen kannst, Björn.«

»Das tue ich doch gar nicht.«

»Tust du wohl.«

»Karin, bitte!«

Der erste Streit in unserer Beziehung, die kurz davor war, eine Partnerschaft zu werden, lag in der Luft. Bis zu diesem Moment konnte ich nicht damit rechnen, dass ausgerechnet eine – noch nicht mal gekaufte – Waschmaschine der Grund dafür sein könnte.

»Karin, du hast natürlich vollkommen recht, aber wir haben das Geld nicht.«

»Wieso?«

»Ähm, weil wir ...«

»Wir müssen ja nicht die Boxen kaufen.«

Um genau zu sein, meinte sie, *ich* müsse ja nicht die Boxen kaufen. Während eine Waschmaschine etwas für beide ist – schließlich unterscheidet das gute Stück ja auch nicht, wessen Hose oder Höschen sie da gerade wäscht –, sind Lautsprecherboxen nicht für beide da. Zwar hören beide, was aus ihnen herauskommt, aber gehören tun sie meistens nur einem. In nahezu allen Fällen ihm, also mir.

»Willst du ohne Musik wohnen, Karin?«

»Kann ich mir eher vorstellen als ohne frische Klamotten.«

»Karin?!«

Wir haben an diesem Tag diese Waschmaschine gekauft und auf die Boxen verzichtet. Die Maschine gibt es noch heute, aber die Zahl der Lautsprecherboxen, die ich mir seit damals gekauft habe, ist unüberschaubar geworden.

Meine Rache verschlingt in jedem Jahr einen nicht unbeträchtlichen Teil meines Beamtengehaltes, und wenn der Tag kommt, an dem die Waschmaschine ihren Geist aufgibt, werde ich genau dieses Modell wieder kaufen wollen, egal, was Karin will. Bei Waschmaschinen habe ich mich festgelegt.

Im Sommer 91 war mir das nicht klar, wie so vieles nicht.

16. Fluchtwege und Krause Glucke

Ich bin Friedhelm zutiefst dankbar, dass er, ohne einen einzigen Laut zu geben, aus dem Stall gekommen ist. Er hat sich den einigermaßen trockenen Rucksack aufbinden lassen. Er hat sogar darauf verzichtet, Inge zu beißen, und fast macht er den Eindruck, als wäre auch er froh, wieder weitermarschieren zu können. Weg von Sabine, der Stimme, und einer Eselin, die er nicht leiden kann.

Es ist fürchterlich kalt. Die Sonne wartet noch auf ihren Einsatz. Es ist halb vier in der Früh. Auf dem Weg glänzt der Tau, und der kondensierte Wasserdampf wirkt wie ein natürlicher Hinweis darauf, dass meine kurze Hose denkbar unpassend ist. Egal, lieber friere ich, als noch mal eine ganze Tagesroute mit IHR zu marschieren.

Friedhelm und ich sind auf der Flucht, und wer vernünftig fliehen will, muss zunächst mal früher aufstehen als die anderen. Um Günter tut es mir leid, mit ihm hätte ich mich gerne noch mal unterhalten, über seine Motive, ausgerechnet hier zu bleiben, über seine Ziele, Träume, alles. Aber nicht um jeden Preis. Ich habe ihm einen Brief geschrieben, man wird sich wiedersehen, irgendwann, irgendwo.

Heute also – Plötzen am Niedersee. Eine lange Etappe, aber eine Etappe voller Ruhe, und deshalb freue ich mich fast schon darauf. In Lucca wäre ich jetzt nicht so leicht zufrieden, da müsste es schon die Aussicht auf ein Essen in der Trattoria Don Cimenese sein oder ein tolles Buch, das darauf wartet, von mir verschlungen zu werden, oder eine Shoppingtour nach Florenz, mit Karin.

Karin!

Soll ich sie jetzt mal anrufen? Nein, nicht um diese Zeit, sie wird mich töten. Obwohl, dass ich um diese Zeit mit einem Esel durch die allmählich erwachende Uckermark flüchte, die Zivilisation außer Sichtweite, frierend, einsam, all das ist ihr Verdienst. Sie trägt die Verantwortung, das dürfte ich sie jetzt auch spüren lassen. Ich krame nach meinem Handy, gleich ist dein Schlaf vorbei, mein Schatz.

Nein, ist er nicht – kein Netz. Auch das noch.

Friedhelm und ich gehen schweigend nebeneinander her, der Führungsstrick baumelt lose zwischen uns, eigentlich könnte ich auch ganz drauf verzichten.

»Okay, Test!«

Ich nehme ihm den Strick ab. Friedhelm nimmt es ohne jede Regung zur Kenntnis. Er geht weiter brav neben mir.

»Besser, oder?«

Er schaut tatsächlich kurz zu mir herüber. Im zwittrigen Licht zwischen Nacht und Tag glänzen seine dunklen Augen. Wenn ich ihm dafür jetzt ein Kompliment mache, wird er es falsch verstehen, und ich werde mich dafür schämen, das lassen wir mal lieber.

Friedhelms Schweigen ist das Angenehmste, was ich seit langer Zeit erleben durfte. Er gibt keinen Laut von sich, weder das Klischee-Iaaaa noch ein Grunzen, Schmatzen oder sonstiges Geräusch. Er furzt noch nicht mal. Dass ich einen Esel brauche, um mal runterzukommen, hätte ich mir nicht träumen lassen. Und das werde ich auch niemandem auf die Nase binden.

Wir laufen jetzt schon seit zwei Stunden in Richtung Plötzen, und ich habe Hunger, großen Hunger. Aber wo auch immer ich hinschaue, kein Haus in Sicht, keine Tankstelle, kein gar nichts. Nur Landschaft, Landschaft, Landschaft.

So oft, wie ich mich in den letzten Stunden bewegt habe, habe ich mich während meines gesamten Studiums nicht bewegt, wenn man die Gänge zur Mensa und zum Zigarettenautomaten mal abzieht. Ich hätte wirklich besser frühstücken sollen. Günter hätte nichts dagegen gehabt, wenn ich mich aus seinem Kühlschrank bedient hätte. Die Angst vor der Stimme hat mich darauf verzichten lassen. Frauen wie Sabine werden schon von dem Geräusch wach, wenn jemand ein Marmeladenglas öffnet, und schon stehen sie neben dir und beginnen ein erstes, nicht enden wollendes Gespräch. Dann lieber Hunger.

Nicht nur in den frühen Morgenstunden, aber da ganz besonders, gehört die Uckermark zu den wenigen Landstrichen in Deutschland, in denen ein Wanderer noch an Skorbut sterben kann. Oder an einer anderen Mangelerkrankung. Die Auswahl an Lebensmitteln beschränkt sich auf natürliche Feinkost für Esel und andere Köstlichkeiten der Natur, an denen nur Nager, Rehe und Insekten ihre Freude haben. Friedhelm hat keinen Hunger, er findet überall etwas. Doch alles, was er sich zwischendurch ins Maul stopft, würde bei mir zum unmittelbaren Tod führen. Und niemand würde mich finden. Hier ist man allein, lange Zeit, mindestens bis Plötzen. Und jetzt schießt mir ein Gedanke durch den Kopf, der mich meinen Hunger sofort vergessen lässt: Meine Flucht ist völlig sinnlos, spätestens in Plötzen werde ich Sabine wieder treffen. Ich werde eher da sein als sie, aber abhängen werde ich sie nicht!

Friedhelm scheint Gedanken lesen zu können. Er schüttelt sich und schaut mich fragend an. Ja, fragend!

»Keine Ahnung, was machen wir denn jetzt?«

Ich krame die Karte aus dem Rucksack. Da ist Plötzen, die nächste Station ist Trillenberg, noch mal 17 Kilometer weiter.

Zu weit.

»Scheiße.«

Friedhelm zuckt kurz, fühlt sich aber nicht direkt angesprochen. Besser so.

»Scheiße. Scheiße. Scheiße.«

Ist unsere Flucht gescheitert? Wann habe ich mich zum letzten Mal so elend gefühlt. Ich weiß es genau, das war, als ich die mit Abstand schlimmste Klasse der ganzen Welt nach Borkum begleiten musste, weil meine geschätzte Kollegin komischerweise einen Tag vor Beginn der Klassenfahrt an einem sehr seltenen Virus laborierte. Der selbstverständlich nach der Klassenfahrt vollständig weg war. Alle wussten, dass sie schon gesund war, als sie die Rücklichter des Reisebusses sah, beweisen aber konnte es ihr niemand. Blitzgenesungen sind in unserer Branche üblich.

»Was machen wir denn jetzt?«

Statt zu antworten, widmet sich Friedhelm einer Grassorte, die ungewöhnlich hoch wächst und scheinbar wahnsinnig lecker schmeckt. Sein Hunger ist größer als sein Problembewusstsein. Von seiner mangelnden Solidarität mal ganz zu schweigen. Was soll man auch von einem Mietesel erwarten. Mehr als ein ihm völlig unbekannter Strickführer und Kilometerfresser bin ich nicht für ihn. Wahrscheinlich würde ich an seiner Stelle genauso denken.

Wahrscheinlich hat Friedhelm nur eine andere Reihenfolge fürs Wesentliche im Kopf: erst satt werden, dann denken. Vielleicht gar nicht so doof. Ich werde trotzdem kein Gras essen, ich muss erst denken.

Mein Blick fällt auf diese übertrieben bunte Eselwanderkarte, in der alles eingezeichnet ist, das für einen Eselwanderer relevant ist. Essen, Schlafen, Wandern. Die Sehenswürdigkeiten sind separat aufgeführt und fallen auf meinem aktuellen Streckenprofil eher spärlich aus.

Ich hasse Karten. Ich will mir nicht vorgaukeln lassen, dass die Strecken, die ich mit dem Zeigefinger abmarschiere, wirklich nicht lang sind. Sie sind es, und diese Maßstabsverkleinerungen sind nur verlogene Illusionen.

Eins steht fest, ich werde auf keinen Fall Sabine in die Arme laufen, und ich werde auch nicht auf der vorgezeichneten Route irgendwo auf sie warten. So blöd kann man nicht sein. Nicht freiwillig, nicht wenn man in der Sekundarstufe II unterrichten darf und seit zehn Jahren dem Finanzamt erfolgreich beweisen kann, dass man auch zu Hause ein Arbeitszimmer braucht, das man steuerlich absetzen muss. Ich kann das, viele meiner Kollegen nicht.

Björn Keppler hat es drauf, auch wenn das einige Herrschaften im Kollegenkreis nicht unterschreiben würden, aber die können ja auch ihre Arbeitszimmer nicht absetzen. Weicheier ohne Mut zum Risiko, verbeamtete Schissbuxen. Was kann schon passieren, wenn man auffliegt? Einzelhaft? Lächerlich. Strafversetzung an eine Hauptschule? Okay, das macht Angst, vielleicht setze ich im nächsten Jahr das Zimmer nicht mehr ab. Doch jetzt gibt es Wichtigeres.

Mein Entschluss steht fest: Ich werde mit Friedhelm von der Route abweichen. Das ist verboten. Das steht dick und fett in der Anleitung. Das ist ein ungeschriebenes Eselwandergesetz. Artikel 1 – Die Würde des Esels ist unantastbar, die vorgeschriebene Route auch!

Eintrag ins virtuelle Klassenbuch – Björn Keppler verweigert sich!

Mich beschleicht ein Gefühl von Freiheit.

Friedhelm und ich durchbrechen alle Konventionen, wir halten uns an kein Gesetz. Wir sind die Piraten der Uckermark.

Es ist so lächerlich, aber ich fühle mich wohl dabei. Ich trabe durch ein kleines Brennnesselgebüsch, und ich genieße den Schmerz. Ich genieße jede einzelne dieser kleinen Quaddeln, die mir zeigen, wie wenig ich mich jetzt noch um Wege und Routen schere. Wenn ich diesen Weg da vorne gehen will, dann gehe ich ihn. Und Friedhelm folgt mir. Auch für ihn beginnt das Abenteuer. Neue Wege, neue Herausforderungen.

Niemand wird uns stoppen.

Niemand!

»Hallo? Sie da! Hallo?«

Die Stimme kenne ich nicht. Ich drehe mich trotzdem um.

»Da dürfen Sie nicht durch«, sagt ein Mann, dessen gesamte Erscheinung aussieht wie eine explodierte Kirmeswurfbude. Ein zusammengewürfelter Mix aus braunen Cordresten und aufgerautem Fleece.

»Ah, wer sagt das?«, entgegne ich keck und selbstbewusst.

»Heiner Lüttenjohann.«

»So?! Und wer ist das?«

»Das ist der Förster von Plötzen.«

»Ah ja, gut, dann bestellen Sie dem Förster von Plötzen mal einen schönen Gruß. Ich gehe, wohin ich will.«

»Nee.«

»O doch.«

»Nee.«

»Guter Mann? Ich will mich nicht streiten, ich muss weiter«, sage ich so bestimmt, wie es geht.

»Ich bin Heiner Lüttenjohann, der Förster von Plötzen.«

»Oh.«

»Ja, oh! Und nu?«

»Ja, dann ähm … gehe ich mal wieder auf den Weg.«

»Nee.«

»Nee?«, frage ich, so gar nicht mehr keck und selbstbewusst.

»Erst zahlen.«

»Wie?«

»Zahlen.«

»Wofür. Wegemaut, oder was?«

»Strafe!«

»Ich hab' doch gar nichts gemacht, 'n paar Brennnesselbüsche habe ich plattgetreten, das war alles.«

»Die Krause Glucke.«

»Was?«

»Die Krause Glucke, die haben Sie auch kaputt gemacht.«

»Die kenn' ich überhaupt nicht.«

Er zeigt auf ein seltsames Gewächs, das sich um einen Nadelbaum gelegt hat.

»Krause Glucke, blumenkohlartiger, großer, gelblichweißer Fruchtkörper mit gekräuselten, abgeflachten Ästen«, doziert der Mann ungefragt.

»Okay, okay, verstanden. Kommt nicht wieder vor. Jetzt, wo ich die Krause Glucke kenne, werde ich noch mehr aufpassen.«

»Gut.«

»Das heißt, ich kann jetzt gehen?«, frage ich vorsichtig.

»Nö.«

»Wie?«

»Nö!«

»Das ist doch nicht Ihr Ernst, Herr ...«

»Lüttenjohann. Und das ist mein Ernst. Spaß mache ich in meiner Freizeit.«

Das glaube ich ihm nicht, aber das hilft mir jetzt auch nicht weiter.

Friedhelm steht nun direkt neben mir. Piraten müssen zusammenhalten.

»Okay, was muss ich zahlen?«

»Vierzig Euro.«

»Für einmal den Weg verlassen? Dafür kann ich bei uns mit hundert durch eine Spielstraße fahren.«

»Machen Sie doch. Hier kostet das vierzig Euro.«

Ich krame in meiner Hosentasche und finde kein Geld. Und jetzt fällt mir ein, wo ich meine Geldbörse habe liegenlassen. So viel Pech kann man doch gar nicht haben. Das ist kein Schicksal, das ist mein Armageddon.

»Hören Sie, Herr Lüttenjohann, ich gebe Ihnen fünfzig Euro, wenn Sie mir einen Gefallen tun.«

»Wird das eine Bestechung?«

»Nein, natürlich nicht. Es ist eine Bitte, eine kleine Bitte, ein Gefallen …«

»Bestechung.«

»Nein.«

Erst trifft man niemanden in dieser Einöde und dann ausgerechnet den verbeamtetsten Beamten der gesamten Uckermark.

»Sie haben kein Geld, stimmt's?«, fragt der Förster.

»Ja, schuldig im Sinne der Anklage.«

»Und nu?«

»Ich weiß es nicht, dahin, wo mein Geld ist, kann ich nicht zurück.«

»Warum?«

»Wegen Sabine.«

»Ihre Frau?«

»Um Gottes willen.«

»Ihre Geliebte?«

»Mein Albtraum.«
»Ah. Und nu?«
»Ich weiß es nicht, ich weiß es wirklich nicht. Haben Sie eine Idee, Herr Lüttenjohann?«

17. Angst besiegen und verlieren

Es ist so eine Sache mit der Feigheit.

Bei manchen Menschen ist die Feigheit eine Wesensart, bei mir ist sie ein wichtiger Bestandteil meines Charakters. Wichtig im Sinne von: möchte ich nicht missen, auf keinen Fall. Für mich ist Feigheit nichts, wofür man sich schämen müsste, dafür verdanke ich ihr zu viel. Die Feigheit ist nichts anderes als eine virtuelle Nervenbahn, die uns rechtzeitig ein Signal ins Hirn schickt, um uns davor zu bewahren, Mist zu bauen oder sich einer Gefahr auszusetzen, die man nicht bezwingen kann. Es ist nicht besonders mutig, sich vor einer Schneelawine aufzubauen, um sie mit seinem Wanderschuh zu stoppen. Im Gegenteil, es ist wahnsinnig schlau, wenn man feige genug ist, um vor der Lawine davonzurennen. Der Vergleich hinkt, aber das ist mir egal. Karin war es nie egal.

»Was ist das für ein bescheuertes Bild. Feige ist man nur, wenn man sich einer Situation entzieht, vor der man übertrieben Angst hat.«

»Vor einer Schneelawine davonzurennen halte ich nicht für übertriebene Angst, mein Schatz.«

»Dein ›Schatz‹ kannst du dir klemmen, ich bin nicht eine von deinen Schülerinnen.«

»Zu denen würde ich nie ›mein Schatz‹ sagen.«

»Björn?«

»Ich weiß, Haarspalterei.«

Karin nickte und deutete auf das Autobahnschild Richtung Florenz.

»Du fährst jedes Jahr hier ab, obwohl es ein Umweg ist, nur weil es möglicherweise vor Florenz zum Stau kommt, in diesem Jahr fahren wir nicht ab. Ich habe keine Lust mehr, mir ist heiß, und ich will jetzt unter die Dusche.«

»Schatz ...«

»Björn?«, zischte sie.

»Karin, wenn wir hier abfahren ...«

»Wie immer ...«

»Ja, wie immer. Dann brauchen wir zwanzig Minuten länger, kommen aber garantiert nicht in den Stau vor Florenz.«

»Und wenn da gar keiner ist?«

»Da ist immer einer.«

»Wir haben noch nie drin gestanden.«

»Ja, weil ich ja immer abfahre.«

»Diesmal fahren wir nicht ab. Wir bleiben auf dieser Bahn.«

»Karin, das ist ...«

»Björn?«

Karin schenkte mir einen Blick, den sie nur dann perfekt beherrschte, wenn sie am Ende einer Diskussion angelangt war. Manchmal wünschte ich mir, Karin hätte diesen unfassbar eindringlichen und suggestiven Blick auch mal für meine Interessen eingesetzt, aber das war nie der Fall. Die Wirkung dieses Blicks war stets dieselbe: Gegenwehr zwecklos. Auf unseren Fahrten in die Toskana hatte sie noch nie Gebrauch davon gemacht. Warum sie es ausgerechnet vor Florenz tat, verstand ich damals nicht. Ich reagierte nur.

»Okay, wir bleiben, Karin, auf deine Verantwortung.«
»Ja, wenn es dir hilft, deine eigene Feigheit zu vergessen – auf meine Verantwortung.«

Wir fuhren jedes Jahr die gleiche Strecke nach Lucca, und ich fuhr jedes Jahr die gleichen Umgehungen. Karin fand das spießig, wie sie mir irgendwann mal zwischendurch verriet. Ich fand es nicht spießig und auch nicht feige. Sich freiwillig einem Stau auszusetzen ist nicht mutig, sondern schlichtweg doof.

»Zähfließend, wenn überhaupt«, kommentierte Karin die kurz vor Florenz immer häufiger aufleuchtenden Rücklichter der vor uns fahrenden Autos.
»Ja, ja, zähfließend«, bestätigte ich.
»Zähfließend ist kein Stau. Und auf deiner blöden Umgehung wären wir jetzt schon sechsmal von einer roten Ampel gestoppt worden.«
»Fünfmal.«
»Ja, Björn, danke für den Hinweis.«
»Gerne.«
»Blödmann!«
»Was?«
»Blödmann!«

Im letzten Jahr verlief die Hinfahrt nach Lucca in ungewöhnlich gereizter Stimmung. Während meine Laune sich mit jedem Kilometer in Richtung Toskana verbesserte, wurde Karins Anspannung immer deutlicher. Den entscheidenden Fehler machte ich mit einer vergleichsweise harmlosen Frage, die man nie stellen sollte, wenn man die Antwort im Grunde schon weiß.

»Bist du irgendwie schlecht gelaunt?«

Vor der Frage war Karin ein bisschen schlecht gelaunt, danach richtig. Die emotionale Temperatur ging unter null. Wo eben noch ein Hauch von Hitze war, herrschte nun Eiszeit.

Den Stau, der vor uns lag, wagte ich nicht zu kommentieren.

Wir haben mehr als zwei Stunden gestanden. Während der Asphalt zu flirren begann und Menschen in Wohnwagen ihre Satellitenschüsseln ausrichteten, um sich die Zeit auf der italienischen Autobahn mit deutschem Fernsehen zu vertreiben, schwiegen wir uns an.

Irgendwann wurde es Karin zu viel.

»Sag schon«, schnaubte sie.

»Was?«

»Der Stau.«

»Was ist damit?«

»Komm, tu doch nicht so, wenn ich auf dich gehört hätte, säßen wir jetzt nicht hier.«

»Habe ich nicht gesagt.«

»Aber gedacht.«

»Und wenn, Karin. Bringt doch jetzt alles nichts, wir stehen jetzt hier und gut. Wir haben ja Zeit. Wenn wir jetzt auch nur 14 Tage Urlaub hätten, wie die anderen, aber wir? Vorteil – Lehrer! ... Zeit ohne Ende.«

»Weißt du, was das Schlimmste an dir ist, deine Selbstgerechtigkeit.«

»Was soll ich denn jetzt sagen?«

»Einfach mal nichts!«

»Wär's dir lieber, wenn ich gesagt hätte: Ja, ich hatte recht, wären wir doch mal abgefahren –, so was?«

»Ja, immer noch besser als dieses arrogante ... bringt doch nichts ... und wir haben ja so viel Urlaub.«

»Was denn jetzt, arrogant oder selbstgerecht?«

»Björn, jetzt nicht auch noch so.«

»Ich frag' doch nur.«

»Nein, du versuchst, mich zu kontrollieren.«

»Wo denn?«

»Jetzt!«

»Wo kontrolliere ich denn?«

»Du versuchst, mich kleinzumachen.«

»Wie?«

»Mit diesen Fragen!«

»Was für Fragen?«

Jetzt grunzte Karin irgendwas Unverständliches, sicherheitshalber fragte ich aber nicht nach, sondern entschied mich für einen pädagogischen Kurswechsel.

»Karin, komm, sobald es geht, fahr'n wir ab und gehen irgendwo 'ne Kleinigkeit essen, hm?«

»Nein.«

»Wenigstens einen Kaffee?«

»Nein.«

»Willst du lieber hier auf der Bahn stehen?«

»Ja. Und wenn du mir noch eine einzige Frage stellst, dann platz' ich.«

»Okay, bin schon ruhig. Willst du wenigstens eine Banane?«

Karin platzte nicht, aber sie haute auf das Lenkrad und schwieg dann bis Florenz.

18. Das Ende der Feigheit, hallo, Sabine

Ich bin erschöpft, nicht nur, weil Friedhelm mit jedem Meter bockiger wurde, den wir uns der Alten Post näherten. Nein, ich wäre auch ohne ihn am Ende. Wer zurückläuft, muss ja auch mal hingelaufen sein. Jetzt spüre ich nicht nur jeden Muskel, sondern auch das Fehlen meines Schlafes. Normalerweise ist mein Akku in dieser Phase der Schulferien bereits wieder vollständig aufgeladen, jetzt hängt er durch, mehr als je zuvor.

Inge steht im Hof, bereits bepackt, und jetzt ist Friedhelm endgültig nicht mehr der friedliche Kumpel, der schweigend stundenlang neben einem marschieren kann. Er verwandelt sich in ein Monster. Seine Haare stellen sich auf wie bei einem Sozialarbeiter, der bei einem Pitbullbesitzer in Neukölln eine unangemeldete Hausbesichtung machen möchte. Nur, dass sich die Haare bei meinem Esel nicht aus Angst aufstellen, sondern nur, um ihn noch mächtiger, größer und fieser erscheinen zu lassen. Zudem weiten sich Friedhelms Nüstern, als gälte es, Platz für ein Autoreifenpiercing zu machen, wie es einige meiner Schüler tragen. Halten kann ich ihn jetzt nicht mehr. Unmöglich, selbst wenn ich es wollte. Hier gewänne ungebändigte Kraft gegen bestenfalls gute Absicht, ein ungleicher Kampf, nicht nur im Vergleich zwischen Esel und Mensch. Friedhelm schießt mit einem markerschütternden Angriffsschrei los. Inge weiß genau, was sie jetzt zu erwarten hat – den ersten Biss an einem Morgen, der doch so schön angefangen hat.

Mir bleibt nur die Rolle des Beobachters, eines feigen Zeugen, der dieses Drama hätte verhindern können, wenn er nicht so blöd gewesen wäre, sein Portemonnaie in der Alten Post zu vergessen.

Sabine kommt aus dem Haus gerannt.

»Gehst du wohl da weg, gehst du wohl!«

Friedhelm geht natürlich nicht weg und fügt seinen Beißattacken nun auch noch den einen oder anderen kleinen Tritt hinzu.

Sabine weiß sich zu helfen. Inge nicht. Die Stimme schnappt sich einen Wasserschlauch, dreht den Hahn auf und vertreibt Friedhelm mit einem eiskalten Strahl, wie einen AKW-Gegner in Brokdorf.

Mein Auftritt.

Sabine streichelt Inge tröstend, ohne sich weiter um Friedhelm zu kümmern. Sie schimpft nicht mal mit ihm. So gesehen ist sie eine Seele von Frau. Nicht nachtragend, mitfühlend und äußerst beschützend.

»Björn!«, flötet sie, »guten Morgen«, als wäre nichts geschehen. Kunststück, für sie ist auch nichts geschehen.

»Sabine. Na?«

»Wo warst du?«

»Ich?«

»Hab schon gedacht, du wärst ohne mich losmarschiert.«

Sie lächelt dabei, als wäre dies der unsinnigste Gedanke auf Erden.

»Ähm …« Mir fehlen die Worte. A danger foreseen is a danger avoided, fährt es mir durch den Kopf. Aber englische Sprichwörter helfen hier nicht weiter. Hier wäre deutscher Klartext angesagt.

Am Fenster sehe ich Günter. Er wedelt mit einem Blatt Papier und schüttelt dazu den Kopf. In dem Brief steht, dass wir uns wahrscheinlich nie wiedersehen werden. Das stimmt schon mal nicht.

»Habt ihr euch schon die Beine vertreten?«, will Sabine wissen.

A lie will go round the world while truth is pulling its boots on, noch so ein Sprichwort, das auf Deutsch saublöd klingt.

»Ja. Ausgiebig.« Was definitiv keine Lüge ist und der Wahrheit den Sprung in die Schuhe erspart.

»Na, nicht, dass du dir zu viel vornimmst?! Nach Plötzen, das zieht sich.«

»Ich weiß.«

»Woher?«

»Ich komme gerade daher.« Die Wahrheit, wie tapfer.

»Aus Plötzen?«

»Fast.« Du steigerst dich, Björn, jetzt nicht nachlassen.

»Wie meinst du das?«

Ich weiß genau, Sabine ist die Schneelawine, vor der ich jetzt flüchten kann oder nicht. »Wie ich's gesagt habe.« Gut, weiter, du schaffst es.

»Ich versteh nicht, wie meinst du das, fast?«

»Ich … ich … ich bin die Strecke schon mal gelaufen.«

»Warum?«

Die Stimme dreht auf, erreicht ohne Ankündigung Frequenzen, die tödlich sind.

Ich schweige. Die Schneelawine rollt auf mich zu. Vielleicht doch lieber eine Lüge auf Weltreise schicken? Eine kleine Lüge? Eine Notlüge? Eine Teilwahrheit?

»Björn?«

Was soll ich ihr jetzt sagen, gleich wird sie mich unter sich begraben.

»Björn?«

Die Schneelawine spricht nicht mit mir, sie beschießt mich mit Tönen, die das Leitungsende einer Nervensynapse in eine brennende Zündschnur verwandeln.

Ich sehe, wie Günter aus dem Haus tritt. Er hat noch immer meinen Brief in der Hand. Er wird ihn erst gerade entdeckt haben.

Friedhelm kommt zurück. Er schüttelt sein nasses Fell, dann blickt er zu mir. Wie Günter. Beide erwarten von mir etwas. Tod oder Freiheit. Mut oder Feigheit. Es gibt keine Alternative.

»Sabine?« Wenn ich jetzt nicht die Wahrheit sage, wird die Lawine dafür sorgen, dass ich nie wieder die Wahrheit sagen kann.

Ich darf auch Günter und Friedhelm jetzt nicht enttäuschen. Inge ist mir egal, die hat mich eh nie beachtet. Aber Sabine ist mir nicht egal. Verdammt, warum nicht? Ich habe Schülern ins Gesicht gesagt, dass selbst der Kauf eines Radiergummis keinen Sinn macht und ein weiterer Schulbesuch noch weniger. Ich habe übermotivierten Eltern schonungslos erklärt, dass ihr Kind nahezu intelligenzfrei unterwegs ist und jede Bildungsoffensive meinerseits nur auf ein gigantisches Vakuum trifft. Aber dieser noch immer wildfremden Frau, die sich einen Max halluziniert, kann ich nicht die Wahrheit sagen?

Warum? Warum? Warum? »Sabine, ich habe mein Portemonnaie vergessen.«

»Wo?«

»Auf dem Tisch?«

»Ja, und?«

»Sabine?«

»Ja?« Erst jetzt begreift sie, was ich mit dem, was ich gerade gesagt habe, sagen wollte. »Du bist nur zurückgekommen, um dein Portemonnaie zu holen?« Ihre Stimme klingt mit einem Mal ganz normal, weich, melancholisch, fast traurig.

Günter will mir helfen. »Soll ich euch noch ein Lunchpaket machen?«

Warum sagt er »euch«?

Sabine schüttelt traurig den Kopf. Und ich tue es ihr gleich. Nach Essen ist mir nun gar nicht.

»Dann heißt das jetzt wohl auf Wiedersehen?«, fragt Sabine.

Wenn ich ihr jetzt die Wahrheit sage, habe ich die Feigheit besiegt und einen Menschen verletzt.

Ich oder sie.

Entscheidung in der Uckermark.

Ich!

»Ja, das heißt es, Sabine. Auf Wiedersehen!«

Was ich gesagt habe, fühlt sich gut an. Es gibt ein Recht auf Egoismus. Das gilt überall auf der Welt, auch in der Uckermark.

MAILVERKEHR

Björn,
die Waschmaschine ist kaputt.

Karin

Gesendet vom Handy – 9:03 Uhr

• • •

Hallo, Karin,
habe noch nicht gefrühstückt. Ist es schlimm? Ich meine, das mit der Waschmaschine?

Dein Björn

Gesendet vom Handy – 9:07 Uhr

• • •

Sie schleudert nicht mehr.

K.

Gesendet vom Handy – 9:11 Uhr

• • •

Karin, ruf doch bitte bei Elektro Baumann an, die schicken einen Mechaniker. Ich kann von hier aus nichts sagen.

Björn.

Gesendet vom Handy – 9:14 Uhr

• • •

Glaube nicht, dass es Sinn macht. Muss jetzt los.

K.

Gesendet vom Handy – 9:20 Uhr

• • •

Wohin?

B.

Gesendet vom Handy – 9:23 Uhr

• • •

Karin, ich bin's noch mal, habe keine Antwort bekommen. Wollte nicht neugierig sein. Du willst bestimmt zum Sport. Ich rufe dich von unterwegs aus noch mal an, dann können wir ja alles besprechen. Heute wird es bei mir bestimmt sehr anstrengend, bin jetzt schon kaputt, aber das Wetter ist gut, und die Landschaft wird es bestimmt auch. Muss jetzt gerade noch mal daran denken, als wir die Waschmaschine gekauft haben. Weißt du noch? Die hat ja lange gehalten, hattest recht, und wenn sie nicht mehr zu reparieren ist, dann kaufen wir noch mal das Modell. Lieber einmal richtig investieren, als irgendeinen Schrott kaufen.

Bis später

Dein Björn

Gesendet vom Handy – 9:35 Uhr

• • •

… noch was, wenn ich nicht direkt antworte, kann es sein, dass ich kein Netz habe. Nicht böse sein, okay.
Wir reden ja später.

Björn

Gesendet vom Handy – 9:43 Uhr

• • •

… und wenn es dieses Modell nicht noch mal gibt, dann eben das Nachfolgemodell, hat jetzt bestimmt auch eine bessere Ökobilanz. Egal, wir schauen mal!

Dein

Björn

Gesendet vom Handy – 9:50 Uhr

• • •

Der Esel ist gesattelt, die Sonne scheint, auf geht's!

Dein

Björn

Gesendet vom Handy – 9:59 Uhr

19. Alles kaputt?
Schluss mit Schleudergang? Es regnet.

Es gießt in Strömen. Entweder weint der liebe Gott vor Lachen, weil er meine Mails an Karin gelesen hat und es wahnsinnig lustig findet, wie ich mich bei meiner Frau zum Deppen mache, oder dieser Ost-Monsun liefert die meteorologisch passende Tapete zu meiner Stimmung. Ich fühle mich wie ein begossener Pudel. Nicht weil ich Karin angelogen habe, sondern weil ich so bescheuert hartnäckig war, ihr auch noch ständig hinterherzuschreiben.

Der Weg, den ich nun schon zum zweiten Mal gehe, hat sich in eine mittlere Flusslandschaft verwandelt. Friedhelm und ich lassen die Ohren hängen. Der Himmel über der Uckermark ist schwarz wie die Nacht. Und meine Gedanken sind es irgendwie auch.

Ich denke ständig an die Waschmaschine und an Karin. Immer in dieser Reihenfolge. Was, wenn wir uns keine Waschmaschine mehr kaufen? Weder das alte Modell noch das neue mit der verbesserten Ökobilanz. Was, wenn Karin sich längst nach einer anderen Maschine umgesehen hat, die sie allein kauft? Für sich! Mit einem Schleudergang, der nur ihre Unterhosen wirbelt? Einem Schongang, der ausschließlich ihre wunderschönen Blumenblusen reinigt statt meiner langweiligen Hemden? Karin findet alle Hemden von mir langweilig. Ich nicht. Aber das spielt nun keine Rolle. Ich sehe vor mir eine kleine Waschmaschine, die nie etwas von mir waschen wird. Ich sehe eine Waschmaschine ohne mich, in einer Wohnung ohne mich. Ich sehe ein Bett ohne mich und vor allem eine Frau ohne mich.

Der Regen klatscht mir ins Gesicht, und die Feuchtigkeit spüre ich schon gar nicht mehr. Vielleicht muss das so sein, wenn man die ganze Zeit nur an eine Waschmaschine denken kann und an seine Frau. An Karin, die um 9.20 Uhr los musste, und ich weiß noch immer nicht, wohin.

Ich schaue auf das Hinterteil eines nassen Esels, während meine Lehrerkollegen in der Toskana sind, auf einer Baleareninsel oder irgendwo in Skandinavien zum Mückenzählen. Oder, wenn sie nicht unterwegs sind, dann bauen sie sich einen Schwimmteich im Garten, dessen Gesamtkonzeption und Kalkulation ein komplettes Schuljahr in Anspruch genommen hat.

Mein Schwimmteich heißt Uckermark, die Konzeption hat meine Frau übernommen. Wie langfristig, kann ich nicht beurteilen. Ich bin kurzfristig überrascht worden, das steht fest.

Ich latsche hinter einem Esel her, dem dieses Schweinewetter und seine verheerenden Wirkungen auf die Landschaft und Natur nichts auszumachen scheinen und der sich seit einiger Zeit noch nicht mal mehr zu mir umdreht.

Vor meinem Esel läuft Sabine, die ihrerseits Inge verfolgt. Immerhin reden wir nicht zusammen, aber wir wandern weiter zusammen. Herzlichen Glückwunsch, Björn, du bist ein Teufelskerl. Der Frau hast du es aber mal so richtig gezeigt, sauber.

Sabine hat seit zwei Stunden nichts gesagt, sich genauso wenig zu mir umgedreht wie Friedhelm. Wahrscheinlich ist sie sauer. Ich will es gar nicht so genau wissen, es reicht zu wissen, wie inkonsequent ich bin. Und wie unsagbar feige. Ich schäme mich dafür.

Der Regen wird stärker. Ein Weg vor uns ist kaum noch zu erkennen. Um uns herum regiert eine grauschwarze Landschaft, aus der irgendjemand sämtliche Farbe herausgezogen hat. Himmel und Erde bilden keinerlei Kontrast mehr. Norden, Osten, Süden, Westen, alles ist eins, so scheint es. Die Uckermark ist eine schwarzweiße Ursuppe, die den Horizont aufgefressen hat und sich einen Dreck um geophysikalische Gesetze schert. In den lokalen Wetternachrichten muss der Begriff Armageddon gefallen sein. Alles andere wäre untertrieben.

Ich versuche, das Geräusch meiner Schritte mit den Hufgeräuschen von Friedhelm zu synchronisieren, damit wenigstens meine Gedankenwanderung eine Richtung und einen Rhythmus bekommt.

Zweimal schwapp, schwapp … viermal pflotsch, pflotsch.

Schwapp, schwapp. Pflotsch, pflotsch.

Ich schaue auf den Boden, und plötzlich stehen zwei kleine schwarze, lehmverschmierte Stumpen vor mir. Aus den Stumpen, die im morastigen Lehmweg versinken, tauchen zwei kalkweiße, untrainierte Beine auf, die auf Kniehöhe in einer umgekrempelten Hose verschwinden. Die schwarzen Stumpen sind Wanderschuhe und als solche nur zu erahnen. Aber ich weiß, dass es Wanderschuhe sein müssen, denn es sind Sabines Stumpen.

Sie hat sich vor mir aufgebaut. Zwischen uns schafft es nur noch der Regen, einen Hauch von Grenze zu ziehen.

»Was habe ich dir getan, Björn? Ich frage mich das die ganze Zeit. Was?«

Ich schaue in ihr Gesicht, und ich hoffe, es war nur der Regen, der ihr Make-up und den schwarzen Wimpernstrich so willkürlich verschmiert hat, als gälte es, heute Abend den Joker in einer neuen *Batman*-Verfilmung zu geben.

»Was, Björn?«

»Wie meinst du das?«

»Meinst du, ich merke nicht, dass du eigentlich gar keine Lust hast, mit mir zu gehen. Meinst du das? Hast du eine Vorstellung, wie ich mich fühle? Ich habe dir doch nichts getan, oder habe ich dir was getan? Hab' ich? Sag! Hab' ich?«

»Unsere Waschmaschine ist kaputt.«

»Was?«

»Unsere Waschmaschine, unsere erste gemeinsame Waschmaschine«, wiederhole ich, was als Antwort auf ihre Frage weder vernünftig noch angemessen klingt.

»O mein Gott.«

Sabine sagt das nicht mit dem Ausdruck des Entsetzens. Nein, da schwingt aufrichtiges Bedauern mit. Unfassbar. Was ist denn bloß los mit dieser Frau? Das ist doch nicht normal. Die macht mir Angst, solche Frauen nehmen irgendwann Geiseln. Mindestens.

»O mein Gott!«

Sabine wiederholt sich und legt jetzt auch noch als Verstärkung ihrer empathischen Betroffenheit ihre rechte Hand auf den Mund. »Das ist ja furchtbar«, ergänzt sie.

»Tut mir leid, du weißt wahrscheinlich gar nicht ...«, versuche ich gegenzusteuern.

»Doch. Natürlich.«

Nein, das kannst du nicht wissen, und ich habe dir ja auch noch nicht mal gesagt, was du nicht wissen kannst. Aber Sabine weiß es dennoch. Sie ist natürlich nicht nur im Besitz einer Stimme, die töten kann, nein, sie ist zudem auch noch eine lebendige Kristallkugel, eine Hellseherin, Miss Kaffeesatz.

»Die Waschmaschine war der Beginn eurer Beziehung und jetzt, wo sie kaputt ist, geht etwas zu Ende, und du hast Angst davor, dass damit mehr zu Ende geht als nur ein Kapitel eurer gemeinsamen Geschichte.«

Ich starre sie an.

Selbst Friedhelm und Inge haben sich umgedreht, als hätten sie soeben die Wiedergeburt von Franz von Assisi entdeckt, der nun zu ihnen spricht.

»O Gott, Björn, das tut mir so leid. Warum hast du denn nicht schon vorher mal was gesagt? Wie lange quälst du dich schon?«

Ich zucke mit den Schultern wie ein kleiner Junge, der die Suche nach seinem verlorenen Teddy aufgegeben hat. Sabine muss ein Profiler sein, eine Schamanin, irgendwas in dieser Richtung.

»Möchtest du darüber reden, Björn?«

Nein, ich möchte nicht darüber reden, auch wenn deine Stimme jetzt seltsamerweise angenehmer klingt als sonst. Der monotone Dauerregen hat ein akustisches Wunder vollbracht. Egal, ich werde trotzdem nicht über meine Beziehung reden, nicht mit einer Frau, mit der ich unter normalen Umständen noch nicht mal über das Wetter reden würde.

Nein! Nein! Nein!

»Gerne, Sabine«, sage ich.

»Reden tut gut.«

»Ja.«

Was ist denn jetzt los, ich will nicht mit ihr reden. Verdammt!

»Und ich Dummkopf habe die ganze Zeit gedacht, dass du mich nicht leiden kannst.«

Das stimmt auch. Und wie ich dich nicht leiden kann.

»Dabei hast du die ganze Zeit nur das Problem mit deiner Waschmaschine und deiner Frau im Kopf.«

Das stimmt leider auch.

»Vielleicht sollten wir uns mit den Tieren ein wenig unterstellen. Da hinten ist ein Stall, sieht unbewohnt aus, sollen wir?«

Jesus und Maria in der Uckermark? Ohne mich! »Gute Idee.«

Ich sage ständig das Gegenteil von dem, was ich denke. Sind das Strahlen, liegt hier vielleicht ein alter, vergrabener Atommeiler aus DDR-Zeiten?

»Die Esel binden wir davor an, ja?«

Nein! Nein! Nein! Wir binden hier niemanden davor an. Wir gehen weiter. Ich will jetzt nur noch trockene Klamotten, ein warmes Essen und ein Zimmer. Für mich allein!

»Gut, lass uns gehen«, sage ich.

Sabine nimmt Inges Zügel und drückt mir die von Friedhelm in die Hand. Dann rennen wir alle zum Stall.

Pflotsch. Pflotsch. Pflotsch.

Jetzt sind wir alle synchron, die Esel und Sabine und ich.

Ich bekomme Angst vor dem, was passieren wird. Ich bin ein führerloses Segelboot, das auf einer windgepeitschten Seenplatte in der Uckermark treibt, das rettende Ufer von Plötzen noch weit, während der Stall immer näher rückt.

Pflotsch. Pflotsch. Pflotsch.

Während ich renne, blicke ich zu Friedhelm, der mich anlächelt. Kein Scheiß. Er lächelt, und wenn er jetzt noch was sagt, dann bin ich endgültig dem Wahnsinn verfallen.

»Schnell, wir sind gleich da!«, brüllt Sabine gegen den Regen an.

»Ich komme.«

Wenigstens hält Friedhelm sein Maul. Er spricht nicht mit mir, er lächelt nur.

Kein Problem, ein bisschen Wahnsinn ist nicht schlimm. Ich bin Lehrer, da gehört ein bisschen Wahnsinn dazu.

Pflotsch. Pflotsch. Pflotsch.

Der Stall kommt immer näher. Plötzlich beginnt Friedhelm zu schreien. Es kann alles bedeuten. Es kann ein Angstschrei sein oder eine eselige Jubelattacke.

»Guck mal!«, brüllt Sabine und zeigt zum Stall.

»Was denn?«

»Da!«

Friedhelm beschleunigt. Wenn ich jetzt noch versuchen würde, weiter mit ihm synchron zu sein, würde ich mir die Beine brechen. Ich strauchele. »Friedhelm!« Ich schreie, während mich Friedhelm durch einen Matschpfad schleift.

»Björn, lass den Strick los!«

Wie denn, ich habe ihn ja schön ums Handgelenk gebunden.

»Björn, lass los!«

Mit der Geschwindigkeit einer Regionalbahn werde ich durch den finsteren Wald gezogen. Nur noch wenige Meter bis zum Stall. Der Strick gräbt sich in mein Handgelenk. Aua. Aua. Aua.

Friedhelm ist jetzt definitiv nicht mein Freund. Ich bin ihm egal. So egal, dass es ihm noch nicht mal etwas ausmacht, mich durch den Schlamm zu ziehen und mir Schmerzen zuzufügen. Wir schießen an Inge und Sabine vorbei, mühelos, mit atemberaubender Geschwindigkeit.

Da, noch ein Schrei. Diesmal nicht von Friedhelm.

»Björn, lass los!«

»Wie denn?«

»Lass los!«

Jetzt schreit wieder Friedhelm.

Wenn er den Stall nicht sieht, wird es mein Ende sein.

»Vorsicht, der Stall! Lass los! Bjöööööööörn! Lass los!«

Kurz bevor Friedhelm mit mir in die Holzfassade des Stalls rast, kommt er zum Stehen. Mein Arm scheint länger geworden zu sein, gefühlte Meter. Es gelingt mir, den Strick abzumachen meine Augen vom Schlamm zu befreien. Und dann sehe ich den Grund von Friedhelms Schrei.

Neben dem Stall ist ein fremder Esel angebunden. Friedhelms Euphorie nach muss es eine Eselin sein.

Jetzt schält sich eine Gestalt aus dem Stall. Groß, breit, schwer. Ein Mann.

»Was machst du denn da?« Seine Stimme ist tief. Ein Bariton.

»Bin ausgerutscht.«

»So, so. Mach mal deinen Esel fest, der macht meine Marie ja ganz bekloppt.«

Ich rappele mich auf und nicke. Und jetzt ist auch Sabine da. Die Enttäuschung ist ihr deutlich anzusehen. Josef und Maria fällt nun definitiv aus.

»Ich bin der Markus.«

»Björn.«

»Und du?« Markus zeigt auf Sabine.

»Sabine!«, antwortet sie, und mit einem Mal ist auch ihre alte Stimme wieder da.

»Geht's auch leiser? Du sägst einem ja den Nerv ab«, sagt Markus mit einer beneidenswerten Offenheit.

»Was?«, schreit die Stimme.

»Leiser! Sonst Ärger! Capito?«

Sabine schweigt. Ich auch. Es ist zu spät, jetzt schnell weiterzumarschieren. Ich habe Friedhelm bereits festgebunden. Er und Marie haben sich eine Menge zu sagen, und ich werde es nicht riskieren, ihn wütend zu machen, indem ich ihm diese Freude nehme.

Sabine muss sich entscheiden. Entweder geht sie mit Inge allein weiter, oder sie setzt sich nun mit Markus auseinander. Sabine entscheidet sich gegen die Einsamkeit und bindet Inge etwas abseits der beiden anderen Esel an.

»Was jetzt?«, will Markus von uns wissen.

»Können wir vielleicht in den Stall?«, frage ich.

»Warum?«

»Es regnet.«

»Das sehe ich.«

»Und?«

»Wie und?«

»Können wir?«

»Auf eure Gefahr!«

»Wie meinen Sie das?«, will jetzt Sabine wissen. Und diese Frage finde ich zur Abwechslung auch sehr sinnvoll.

»Ich habe einen umgenietet.«

Ich nicke, so, als hätte Markus mir soeben nur mitgeteilt, dass er lediglich eine Flasche Bier dahat und nicht bereit ist, die mit uns zu teilen. Dabei bin ich das Gegenteil von unbeeindruckt und mache mir fast in die Hose. Sabine und ich stecken mitten in einem Unwetter fest, weit und breit ist nichts zu sehen, was Hilfe verspricht, und jetzt zeigt uns Markus auf seiner Handoberfläche, genau zwischen Daumen und Zeigefinger, drei blaue, tätowierte Punkte. Das international anerkannte Zeichen für Knackis.

Super, es läuft so super, ich könnte schreien …

Mit einer knappen Geste bedeutet uns Markus, in den Stall zu kommen.

»Und damit das gleich mal klar ist: keine Handys, kein Gequatsche, kein Gebimmel. Is' klar?«

Wir nicken artig und setzen uns auf einen Strohballen, während Markus sich nun Zeit nimmt, uns genauer anzuschauen.

»So, so«, sagt Markus.

»Ja«, sage ich.

»Mhm«, fügt Sabine hinzu.

Natürlich bimmelt ausgerechnet jetzt das Handy, die Rocky-Fanfare war noch nie unpassender.

»Was hab' ich gesagt?«

»Kein Handy, kein Gebimmel, kein Gequatsche«, antworte ich ohne jede Verzögerung.

»Und was is' das?«, fragt Markus und deutet auf meine Tasche, aus der Rockys Fanfare bimmelt, als gäbe es kein nächstes Mal.

»Sein Handy«, antwortet Sabine ohne Grund.

»Das hör' ich selber. Mach das aus!«

»Natürlich, sofort.«

»Mann, ich krieg' Puls.«

Wie zum Beweis umklammert Markus dabei seinen Hals, und die drei tätowierten Punkte auf seiner Hand wirken jetzt wie eine Ampel, die eine freie Fahrt zum nächsten Mord verspricht.

»Hab's gleich, is' gleich aus. Kein Problem. Gleich aus. Echt. Mooomentchen noch ...«

»Mann!«

Während Rocky gnadenlos weiterbimmelt, habe ich unglaubliche Schwierigkeiten, in aller gespielten Ruhe das Handy auszuschalten. Auf dem Display sehe ich Karin, aber das ist nun wirklich nicht der richtige Moment, um mit ihr zu sprechen. Wenn sie sehen könnte, wie sehr Markus mit seinem Puls zu kämpfen hat, würde sie augenblicklich den Versuch beenden, mich anzurufen.

»Mach lieber aus, Björn«, rät mir Sabine und legt auch noch ihre Hand auf meinen Arm.

»Was glaubst du, was ich hier versuche, Sabine?«

Keine Ahnung, warum ausgerechnet jetzt keiner dieser verdammten Schalter das tut, wofür er konzipiert wurde.

»Mann!« Markus' Stimme klingt nicht nur gewaltig, sie ist es. »Mach den Scheiß aus! Ich hab' so'n Puls!«

Markus beugt sich vor.

Rocky! Rocky! Rocky! Bimmel. Bimmel. Bimmel.

Jetzt zeigt er mir seine Zähne, auch nicht alle in Schuss. Aber ich wäre der Letzte, der ihm daraus einen Strick drehen würde.

»Ausmachen! Mann!«

Markus riecht aus dem Mund, wie lange mag er schon in diesem Stall sein? Und hat er schon jemals in seinem Leben mit einem anderen Menschen eine Waschmaschine geteilt? Im Ernst, das frage ich mich gerade. Das muss das Adrenalin sein, die Körperdrogen wirken. Werden sie mir auch den Schmerz nehmen, wenn Markus zum Äußersten greift, wenn er mir weh tut. Und er wird mir weh tun, das sieht man.

Bimmel. Bimmel. Bim–

Endlich ist es mir gelungen, das Handy zum Schweigen zu bringen. Erleichtert atme ich aus, und Sabine nimmt auch endlich ihre Hand von meinem Arm.

Markus lehnt sich zurück. »Noch einmal, dann ist aber ...«

Was auch immer, ich will es gar nicht wissen. Eigentlich möchte ich jetzt aufstehen, aus der Hütte marschieren, Friedhelm losbinden und im Dauerlauf nach Plötzen. Aber ich glaube, dass das kein guter Plan ist. Markus würde ihn falsch verstehen. Und ich möchte nichts tun, was dieser Mensch falsch verstehen könnte.

Ich hätte Karin so viel zu erzählen gehabt. In den letzten Stunden ist mehr passiert als in einem ganzen Schuljahr. Ganz vergessen, ich bin Lehrer. Ich bin es gewohnt, Situationen zu bestimmen, aushalten müssen sie andere. Aber diesmal bin ich derjenige, der sitzen bleiben muss. Ich kommuniziere diesen Gedanken besser nicht laut, denn ich fürchte, mit dem Sitzenbleiben kennt sich Markus aus. Er wird die entsprechende Sozialisation haben, die aus ihm einen Mörder gemacht hat. Wen er wohl umgebracht hat? Seine Freundin, einen Freund, seine Mutter? Oder ... seinen Lehrer? Ich schweige. Selbst Sabine schweigt, und das will was heißen. Leider kann man nicht mit dem Denken aufhören, nur weil man schweigt. Im Gegenteil, wenn man nichts sagt, denkt man noch viel mehr. Ich möchte nicht, dass Markus seinen Lehrer umgebracht hat. Vielleicht gibt es Gründe, seinen Lehrer umzubringen, aber doch nur theoretisch. Praktisch macht das keinen Sinn. Für das eigene Versagen sind nicht die Lehrer verantwortlich, sondern ... ich muss den Gedanken nicht zu Ende bringen, denn Markus beugt sich wieder vor.

»So, so«, sagt Markus.

»Ja«, sage ich.

»Mmh«, fügt Sabine hinzu.

MAILVERKEHR

Hallo Björn,
habe versucht, dich anzurufen, hast aber nicht abgenommen. Hast du was?

Karin

Gesendet vom Handy – 15:34 Uhr

• • •

Wenn es wegen der Waschmaschine ist, dann kann ich mir denken, was du denkst.

K.

Gesendet vom Handy – 15:45 Uhr

• • •

Kein Netz?

K.

Gesendet vom Handy – 16:02 Uhr

• • •

Verstehe, beleidigt, oder?
Gesendet vom Handy – 16:39 Uhr

• • •

Dann eben nicht. Bin jetzt weg.
Gesendet vom Handy – 22:47 Uhr

20. Tödliche Versprechen

Es ist mitten in der Nacht, um diese Zeit schlafe ich normalerweise, selbst in den Ferien. Karin hasst mich dafür, aber ich brauche meinen Schlaf, in den Ferien und sonst auch. Es ist jetzt weit nach 23 Uhr.

Die Uckermark hat sich entschlossen, auch in der Nacht nicht auf eine flächendeckende Bewässerung zu verzichten. Warum es hier so viele Seen gibt, verstehe ich mehr denn je. Was ich nicht verstehe, ist: Karin! Sie ist weg. Ich habe es gerade gelesen. Weg!

Ich verlange ja nicht von ihr, dass sie jetzt schläft, was ihr, nebenbei bemerkt, guttun würde, aber sie ist einfach weg.

Wohin? Warum? Allein?

Um diese Zeit muss man nicht weg sein, es sei denn, man ist Nachtschaffner in einem Zug nach Lissabon oder Bedienung in einer Hotelbar. Karin ist freiberufliche Übersetzerin. Sie muss nicht weg. Und wenn, dann tagsüber. Jetzt könnte sie noch was lesen, mit einer Freundin auf dem Balkon ein Glas Wein trinken, wenn es nicht gerade Gabi ist. Sie könnte Eier bemalen, wenn sie wollte. Was weiß ich – aber weg?

Weg! Weg! Weg!

Sabine und ich sitzen noch immer auf den Strohballen. In meinem Kopf wechselt ein unaufhörliches Gedankenpingpong von einer Gehirnhälfte zur anderen. Warum zum Teufel kann Karin sich nicht denken, dass es einen sehr triftigen Grund für mich geben muss, wenn ich nicht zurückrufe. Der Grund heißt noch immer Markus und ist nach draußen gegangen, um diesem Albtraumregen einen natürlichen Wasserfluss entgegenzustellen.

Markus muss oft raus. Vielleicht hat er sich erkältet, die Nieren verkühlt? Oder es ist was Chronisches. Aus Hafttagen. Da soll man sich ja so einiges holen, sagt man, hört man, liest man. Was auch immer Markus hat, ich finde es gut, so kann ich wenigstens meine Mails checken, was meine Laune nicht verbessert und die Sorgen nicht kleiner macht. Im Gegenteil. Ich darf nur nicht den Klingelton wieder zum Leben erwecken.

»Meinste nicht, wir sollten einfach gehen?«, flüstert Sabine.

»Bitte, nach dir.«

Sabine überlegt, bleibt aber sitzen. Ich habe nichts anderes erwartet.

»Müssen wir die Nacht hier verbringen?«

»Ich geh' davon aus.«

»Aber das geht doch nicht.«

»Sag das nicht mir, sag das Markus.«

Sabine nickt, sie weiß, dass ich recht habe, und sie weiß, dass sie Markus niemals sagen wird, dass das alles hier nicht geht. Nicht für sie, nicht für mich, noch nicht mal für die Esel, die seltsam ruhig sind, obwohl sie gerade den Esel-Weltrekord im Dauerduschen brechen.

»Scheißwetter.«

Markus flucht beim Reinkommen und schüttelt den Regen von seiner Jacke.

Hinter ihm erscheint nun Marie.

»Sie ist nass.«

Sabine und ich nicken. Ja, sie ist nass, das stimmt.

»Die holt sich sonst was. Heute Nacht bleibt sie hier.«

Wir nicken.

»Was ist mit euren Eseln?«

Wir nicken, was jetzt nicht so passend ist.

»Ich hab euch was gefragt.«

»Ach so, ja, unsere Esel ... ich weiß nicht ... ähm, vielleicht ... tja ...«, stottere ich wie ein unvorbereiteter Lehramtskandidat bei seiner Examensprüfung.

»Wenn ich eins hasse, dann Menschen, die Tiere quälen. Da könnt' ich draufkloppen, aber so was von. Ich krieg' schon wieder Puls.«

Sabine und ich springen synchron auf.

»Wir holen sie auch schnell rein.«

Sabines Stimme schrillt durch den Stall, während wir beide Richtung Ausgang hasten.

»Seid ihr bekloppt?«

Wir bleiben abrupt stehen und drehen uns ganz langsam zu Markus um.

»Die passen doch nicht alle hier rein. Wie soll das denn gehen? Das ist doch keine Tiefgarage hier. Mann!«

Nicken ist wieder angesagt.

»Wir dachten nur, von wegen Tiere quälen und so«, versuche ich zaghaft, unsere Aktivität zu begründen.

»Was ist denn daran quälen? Esel sind das gewohnt. Esel sind Draußen-Tiere. Hamster sind Drinnen-Tiere. Aber da draußen stehen Esel und keine Hamster, oder wie?«

»Esel. Nur Esel«, antworte ich tapfer.

»Und Esel sind?«

»Draußen-Tiere.«

»Ja, Draußen-Tiere. So!«

Und das sagt Markus, während er Marie mit einer Jacke trockenreibt. Mit meiner Jacke, wie ich jetzt feststellen muss.

»Klar«, sagt Sabine.

»Mhm«, füge ich hinzu.

»Wollt ihr da stehen bleiben, oder was? Das nervt mich. Kann ich nicht haben. Setzt euch. Mann!«

Wir setzen uns. Ziemlich schnell – und warten darauf, was sich dieser völlig durchgeknallte Mensch nun einfallen lässt.

Markus fährt mit meiner Jacke sorgfältig über das Hinterteil von Marie. Ich werde diese Jacke nie wieder anziehen. Lieber erfriere ich.

»Da!«

Markus wirft mir die klamme Jacke zu. Ich kann sie so schnappen, dass sie mich fast nicht berührt.

»Zieh an, wird kalt heute Nacht.«

»Och, ich frier' nicht so schnell.«

»Anziehen!«

Ich ziehe sie an und rieche im selben Moment wie Marie.

»Geht doch.«

Markus ist zufrieden. Dass mich nun mehr fröstelt als zuvor, möchte ich ihm lieber nicht sagen.

»Bist du müde?«

Endlich kümmert sich Markus auch mal um Sabine.

»Kommt drauf an«, antwortet sie.

»Was? Wie? Ich hab' doch 'ne klare Frage gestellt. Oder nuschel ich?«

»Nein, überhaupt nicht, im Gegenteil, Sie haben eine sehr klare Aussprache.«

»Willst du mich verarschen?«

»Nein, um Gottes willen, nein.«

Sabine ist jetzt sehr nervös.

»Und worauf kommt das nun an, ob du müde bist oder nicht?«, will Markus wissen.

»Kommt drauf an, ob wir noch was machen und so. Wenn wir noch was machen wollen, dann bin ich nicht müde. Wir können also gerne noch was machen.«

»Hast du sie noch alle?« Markus scheint sich wieder aufzuregen. »Du musst doch wissen, ob du müde bist.«

»Ja. Ich bin müde.«

Sabine scheint zu überlegen, ob das die richtige Antwort war oder ob sie noch schnell etwas hinzufügen sollte.

Markus nickt, sie hat die richtige Antwort gegeben. Sabine lächelt mich an, als hätte sie gerade bei Günter Jauch gewonnen.

»Scheiße! Und du?« Markus zeigt auf mich.

»Ich auch.«

Ich denke, kurze Antworten sind das, was Markus hören will. Und wahrscheinlich auch das, was er am besten versteht.

»Scheiße.«

Die kurze Antwort war genau richtig. Manchmal ist es doch gut, eine Lehrerausbildung zu haben. Ich weiß genau, wann ich Menschen überfordere.

Markus läuft jetzt auf und ab. »Dann schlaft jetzt. Ich pass' auf.«

Worauf? Auf uns, auf sich, auf die Esel. Oder nur Marie?

Sabine und ich schauen uns um, außer den Strohballen gibt es hier nichts, wo man sich hinlegen könnte.

»Was ist? Worauf wartet ihr noch. Schlaft endlich!«

Wir nicken, darin sind wir jetzt geübt. Und dann simulieren wir *schlafen*.

Wir lassen den Kopf nach vorne sacken, verschränken die Arme vor der Brust und schließen die Augen. Das alles so synchron, dass man meinen könnte, wir hätten diese Nummer einstudiert. Sabine fügt ihrer Schlafsimulation noch einen kleinen Grunzlaut hinzu, was ich ein bisschen übertrieben finde.

Wenn man die Augen geschlossen hat, aber an Schlaf nicht zu denken ist, schaltet das Gedankenpingpong automatisch einen Gang höher. Angenehm ist was anderes. Nackte Überlebensangst mischt sich mit Verlustängsten. Markus will mein Leben, Karin will es nicht mehr mit mir teilen. Vielleicht? Vielleicht nicht? Vielleicht doch? Markus, Karin, Liebe, Tod, Mord, Kuss, ein Schuss, Heirat, ein Stich, Trennung, ein Abschiedskuss, Blut!

»Schläfst du?«

Markus rüttelt an meiner Schulter. Ich werde jetzt nicht so bescheuert sein und so tun, als würde ich schlafen. Jemand, der lange Zeit in einer Zelle verbracht hat, merkt den Unterschied zwischen simuliertem Schlaf und echtem sofort. Es sei denn, es war eine Einzelzelle, das trübt wahrscheinlich nicht nur den Blick.

Ich mache die Augen auf und antworte: »Nee.«
»Gut, ich auch nicht.«
Ich nicke, das habe ich nicht verlernt.
»Magst du Filme«, will Markus von mir wissen. Er sucht anscheinend ein Gespräch. Gibt es Mörder, die mit ihren Opfern vor der Tat über Filme sprechen, ich weiß es nicht.
»Schon, manchmal. Ja, ich mag Filme.«
»Harte?«
»Filme?«
»Ja, was sonst?«
»Ja, harte Filme mag ich jetzt nicht so …«
»… ich guck' nur harte Filme.«
»Verstehe.«
»Kennst du *Tödliche Versprechen*?«
»Cronenberg.«
»Was? Hörst du nicht zu? Ich hab' gesagt: *Tödliche Versprechen!*«
»Cronenberg hat da Regie geführt. Bei dem Film. *Tödliche Versprechen* ist von Cronenberg.«
»Na und?«
»Hast recht, spielt keine Rolle.«
»Quatschst du mir jetzt nach dem Maul, oder was?«
»Quatsch. Ich mein', nein.«
»*Tödliche Versprechen* ist geil.«
»Ja. Ist auch wirklich meine Meinung.«
»Okay.«
Das war knapp.
»Was ist deine Lieblingsszene?«
O Gott, ich weiß es nicht. Ich weiß auch nur, dass dieser

Film von Cronenberg ist, weil ich einen Artikel über ihn lesen musste, sonst hätte mich dieser Vater eines Schülers in der Zahnarztpraxis totgequatscht mit der angeblichen Sonderbegabung seines Jungen. Wenn es nach mir ginge, gäbe es in jeder Zahnarztpraxis zwei Warteräume, einen für Eltern und den anderen für Lehrer. Dieses Prinzip könnte man von mir aus auch gerne auf den öffentlichen Nahverkehr ausweiten und auf Restaurants, da besonders. Lehrer links, Eltern rechts, dazwischen eine drei Meter hohe Mauer aus Beton. Wie das aussieht, wäre mir egal, wenn ich nur essen könnte, ohne über die Zensuren, Schwächen, Stärken, Allergien oder Benimmdefizite meiner Schüler mit deren Eltern diskutieren zu müssen.

»Hallo?«

Markus tippt an meine Stirn.

»Ich überlege noch. Es gibt so viele Szenen, die gut sind.«

»Nee, gibt nur eine, die richtig geil ist.«

»Neunzig Minuten sind lang, da gibt es einige.«

Ich schaue kurz zu Sabine, die ihr Schlafen entweder perfekt simulieren kann oder es tatsächlich geschafft hat, sich aus der Besinnung zu verabschieden.

»Es gibt nur eine geile Szene, Punkt!«

»Okay. Welche meinst du?«

Das ist mutig. Jetzt stelle ich die Fragen, das kann ich, das habe ich gelernt. Meistens bekomme ich keine Antworten, das darf jetzt nicht passieren. Aber Markus ist kein Schüler, vielleicht habe ich Glück, und er freut sich sogar, mir antworten zu dürfen.

»Die Saunaszene, welche sonst? Die ist endgeil ... wo

die beiden Russenkiller in die Sauna kommen und den Typen dann umbringen.«

»Eiskalt.«

»Ja ... hammergeil ... eiskalt in der Sauna, geil!«

Markus lacht, so eine Reaktion bekomme ich von meinen Schülern selten.

»Wie heißt der Typ?«

»Ähm, welcher ... der Tote?«

»Nee.«

»Der Killer?«

»Nee, dieser ... Canterberg?«

»Cronenberg, der Regisseur?«

»Genau, Cronenberg. Geiler Freier.« Markus schüttelt den Kopf, so wie man ihn schüttelt, wenn man etwas kaum glauben kann. »Eiskalte Saunakiller, wie geil!« Markus klopft sich dabei begeistert auf die Oberschenkel.

»Ja, total.«

Ich weiß nicht, ob diese sprachliche Verbrüderung gut ist. Es gibt Menschen, die sich schnell verarscht fühlen.

»Total«, bestätigt Markus.

Er fühlt sich nicht verarscht. Glück gehabt.

»Was machst du eigentlich beruflich?«

Bevor ich antworten kann, legt Markus mir seine Hand auf den Mund. Sie riecht nach Marie, meiner Jacke und etwas, von dem ich gar nicht so genau wissen möchte, was es genau ist.

»Warte! Ich rate. Ich kann das super. Ich kann alles raten. Ich check' das einfach. Ein Blick, zack.«

Jetzt bin ich gespannt.

»Bulle bist du nicht. Da hast du auch Glück. Gibt zwei

Berufe, da krieg' ich sofort 'n Puls! Bullen und Lehrer. Bei Lehrern noch mehr. Lehrer sind das Letzte.«

Ich nicke, obwohl ich nun eigentlich starr vor Angst bin.

Was hat diesen Menschen dazu gebracht, Lehrer noch mehr zu hassen als die Polizei? Mir fallen viele Gründe ein. Ich könnte mich auch hassen, wenn ich auf der anderen Seite wäre. Ich habe viele Dinge getan, die ich nicht hätte tun müssen, und jetzt tun sie mir leid. Aber jetzt ist es zu spät.

Erinnerungsfetzen tauchen auf: Schüler, die mir mit Rache drohen, Eltern, die mir drohen, Kollegen, die mich schon immer gewarnt haben, meine Eltern, die so gerne gesehen hätten, wie aus ihrem Sohn ein Anwalt wird, aber doch kein Lehrer. Kaputte Reifen ... meine Reifen ... falsche Verdächtigungen, Rache über Klassenarbeiten, ungerechte Noten, Briefe an Eltern, Briefe von Eltern, Zeugniskonferenzen ... Cronenberg würde daraus einen Horrorfilm machen.

»Ha! Ich weiß, was du bist!«

Markus verzieht jetzt das Gesicht, und ich schließe die Augen, vielleicht tut es dann nicht ganz so weh, weil man den Schmerz nicht kommen sieht ...

21. Man wird, was man war

Ich war ein ängstliches Kind. Alle Kinder sind ängstlich, aber ich war es besonders. Meine Ängstlichkeit war so extrem, dass selbst meine Mutter besorgt war. Normalerweise mögen Mütter die Ängstlichkeit ihrer Kinder, das gibt ihnen die Möglichkeit, schützend oder beschützend einzugreifen, während es den Vätern meistens vorbehalten ist, die Ängstlichkeit ihrer Kinder weniger ernst zu nehmen. In meinem Fall waren beide Elternteile davon betroffen.

»Der ist so ängstlich, der hat sogar Angst vor der Angst«, sagte mein Vater einmal im Beisein eines Arztes, der jedoch keinerlei Interesse an mir zeigte. Ich war gerade mal acht Jahre alt, und das ist ein Alter, das für einen Urologen völlig uninteressant ist.

Meine Mutter suchte nach einer pragmatischen Lösung. Und ihr erster Ansatz war gar nicht mal so verkehrt. Sie setzte mich konsequent jeder Gefahr und Bedrohung aus, die noch einigermaßen überschaubar war. Für sie. Ein Einverständnis meinerseits hatte sie einfach vorausgesetzt.

Sie ließ mich im Dunkeln einschlafen. Kein guter Plan. An Schlafen war nicht mehr zu denken. Ich wanderte durch das Haus und ließ keine Gelegenheit aus, irgendwo das Licht anzumachen und Geräusche zu verursachen, die böse Mächte unter der Treppe, dem Wohnzimmersofa oder sonstigen beliebten Verstecken davon abhalten sollten, mich zu fressen oder zu erschrecken. Nach genau zwei Nächten war meine Mutter fix und fertig und zu müde, um auf eine Fortsetzung ihrer undurchdachten Idee zu drängen. Ich bekam mein geliebtes Halogenstandlicht zurück und schlief fortan wieder ein wie eine beleuchtete Nobelkarosse vor dem Präsidentenpalast.

Fortan beschränkte sie sich auf Therapien bei Tageslicht.

Sie ließ mich in unserem Garten ein Feuer anzünden, dabei verursachte bereits der Anblick eines Streichholzes bei mir Übelkeit und Schweißausbrüche. Das Experiment ging gründlich schief, denn ein kleiner Windstoß sorgte dafür, dass mein Feuer auf den Nachbarsgarten übergriff und dort ein Baumhaus in Brand setzte. Welches wiederum meinem bis dato einzigen Freund, dem damals schon neunjährigen Timo Pölzer, gehörte, der danach nicht mehr mein Freund sein wollte. Diese Ansicht vertrat er bis zum Ende des vierten Schuljahres und untermauerte seine tiefe Ablehnung mit allerlei Quälereien. Auf dem Schulweg, während der Pausen, im Unterricht und manchmal auch in unserem Garten, den er nur betrat, wenn er Lust hatte, mich auch außerhalb der reinen Schulzeit zu quälen. Meine Aversion gegen Feuer und Streichhölzer und die dazugehörige Angst erklärt sich damit von selbst.

Auch der Anblick einer Scheibe Fleischwurst verursachte bei mir Angstattacken. Um genau zu sein, war es nicht die Fleischwurst, sondern die Hand, die sie hielt, und der Körper, zu dem sie gehörte. Der massige Körper von Ewald Bruntteck, dem Metzger aus unserem Supermarkt, war für mich ein Sinnbild des Schreckens. In meiner Wahrnehmung war der Kittel dieses Mannes immer blutverschmiert, und in meiner Einbildung musste das Blut von einem kleinen Jungen stammen, den er gerade geschlachtet hatte, und jetzt bot er mir ein Stück davon an.

Ich kann noch heute keine Fleischwurst essen, ohne daran zu denken, woher sie möglicherweise stammen könnte.

Der Tag, an dem meine Mutter beschloss, wenigstens meine Angst vor einer Fleischwurstscheibe zu besiegen, war ebenfalls nicht von Erfolg gekrönt. Sie hatte mich allein zum Einkauf geschickt, und natürlich sollte ich mich an der Fleischtheke anstellen, um dort vier kleine Schnitzel zu kaufen. Bruntteck bot mir wie immer die Fleischwurst an. Ich kollabierte auf der Stelle, nicht ohne mich vorher noch schnell in den Einkaufswagen einer wildfremden Frau zu übergeben. Es war das erste Mal, dass mich ein Notarztwagen nach Hause brachte.

Ich musste nie wieder Schnitzel kaufen.

Mein Vater hatte mit meiner Angst eigentlich kein großes Problem. Im Gegenteil, er sah es positiv: Er brauchte mir kein Fahrrad zu kaufen, weil ich Angst hatte, damit überfahren zu werden. Er musste keine Nikotinsucht finanzieren, nicht mal eine heimliche. Ich habe nie geraucht, aus Angst vor Brandverletzungen und Lungenkrebs. Und deshalb gab es auch keinen Grund, verbotenerweise Geld aus seinem Portemonnaie zu stibitzen.

Meine Wünsche waren zumeist harmlos und ungefährlich und damit preiswerter als die Wünsche Gleichaltriger. Ich wollte kein Mofa, keinen Roller, geschweige denn ein richtiges Motorrad, ich wollte gar nichts mit Reifen. Alles viel zu gefährlich. Nachdem ich in den Nachrichten einen entgleisten Güterzug gesehen hatte, erschien mir auch das Bahnfahren zu risikoreich.

Mein Vater sparte jede Menge Geld, während ich meistens zu Hause blieb oder zu Fuß unterwegs war. Mal abgesehen von den Tagen, an denen Glatteis auch diese Form der Fortbewegung viel zu gefährlich machte.

Eigentlich wollte ich nur Sicherheit, und die war unbezahlbar. Als sich aber meine kindliche Angst auf sehr erwachsene Zukunftsängste ausweitete, sah auch mein Vater notgedrungen Handlungsbedarf. Die Angst vor der Zukunft wollte er mir nehmen, vielleicht, weil er sich nicht vorstellen wollte, ein Leben lang auf mich aufpassen zu müssen. Die ersten großen Entscheidungen konnte er mir aber nicht abnehmen, er hätte es gerne getan.

Zur Bundeswehr musste ich nicht und zum Zivildienst auch nicht. Zum ersten Mal in meinem Leben war ich dem zarten Anflug von Asthma dankbar, das mich für derlei Verwendungen untauglich machte. Was aber leider auch meine Angst vor der Zukunft beschleunigte. Denn ich musste mich direkt nach dem Abitur in Richtung Beruf entscheiden, statt, wie die meisten anderen Leidensgenossen, gepflegte Langeweile in Kasernenstuben oder Krankenhäusern zu zelebrieren.

Ich wusste wirklich nicht, was ich mit diesem großen Rest vom Leben anfangen sollte. Einem Leben, das mir voller Gefahren und Unwägbarkeiten erschien. Ich hatte nicht nur Angst vor drohender Arbeitslosigkeit, ich hatte auch ein bisschen Angst vor zu viel Stress. Ein entfernter Onkel von mir ist mit 42 Jahren an einem Herzinfarkt gestorben, stressbedingt. Kein Wunder, dass man da entsprechend sensibler wird, wenn es um Stressvermeidung geht. Am Ende blieb für mich eigentlich nur ein Beruf übrig, den man wenigstens einigermaßen angstfrei in Erwägung ziehen konnte …

22. Finale in der Uckermark

»... du bist selbständig. Stimmt's?«

Markus scheint meine Antwort gar nicht erst abwarten zu wollen. Wozu auch? Er kennt sie ja, er hat den Durchblick. Ich aber auch, denn jetzt kann ich ganz beruhigt die Augen wieder aufmachen. Selbständig! Ja! Natürlich!

Mich durchströmt ein Glücksgefühl, wie ich es schon lange nicht mehr hatte. Er weiß nicht, dass ich ein Lehrer bin, und wird es von mir auch ganz bestimmt nicht erfahren.

»Nicht schlecht, echt.«

Ich heuchele Anerkennung und Respekt. Bei meinen Schülern bin ich dazu nicht imstande, hier schon. Weil es hier Sinn macht, weil Anerkennung und Respekt in dieser speziellen Ausnahmesituation lebensverlängernde Maßnahmen sind.

»Mir kann man nichts vormachen.« Markus ist stolz auf seine Leistung, auch wenn es dazu keinerlei Grund gibt.

»Den Eindruck habe ich auch«, pflichte ich ihm bei.

»Aber jetzt wird geschlafen.«

»Natürlich.«

»Und morgen nach Plötzen.«

»Unbedingt.«

»Dann erzählst du mir, was du so machst.«

»Gerne.«

Sabine schläft, unfassbar, und ich sollte es jetzt auch tun. Oder sollte ich besser nur warten, bis Markus schläft, um dann doch abzuhauen? Es regnet zwar immer noch, aber lieber nass, als einen weiteren ganzen Tag mit Markus und Sabine und den dazugehörigen Eseln zu wandern.

Der Anblick der drei blauen Punkte auf Markus' Hand hält mich von weiteren Überlegungen in dieser Richtung ab.

Es ist besser, zu dritt zu wandern, als allein zu sterben.

Sechs Stunden später regnet es immer noch, und der bestialische Geruch, eine Mischung aus altem Esel und nasser Funktionskleidung, sorgt wenigstens dafür, dass keinerlei Ungeziefer im Stall zu sehen ist.

Ich weiß nicht, ob ich ein Auge zugemacht habe. Wenn ich darüber nachdenke, würde ich sagen, auf keinen Fall, aber das kann nicht sein. Kein Mensch kann sechs Stunden wach auf einem Strohballen sitzen, dem Regen lauschen und dabei einen kriminellen Wahnsinnigen beobachten. Markus liegt da wie ein Embryo, nur dass er bei weitem nicht so unschuldig ist.

Sabine schläft noch immer, und so langsam glaube ich, sie schläft wirklich.

Markus hingegen wird langsam wach, er blinzelt und tastet neben sich, als wolle er einen Wecker ausschalten oder schauen, ob der Mithäftling noch lebt.

Auch wenn es bescheuert klingt, ich bin froh, dass er wach wird, denn die Stille auszuhalten ist deutlich schwerer, als sich, wie im Klassenraum, nach Stille zu sehnen.

»Morgen«, nuschelt Markus.

»Morgen, Markus.«
»Regnet's noch?«
Schau doch mal nach draußen, bin ich das Wetteramt!?
»Ich glaube nicht«, antworte ich.
Tatsächlich, es hat aufgehört, ich weiß nicht, wie lange schon. Ich habe das Ende des Dauerregens schlicht verpasst. Kein Wunder, ich musste mich auf etwas anderes konzentrieren. Auf die Vermeidung von Störgeräuschen beispielsweise. Ich habe einen Knöchel, der bei bestimmten Bewegungen ganz leise knacks macht. Den Knöchel habe ich keinen Millimeter bewegt. Sechs Stunden lang. In der letzten Stunde habe ich eine zunehmende Schwellung am Knöchel bemerkt. Vermutlich eine Wassereinlagerung. Was soll's, auch egal, Wassereinlagerungen sind jetzt das kleinste Problem für mich. Was zählt, ist, dass Markus sich nicht unnötig aufregt. Normalerweise bin ich nur damit beschäftigt, dafür zu sorgen, dass ich mich selber nicht aufrege. So gesehen hat sich in den vergangenen Stunden eine Menge bei mir verändert. Die Ausgeglichenheit eines mir völlig fremden Menschen ist mir wichtiger als mein eigenes Wohlergehen. Wahnsinn, wer hätte das von mir gedacht? Ich ganz bestimmt nicht.

Wenigstens habe ich keinerlei Gedanken an Karin verbracht. Es war mir egal, mit wem und wo sie die Nacht verbracht hat. Gut, egal war es mir nicht, aber ich hab' einfach mal nicht daran gedacht. So gesehen hat Markus auch was Positives.

»Ich geh jetzt«, verkündet Markus nun.
»Ah ja.«
Wollte er nicht mit uns nach Plötzen?

»Glaub ja nicht, dass du mitkommen darfst.«

Er sagt es mit einer Bestimmtheit, die jeden Protest im Keim erstickt. Ich hätte aber auch gegen seine Bestimmtheit nicht protestiert.

»Ach«, kommentiere ich seinen Plan, so neutral es irgendwie geht.

»Nee, hab' keinen Bock auf Gesellschaft, ich lauf' lieber allein. Pennt die immer noch?«

Markus zeigt auf Sabine, die den Wunsch von seinem Alleingang, wenn überhaupt, nur im Unterbewusstsein wahrnimmt.

»Ich glaub' schon, die hat einen tiefen Schlaf.«

»Woher weißt du das? Hast du schon mal mit der zusammen gepennt?«

Markus' Frage ist nicht unberechtigt. Und ich weiß nicht, was ich antworten soll. Gleich ist er weg, und ich möchte auf keinen Fall vorher noch einen Streit provozieren.

»Nee, aber so wie die da liegt, hat die sich die ganze Nacht nicht gerührt, keinen Zentimeter.«

»Woher weißt du das? Hast du sie die ganze Nacht beobachtet?«

»Ich konnte nicht schlafen.«

»Wegen mir?«

Das heißt nicht wegen mir, das heißt meinetwegen. Wahrscheinlich ist es aber nicht ganz so schlau, ihm das jetzt zu sagen. »Nein, nein, nicht deinetwegen ... ich mein', nicht wegen dir ... ich kann nur nicht schlafen, wenn es regnet.«

»Nimmst du Tabletten?«

»Nein. Warum?«

»Zum Pennen.«

»So schlimm ist es nun auch wieder nicht.«

»Also doch wegen mir. Hast du Schiss vor mir?«

Markus versucht, logisch zu denken.

»Quatsch, warum?«

»Weil ich einen umgenietet habe.«

»Du hattest bestimmt deine Gründe.«

»Allerdings.«

»Na dann.«

»Willst du mich verarschen?«

»Nein, wieso?«

»Meinst du, man darf einen umnieten, nur weil man einen Grund hat?«

Ich weiß nicht, wann ich das letzte Mal ein Gespräch dieser Qualität mit einem Schüler geführt habe. Ich weiß nicht, ob ich überhaupt jemals ein Gespräch dieser Qualität mit einem Schüler geführt habe. Die meisten Schüler reden ja gar nicht mehr mit mir. Was ich in den meisten Fällen begrüße. Und im Unterschied zu Markus geht von den wenigsten meiner Schüler eine ernsthafte Gefahr aus.

Die logischen Ableitungen, wie sie Markus macht, haben durchaus ihren Reiz. Auch wenn ich auf die unmittelbare Bedrohung durch ihn durchaus verzichten könnte.

»Nein, man darf keinen Menschen umnieten, egal, ob man einen Grund hat oder nicht.«

Ich klinge wie ein Pfarrer. Moralinsaures Geseiere. Schlimm.

Sabine schaut mich an, sie ist wach, macht aber sofort die Augen wieder zu, als ich sie anschaue. Die Frau ist anscheinend wild entschlossen, das sich androhende Massaker nicht mit wachem Blick zu verfolgen.

»Was denkst du denn dann über mich?«, will Markus nun wissen.

»Ja, schwierig zu sagen.«

»Was ist denn daran schwierig, sag einfach, was du denkst.«

Markus knetet dabei seine Finger, was mein Nachdenken erheblich beschleunigt.

»Ich denke, du hattest deine Gründe, jetzt mal ganz objektiv betrachtet.«

»Objektiv?«

»Ja, ich meine, ein Grund ist erst mal nur ein Grund, rein objektiv, es gibt dann natürlich gute Gründe, akzeptable Gründe, verwerfliche Gründe ...«

»Klappe!«

»Natürlich.«

Markus wirkt völlig überfordert, und ich bin schuld daran.

»So, ich hatte also meine Gründe einen umzunieten. Objektiv! Das denkst du?«

»Ja, das denke ich.«

»Ich glaub' dir kein Wort.«

»Äh ... warum?«

»Ich stell' hier die Fragen.«

Sabines Atem geht schneller, man sieht es deutlich, und wenn Markus das endlich auch mal bemerken würde, dann wäre seine verdammte Aufmerksamkeit nicht nur auf mich gerichtet.

Markus fixiert nur mich. Mich! Mich! Mich!

Himmel, Karin, wenn du sehen könntest, in was für einer Situation ich hier stecke, einer Situation, die im Übrigen du allein zu verantworten hast, dann würdest du jetzt an meiner Seite sein, um mich zu befreien oder wenigstens zu unterstützen. Oder? Oder? Oder?

Würdest du mich etwa feige im Stich lassen, würdest du einfach wegrennen, um mich meinem Schicksal zu überlassen, dem sicheren Tod? Würdest du fliehen, weil dir mein Schicksal egal ist? Weil ich es verdient habe, im Stich gelassen zu werden? Karin? Karin? Karin?

Würdest du etwa genauso reagieren wie damals in ...

23. Nie wieder Malta. Nie wieder!

Es war meine Idee, die Osterferien auf Malta zu verbringen. Karin war von Anfang an dagegen gewesen. Sie war mit dem festen Vorsatz mitgekommen, ihr Dagegensein ausgiebig zu demonstrieren und in keiner Sekunde auch nur so zu tun, als wäre Malta schon immer ein Traumziel für sie gewesen.

Unsere Ehe war noch jung, viel zu jung für einen Urlaub auf Malta, aber auch noch etwas zu jung für Lucca und die Toskana. Wir waren beide in dem Alter, in dem das Unterhaltungsangebot am Urlaubsort fast wichtiger ist als die Landschaft, das Wetter und das Essen. Dem Reiz frischgepressten Olivenöls waren wir damals ebenfalls noch nicht erlegen, und das Geräusch der Zikaden reichte uns noch nicht als einzige romantische Beschallungsquelle in lauwarmen Nächten.

Ich hätte es wissen müssen, aber ich war noch zu sehr Lehrer, selbst die Urlaubsplanung funktionierte nach dem Prinzip eines Curriculums. Sehr strukturiert, ohne Platz für Emotionen und Individualität. Ich glaubte noch an das, was andere mir vorgaben. Prospekte, Tipps von Kollegen, die üblichen Reiseempfehlungen auf den letzten Seiten der Zeitungen, die es damals noch gab. Die Metamorphose vom echten Beamten mit Lehrauftrag und Lehrberufung zum Papierbeamten mit Lehrauftrag ohne Lehrberufung war noch nicht vollständig abgeschlossen.

Malta war ein Unding, ein inselgewordener Killer von jungen Beziehungen. Ich hätte es wissen müssen.

Malta prahlt in den Osterferien mit durchschnittlich neun Sonnenstunden am Tag. Als wir die Insel bereisten, war die touristisch interessante Prahlerei nichts anderes als eine ausgemachte Lüge. Valletta, Maltas Hauptstadt, gilt als eine der bestgesicherten Städte der Welt. Es scheint fast so, als hätte diese Stadt mehr Bastionen als Einwohner. Doch gegen den Feind von oben war und ist auch Valletta machtlos. Es regnete bei unserer Ankunft, und es regnete bei unserer Abreise. Die wenigen Sonnenstunden dazwischen verbrachten wir im Streit. Damals konnte ich nicht ahnen, dass ein Dauerregen im Mittelmeer irgendwann mal dazu führen würde, dass ich bei einem Dauerregen in der Uckermark daran zurückdenken könnte. Wie auch, als ich auf Malta war, lag die Uckermark noch in einem Deutschland, das bestenfalls in den Urkunden wiedervereinigt war.

Das Hotel Phonicia liegt mitten im Zentrum der Stadt. Es hat vier Sterne, drei davon allerdings ohne jede Berechtigung. Bei der Auswahl des Hotels gab es für mich nur ein Kriterium – Satellitenempfang. Dieses Kriterium erfüllte das Phonicia; dass es damit auch die Grundlage unseres ersten Streits war, hätte ich ahnen können. Kalkuliert hatte ich es nicht.

»Du willst doch jetzt wohl nicht die Kiste anmachen?« Karins Augen verengten sich zu kleinen Schlitzen.

»Warum nicht, bei dem Regen?«

»Wir fahren nach Malta, um fernzusehen?«

»Natürlich fahren wir nicht nach Malta, um fernzusehen, aber wenn es regnet?«

»Das glaub' ich nicht, das ist doch nicht wahr.«

»Karin, wir müssen nicht fernsehen.«

»Ich glaub's einfach nicht.«

»Ich hab' doch gesagt, wir müssen nicht fernsehen.«

Karin ging zu dem Fernseher, dessen Ausmaße mich nicht vom Hocker rissen, und schaltete ihn ein.

»Zufrieden?«

»Karin, wirklich nicht, wir können auch was anderes machen.«

»So? Was denn? Im Regen rumlatschen?«

»Stimmt, der Regen ... blöd, oder?«

»Ja, obwohl, einmal die Altstadt rauf und wieder runter, nass wird man nicht, ist ja nicht so lang, der Weg.«

»Humor hast du.«

»So?«

Was ich als humorvolle Bemerkung ihrerseits interpretierte, war von Karin alles andere als humorvoll gemeint. Ein erfahrener Ehemann hätte das schon an der minimalen Schieflage ihres Kopfes erkennen können. Und bei intensiver Betrachtung meiner Frau auch an den Mundrändern, die sich, für Laien allerdings kaum sichtbar, nach unten neigten.

Karin schmiss sich neben mich aufs Bett, ich hatte mich bereits in das nicht sehr aufwendige Studium der Fernbedienung vertieft. Karins Laune verschlechterte sich mit jeder Sekunde. Am Anfang unserer Beziehung war ihr schlechte Laune so fremd wie mir ein Mittel dagegen. Ein aufmerksamer Ehemann hätte die emotionale Veränderung gespürt und dagegengesteuert. Ich habe – weder, noch.

Ganz vorsichtig richtete ich die Fernbedienung in Richtung des Geräts. Eine Fernbedienung, die Millionen enttäuschter Phonicia-Gäste in den Händen gehalten hatten.

»Warum sind wir eigentlich ausgerechnet nach Malta gefahren?«, wollte Karin wissen.

»Wegen der Sprache.«

»Du interessierst dich für Maltesisch?«

Die Fernbedienung jagte durch die verschiedensten Kanäle im Schnelldurchlauf, keiner war für mich interessant.

»Bitte?«, fragte ich.

»Björn?«

»Ja?«

»Du interessierst dich doch nicht ernsthaft für Maltesisch?«

»Warum nicht? Das ist eine semitische Sprache.«

»Du bist Englischlehrer.«

»Genau.«

Da, endlich ein deutscher Sender, auf Programmplatz 125, eine Frechheit, ihn so weit hinten zu programmieren. Die Sender anderer Nationen waren auf den vorderen Plätzen zu finden. Wir waren ganz hinten, weit hinter den 45 verschiedenen Home-Shopping-Anbietern und nur knapp vor einem arabischen Sender. Immerhin. Dennoch, die Programmierung der Fernbedienung war ein Statement, eine politische Aussage. Die Deutschen und ihre Vergangenheit, auch in Malta wird damit abgerechnet, dachte ich.

»Björn?«

»Ja?«

»Du hörst mir überhaupt nicht zu.«

»Selbstverständlich höre ich dir zu, du hast gesagt, dass ich Englischlehrer sei, vollkommen richtig. Was soll ich dazu noch sagen?«

Jetzt fand ich endlich auch den Sender, den ich gesucht hatte, aber das Glück währte nicht lange. Karin riss mir die Fernbedienung aus der Hand und zielte auf mich, als wolle sie mich damit erschießen.

»Was?«

»Wie?«

»Was machen wir hier?«

»Fernsehen?«

»Was?«, diesmal klang Karin deutlich lauter.

»Okay, okay, ich erkläre es dir. Ich interessiere mich natürlich nicht für Maltesisch, obwohl, irgendwie schon. Das ist eine durchaus interessante Sprache, die Grundlage hat ein arabischer Dialekt gelegt, spannend, oder?«

Karin schwieg.

»Nicht spannend, okay, ich find' schon, aber okay, nicht spannend. Maltesisch ist aber auch die einzige semitische Sprache, die lateinische Schriftzeichen verwendet.«

Karin schwieg nicht mehr, sie begann, ihre Atmung zu intensivieren. Sie atmete sehr tief ein und aus, so, als müsse sie gleich etwas sehr Anstrengendes vollbringen, für das sie jede Menge Sauerstoff und Energie benötigte.

»Auch nicht spannend, okay, klar, wer sich nicht so für Sprachen interessiert?!«

Ein Fehler, ein großer Fehler. Die Psyche dieser Frau war mir so fremd wie die sanitären Einrichtungen eines russischen Erziehungslagers.

»Ah ja, ich interessiere mich nicht für Sprachen.«
»Doch?«
»Nein, du hast ja gerade gesagt, dass ich es nicht tue.«
»Dann hab ich mich vertan, das freut mich.«

Ich war so unfassbar blöd, wie ich es heute nur von der Mehrheit meiner Schüler kenne. Statt mich direkt auf den Weg der Erkenntnis zu begeben, nahm ich auch noch einen Umweg in entgegengesetzter Richtung.

»Dann wird dich das auch interessieren. Die maltesische Sprache hat sehr viele Wortschatzanteile aus dem Italienischen, ein bisschen was auch aus dem Spanischen und natürlich auch aus dem Englischen. Und jetzt komm' ich ins Spiel.«

Karin war überall, nur nicht mehr bei mir und dem, was ich ihr erklärte. Doch davon wusste ich nichts. Das Kissen auf dem Bett hörte mir mehr zu als meine eigene Frau.

»Wegen der dann doch recht langen Kolonialzeit der Briten ist Englisch auf dieser Insel die zweite Amtssprache, die sprechen hier alle Englisch.«

Karin stand auf.

»Und deshalb suchen die hier natürlich auch Englischlehrer.«

Karin ging zur Tür.

»Karin?«

Sie blieb stehen.

»Wo willst du hin?«
»Nach Hause.«
»Wir sind zu Hause. Wir haben hier gebucht.«
»Björn?«
»Ja?«
»Wir haben ein Problem.«
»Was denn?«

Ich habe sie wirklich gefragt. Nicht um sie zu provozieren, sondern um Zeit zu gewinnen für eine Denkpause, für eine Problemlösung. Für beides war es längst zu spät.

»Du willst dich doch nicht ernsthaft auf dieser furzlangweiligen Insel als Englischlehrer bewerben?«

»Natürlich nicht! Ich habe nur gedacht, ich könnte vielleicht während der Ferien hier ein bisschen jobben. Du machst es dir hübsch am Strand, ich zieh' meine Stunden durch. Arbeiten, wo andere Urlaub machen, wie klingt das?«

Karin schaute mich an, als hätte ich ihr angeboten, meine alten Socken in ihrer Teekanne aufzukochen.

»Es gibt hier viel zu sehen, Karin. Den Dom von Mosta, das Hypogäum von Hal-Saflieni ... und und und. Hab' ich dir eigentlich schon gesagt, dass sie hier *Popeye* gedreht haben. *Popeye*, den haben wir doch gesehen, grausamer Film, mit ... warte mal, sag nichts, komm' gleich drauf ...«

»Robin Williams.«
»Genau, und äh ...«
»Shelley Duvall.«
»Genau, woher weißt du das noch so genau, ich staune.«
»Warum weißt du eigentlich nichts über mich?«

»Wie meinst du das denn jetzt wieder?«
»Wie ich es gesagt habe.«
»Ich verstehe dich jetzt gerade mal gar nicht.«
»Da hast du recht, Björn, ausnahmsweise.«

Karin sagte dann nichts mehr, sondern verließ das Zimmer.

Natürlich wollte ich hinter ihr her, sie zurückholen, aber dann sah ich die Fernbedienung und drückte den Programmplatz 128. Ich habe es nicht freiwillig getan, es geschah unter Zwang.

Karin kannte ich wirklich noch nicht, aber diesen Film, den ich unbedingt sehen wollte, kannte ich auch nicht. Bei dem Film ging ich davon aus, ihn so schnell nicht wieder sehen zu können. Bei Karin war ich optimistischer. Die Ehe war für mich ein Bund fürs Leben, dem weder Regen, Maltesisch oder ein sehr kleiner Fernseher etwas anhaben konnten.

Wir blieben insgesamt vier Tage auf Malta. Der Regen hörte nicht auf.

24. Wanderer, kommst du nach Plötzen ...

»Ich bin so froh, dass der weg ist. Der hat mir richtig Angst gemacht.«

Sabines Stimme hat ihr vernichtend Schrilles verloren, was sie beinahe schon sympathisch macht.

Jetzt scheint auch noch die Sonne, sieht ganz danach aus, als würden die letzten Kilometer nach Plötzen angenehmer, als ich es mir je hätte vorstellen können.

»Ich hab' die halbe Nacht kein Auge zugemacht.«

»Davon hat man aber nichts gesehen, Sabine.«

»Ich wollte einfach nichts Falsches sagen, das war doch ein Psycho.«

»Das war er, ganz eindeutig.«

»Wenn der rausbekommen hätte, dass du ein Lehrer bist ...«

»... hör bloß auf.«

»Meinst du, er hätte ...?« Sabine fährt sich mit ihrer Handkante über die Kehle.

Ich zucke nur mit den Schultern. Ich weiß es nicht, vorgestellt habe ich es mir mehrfach in der vergangenen Nacht. Was für ein Ende. Gymnasiallehrer mit aufgeschlitzter Kehle in der Uckermark gefunden. Sein Esel wartete vor dem Stall auf ihn. Geht es noch schlimmer? Höchstens wenn man aufgespießt im Lehrerzimmer gefunden wird, mit oder ohne wartenden Esel, das ist dann auch egal.

Auch Friedhelm und Inge scheinen ihren Frieden gefunden zu haben. Sie haben sich unserer Schrittgeschwindigkeit angepasst und beabsichtigen nicht wie üblich, an jedem Grashalm anzuhalten. Selbst die Esel wollen so schnell wie möglich nach Plötzen. Das habe ich jetzt gelernt, Esel brauchen ihre Ruhe und tun auch was dafür. Auf ihre Weise sind sie klüger, als ich bislang dachte.

»Gehst du morgen gleich weiter?«, will Sabine jetzt von mir wissen.

»Und du?«

»Weiß nicht, vielleicht bleibe ich einen Tag in Plötzen, soll ja schön sein.«

»Ah ja, keine Ahnung.«

»Keine Ahnung?«

»Eigentlich nicht.«

»Was versprichst du dir eigentlich von diesem Urlaub?«

Sabine stellt eine Frage, die sich mir noch nie in dieser klaren Form gestellt hat. Ich verspreche mir gar nichts von diesem Urlaub, im Gegensatz zu meiner Frau. Soll ich das etwa antworten? Nein, auf keinen Fall.

»Ich muss einfach mal meinen Kopf wieder klarkriegen. Das Wesentliche, die reine Lehre, weißt du, deshalb mach' ich das hier.«

»Und warum mit einem Esel?«

»Tja, Sabine, gute Frage, warum mit einem Esel? Ich glaube, es war der Wunsch nach einer Auseinandersetzung mit der Natur, ganz unmittelbar. So ein Tier, das lehrt einen doch einen ganz anderen Blick.«

»Mhm, verstehe.«

Sie versteht es nicht, aber sie ist höflich genug, nicht weiter nachzufragen. Friedhelm und ich sind eine Schicksalsgemeinschaft. Eine Buchung hat uns zusammengeführt. Nichts anderes. Nicht der Wunsch nach einer Auseinandersetzung mit der Natur, keine Sehnsucht nach einem Dialog zwischen Mensch und Tier und auch keine romantische Ambition, die Tierliebe der Stadtmenschen für sich zu entdecken, weil sie wissen, dass ein eigenes Haustier zu viel Arbeit macht. Nichts von alldem hat mich hierhergebracht. Es war einzig und allein Karins Wille. Und mir fällt noch immer kein Grund ein, was genau sie damit bezweckte. Mir fällt so einiges nicht ein, wenn ich jetzt an Karin denke. Wo sie jetzt sein könnte, ob sie an mich denkt oder ob sie jubelnd um unseren alten Teakholztisch in der Küche marschiert, eine Fanfare in der Hand, um das Jubeln lautstark zu untermalen. Das mit der Fanfare ist Blödsinn, Karin hasst Blasinstrumente, so gut kenne ich sie schon, wenigstens das weiß ich.

»Ich glaub', ich geh' gleich erst mal schwimmen, in der Nähe von unserem nächsten Stopp ist ein kleiner See«, sagt Sabine.

»Ah ja, schön.«

»Gehst du auch?«

»Weiß nicht, ich glaub', ich geh' erst mal 'ne Runde schlafen, ich bin so was von platt.«

»Björn, darf ich dir was sagen?«

»Klar.«

»Aber nicht böse sein.«

»Nein, warum, was ist denn?«

»Ich glaube, du bist ein sehr trauriger Mensch.«

»Weil ich nicht schwimmen will?«

»Du hast eine tiefe Verletzung.«

»Wo?«

»Du musst dich für mich nicht verstellen, jemand hat dir sehr weh getan.«

Ausgerechnet eine Frau, die mindestens eine Neurose in ihrem Kopfgarten pflegt, macht sich analytische Gedanken um mich. Während meine eigene Frau es bei einer Landverschickung inklusive Eselbegleitung belässt. Was um Himmels willen soll das hier werden? Ich werde Sabine auf keinen Fall die Gelegenheit geben, diesen Psychotrip weiterzuverfolgen.

»Kleinen Moment, ich glaube, Friedhelm lahmt.«

»Du läufst vor dir davon.«

»Nein, Sabine, ich lauf' jetzt mal zu Friedhelm, siehst du nicht, dass er das Bein nachzieht?«

»Nein, seh' ich nicht.«

»Ich schon.«

In meiner Erinnerung tauchen genug Tiersendungen oder Spielfilme auf, in denen ein auskeilender Esel eine bedeutende Rolle spielt. Aber ich will nun mal nicht bestätigen, dass ich vor mir davonlaufe, und schon gar nicht möchte ich dieser Frau die Gewissheit geben, dass ich hier nur herumlaufe, weil Karin es so gewollt hat.

»Ganz ruhig, Friedhelm, ganz ruhig.«

»Der hat nichts, der läuft ganz normal.«

»Für dich vielleicht. Ganz ruhig, Friedhelm.«

»Pass auf, die Ohren.«

»Die Ohren sind okay, er hat es am Hinterlauf.«

»Aber die Ohren ... die Ohren, pass auf!«

Ich hätte wissen müssen, dass Eselohren auch so etwas wie ihr Befindlichkeitsradar sind. Friedhelms Ohrenstellung steht für eine ganz bestimmte Form der Befindlichkeit, die ich erst dann richtig einschätze, als sein rechter Hinterlauf eine Körperregion trifft, die ich sonst nur Karin zugänglich mache.

Himmel, es tut so weh, es tut so schrecklich weh.

»Ich hab' dir doch gesagt, die Ohren ...«

»Ich brauche einen Arzt.«

»Wo soll ich denn jetzt einen Arzt finden?«

Sabine meint es gut, die Frage hätte ebenso gut von mir stammen können. Hier einen Arzt zu finden ist unmöglich. Einen entlassenen Mörder, ja, das ist eine leichte Übung, aber einen Arzt, unweit von Plötzen am Niedersee? Unmöglich. Wenn das hier jemals gut ausgeht, werde ich höchstpersönlich dafür sorgen, dass sich eine Initiative zur Anwerbung von Landärzten bildet. Ich werde Lobbyarbeit bei der Bundesärztekammer machen, ich bin bereit, mein Lehrergehalt mit einem Landarzt zu teilen, wenn sich jetzt bloß jemand findet, der mich von diesen wahnsinnigen Schmerzen befreit.

»O Gott, das tut so weh.«

»Leg dich hin, da aufs Gras.«

Der Schmerz schießt durchs Gehirn, meldet eine Katastrophe unfassbaren Ausmaßes. Die Synapsen kommunizieren Schwellbereitschaft. Das Herz pumpt Unmengen von Blut in Körperbereiche, die für die Aufnahme solcher Mengen gar nicht vorgesehen sind.

»Du bist kreidebleich.«

Als ob ich das nicht selber wüsste. Wie soll ich auch

noch eine gesunde Gesichtsfarbe haben, wenn das Blut vollständig unterhalb meines Bauchnabels für eine Volumenausdehnung sorgt, die einen implantierten Medizinball in meiner Hose vermuten lässt.

Ich lege mich hin, stehen kann ich eh nicht mehr. Ich weiß nicht, ob ich überhaupt noch etwas kann. Mir wird schlecht, das kann ich noch, und wie.

Als ich mich in das sattgrüne Gras mattgrau übergebe, fühle ich mich einen Moment lang vom Schmerz befreit, als aber Inge nur einen kleinen Moment später sich über mein Erbrochenes hermacht wie über eine Ladung frischen Haferschleims, wird mir noch schlechter.

»O Björn, du tust mir so leid, was soll ich denn bloß machen?«

»Einen Arzt!«

Friedhelm schaut zu mir, als würde er darauf reagieren müssen. Aber er ist kein Arzt, er ist ein Täter. Wenn ich jemals wieder stehen kann, wird er mich kennenlernen. Doch werde ich jemals wieder stehen können? Vorstellen kann ich es mir nicht mehr.

»Wir müssen kühlen.«

»Ja, ja, schnell!«

»Aber womit?«

»Weiß ich doch nicht, such was! Schnell!«

Sabine schaut sich um. In der Uckermark gibt es bei jedem Quadratzentimeter einen See, eine Pfütze oder sonstige Ansammlungen von Wasser. Nur hier, kurz vor Plötzen, gibt es nichts, nur die Aussicht auf einen See, in dem Sabine heute noch schwimmen will. Tolle Aussicht. Was soll ich damit. Ich brauche Kühlung. Jetzt!

Die Schmerzen lassen nicht nach. Es muss etwas passiert sein, das einen normalen Tritt in den Unterleib deutlich in den Schatten stellt. Hier ist etwas passiert, das Konsequenzen haben wird. Schlimme Konsequenzen.

Aua! Aua! Aua!

»Björn?«

Sabines Stimme ist jetzt sehr leise.

»Björn?«

Sie wird immer leiser.

»Björn.«

Verdammt, ich höre sie kaum noch.

»Björn?«

25. Plötzen und die Tunica Albuginea

Das kleine Dorf am Niedersee hat bestimmt schon eine ganze Menge erlebt – die von Arnims, als Vertreter der deutschen Romantik, die Russen, als Vertreter der Siegermächte, die Polen, als freundliche Repräsentanten des Nachbarlandes, FDJ-Aktivisten mit Zeltstangen und Treuhand-Diplomaten mit An- und Verkaufsabsichten, aber einen Gymnasiallehrer, der, mit dem Rücken auf einem Esel liegend, über die nur halbasphaltierte Dorfstraße geführt wird, so was hat Plötzen bestimmt noch nie gesehen.

Ich weiß nicht, wovon mir übler wird, von dem Geschaukel, das Friedhelm verursacht, oder von dem Schmerz, der immer noch in meinem Körper wütet.

»Geht's noch?«, will Sabine wissen.

»Sabine, bitte.«

»Ich frag' ja nur ... hier gibt es bestimmt einen Arzt. Jetzt wird alles gut.«

Lüge! Aber nett gemeint, ich weiß. Hier wird nie etwas gut, hier gelingt es noch nicht mal, die Straße vollständig zu asphaltieren, wie soll dann alles gut werden. Ich bin ungerecht, aber ich habe Schmerzen, das entschuldigt alles.

»Tut's noch weh?«

Was für eine Frage. Wenn ich dir nicht so dankbar sein müsste, weil du mich aus diesem Fichtennadel-Gulag in die Zivilisation geschleppt hast, dann würde ich jetzt ...

»Keine Angst, gleich geht's dir besser.«
Natürlich. Gleich. Ganz bestimmt.

Ich richte mich auf, so gut es geht, und schaue direkt in die Augen eines alten Mannes, der vor seinem Haus steht und sich nicht ganz sicher ist, was er von mir halten soll. Der Mann in dem blassgelben Trainingsanzug dreht sich nach hinten, um weitere Zeugen meiner Einwanderung zu holen.

»Margot, komm mal.«
»Was ist denn?«, fragt jemand aus dem Hintergrund.
»Komm.«
»Warum?«
»Komm.«

Und schon ist sie da – die Margot. Man muss sie nur dreimal bitten, dann reagiert sie beinahe spontan. Die gute Frau.

Auch sie trägt einen Trainingsanzug, scheint ihn aber nicht so oft zu benutzen wie ihr Mann. Das Gelb ist deutlich weniger verblasst. Vielleicht wäscht sie ihn auch nur weniger, doch so genau möchte ich es gar nicht wissen.

Margot schaut mich an, verzieht dabei aber keine Miene.

Ich nicke den beiden zu. Sie nicken nicht zurück. Wahrscheinlich wollen sie nichts riskieren, weder Freundlichkeit noch Abweisung. Angewandte Neutralität, ein Hauch von Schweiz, mitten in der Uckermark.

»Gibt es hier einen Arzt?«, will Sabine von den beiden Trainingsanzügen wissen.
»Wo?«, fragt der Mann.
»Hier«, antwortet Sabine.

Ich verdrehe die Augen, das darf doch alles nicht wahr sein.

»Nee«, antwortet die Frau des Mannes.

»Wo ist denn der nächste Arzt?«

»In Katwitz.«

»Nee, der ist tot.«

»Stimmt, dann in Molchow.«

»Ja, Molchow.«

Margot und ihr Mann scheinen sich nun sicher zu sein. Katwitz nicht, Molchow schon.

Ich habe es geahnt, diese Reise wird meine letzte sein. Weiß der Teufel, wie weit es noch bis Molchow ist.

»Wie weit ist es denn noch bis Molchow?«, erkundigt sich Sabine für mich.

»Zwölf Kilometer«, sagt der Mann.

»Vierzehn«, sagt Margot und schaut ihren Mann dabei fast strafend an.

»Zwölf.«

»Vierzehn.«

Dann denkt er nach, vielleicht hat sie recht. Zwei Kilometer Unterschied, da kommt man ins Grübeln, ganz egal, ob da jemand auf einem Esel liegt und Schmerzen hat oder nicht.

Aber jetzt fällt ihm ja schon ein, wie es zu den zwei Kilometer Unterschied zwischen seiner und ihrer Meinung gekommen ist.

»Stimmt, wegen der Sperrung.«

»Ja, die Sperrung.«

»Normalerweise sind es zwölf.«

»Aber wegen der Sperrung sind es vierzehn.«

»Ja.«

»Sag' ich doch.«

»Gibt es denn hier ein Taxi?«, fragt Sabine, während ich überlege, in die Satteldecke von Friedhelm zu beißen.

»Ja«, sagt der Mann.

»Mehrere«, ergänzt die Frau.

Diesmal kommt es zu keinem Disput, die beiden sind sich einig. Glück gehabt.

»Können Sie uns vielleicht ein Taxi rufen, der Mann hier ist verletzt.«

»Wo denn?«, will der Mann nun wissen.

»Am Unterleib«, antwortet Sabine brav.

Danke, Sabine.

»Schlimm?«, erkundigt sich die Frau.

»Ich glaube schon. Könnten Sie dann jetzt vielleicht ein Taxi rufen?«

»Das dauert aber.«

»Äh, warum«, fragt Sabine.

»Taxen gibt es nur in Molchow.«

Warum ich? Warum Plötzen? Warum diese beiden Trainingsanzüge? Warum? Warum?

»Sie könnten es auch beim Nachtigall versuchen«, schlägt jetzt der Mann vor und kommt einen Schritt näher, als gälte es, ein Zeichen der Annäherung zu setzen.

»Nachtigall?«

»Dr. Nachtigall.«

»Ein Arzt?«

»Ja«, sagt die Frau.

»Wo ist der denn?«

»Hier«, sagt der Mann.

»Wo, hier?«, hakt Sabine nach.

»Na, hier. In Plötzen.«

»Ich dachte, hier gäbe es keinen Arzt.«

»Den schon, aber der ist nicht von hier. Der kommt aus Lüdenscheid.«

Für den Mann mit dem Trainingsanzug scheint das sehr wichtig zu sein. Wer nicht aus Plötzen stammt, den gibt es für ihn nicht. Für mich schon. Ich habe unfassbare Schmerzen, und mir ist es scheißegal, woher dieser Dr. Nachtigall stammt. Er könnte vom Jupiter kommen, Hauptsache, er hat Medizin studiert und eine Vorliebe für Privatpatienten mit Beihilfeanspruch.

»Wo finden wir denn den Herrn Dr. Nachtigall?«

Ja, Sabine, genau das hätte ich jetzt auch gefragt, wenn ich noch vernünftig sprechen könnte.

Die Frau im Trainingsanzug schweigt, stattdessen zeigt sie in eine Richtung, der wir nun folgen. Friedhelm setzt sich in Bewegung, und mein Magen beginnt schlagartig, wieder zu pumpen.

Der Mann im Trainingsanzug und seine Margot schauen uns hinterher. Ich lasse mich nach hinten fallen, das Blut schießt mir in den Kopf, es lindert die Schmerzen. Ein wenig, immerhin.

»Da hinten ist ein Schild, Björn.«

Ich kann es nicht lesen, für mich steht alles auf dem Kopf.

»Scheint wirklich eine Praxis zu sein. Gott sei Dank.«

»Ja.«

»Tut's noch weh?«

»Mhm …«

Dr. Nachtigall ist Ende 70, keiner dieser Ärzte, die sich irgendwo in der Wildnis niederlassen, um dort noch Karriere zu machen, mehr die Sorte Arzt, die auf den letzten Metern der medizinischen Berufung ohne Stress auskommen will.

Immerhin besitzt er ein Ultraschallgerät, meiner Einschätzung nach das einzige im Umkreis von 100 Kilometern.

»Ein Eselstritt, also?«

»Ja.«

»So, so ... kommt öfter vor.«

»Ja?«

»Mhm ... so, was haben wir denn da?«

Was *wir* da haben, habe *ich* in dreifacher Größe. Damit das mal klar ist.

Dr. Nachtigall fährt mit dem Schallkopf seines Ultraschalls über meinen Unterleib. Das Sono-Gel, das er vorher großflächig verteilt hat, ist kalt und glibbrig.

»Auf der rechten Bildhälfte, sehen Sie hier, also da scheint ...«

»Ja?«

»... da scheint die Tunica Albuginea intakt. Das Hodengewebe scheint homogen zu sein.«

»Gott sei Dank.«

»Ja ... aber ...«

»Aber?«

Der Schallkopf fährt weiter, auf der Suche nach einer Bestätigung des ABER. Und er wird fündig, ich ahne es. Ein ABER ist bei einem Arzt fast schon ein Todesurteil.

»... ja, aber auf der linken Bildhälfte ... sehen Sie hier ...«

Ich sehe gar nichts, ich schaue aber auch noch nicht mal hin. Dass diese grauschwarzen Schattenwelten meine Hoden sein sollen, will mir nicht in den Kopf.

»... hier kann die Tunica nicht mehr dargestellt werden. Das Hodengewebe ist inhomogen.«

»O Gott, was heißt das?«

»Das heißt, der Esel hat ganze Arbeit geleistet.«

Dr. Nachtigall wischt jetzt mit einem Papiertuch die glibbrige Flüssigkeit von meinem Unterleib, als könne er damit gleichermaßen meine Sorgen wegwischen. Das Tuch wandert in einen Abfalleimer, dann wandert der Blick des Arztes ganz langsam vom Unterleib zu mir hoch.

»Sie haben ein ganz prächtiges Hodentrauma, junger Mann.«

»Müssen Sie operieren?«

»Aber nein.«

Gut. Das ist gut, keine OP, sehr gut.

»Kühlen, Bettruhe und zur Sicherheit verschreibe ich Ihnen auch noch ein Analgetikum. Sie haben doch Schmerzen, oder?«

»O ja, die hab' ich. Wie lange werde ich die denn noch haben?«

»Schwer zu sagen, ein, zwei Tage bestimmt noch.«

»Das heißt, die Reise ist für mich zu Ende.«

»Wo wollen Sie denn noch hin?«

»Ja, so ein richtiges Ziel habe ich eigentlich nicht. Ich mache eine Eselwanderung.«

»Wer hatte denn die Idee, Ihre Frau?«

»Nein.«
»Sie?«
»Nein.«
»Sondern?«
»Äh, dieses Analgetikum, wo bekomme ich denn das?«
»Die nächste Apotheke ist in Molchow.«
Natürlich.

MAILVERKEHR

Liebe Karin,
leider gibt es keine guten Nachrichten. Rufst du mal an?
Würde es dir lieber persönlich sagen, okay?

Ich warte …

Dein Björn

Gesendet vom Handy – 18:43 Uhr

• • •

Liebe Karin,
wahrscheinlich checkst du deine Mails nicht, ich schreibe dir dann doch mal eben, was passiert ist. Ich hatte eine sehr unangenehme Berührung mit dem Esel. Es war nicht seine Schuld, wahrscheinlich habe ich ihn erschreckt. War beim Arzt, habe ein Analgetikum bekommen. Langsam geht es besser. Ich hatte viel Glück, der Arzt hier meinte, so was hätte

er noch nie gesehen. Wahrscheinlich werde ich den Urlaub abbrechen müssen. An eine Wanderung ist nicht mehr zu denken.
Wärst du sehr sauer, wenn ich nach Hause komme, ich habe es wirklich versucht.

Dein Björn

Gesendet vom Handy – 19:22 Uhr

• • •

Liebe Karin,
kannst du mich bitte anrufen, ich mache mir echt Gedanken, bitte!

Dein Björn

Gesendet vom Handy – 19:47 Uhr

• • •

Karin,
ich habe wahnsinnige Schmerzen. Wirklich! Ruf doch mal an!

B.

Gesendet vom Handy – 21:34

• • •

Verstehe, du bist sauer, aber ich habe mir das hier bestimmt nicht ausgesucht. Dann reden wir eben morgen.

Gesendet vom Handy – 23:49 Uhr

26. Reden, ohne etwas zu sagen, und einiges gekühlt

Mein Zimmer in Plötzen erinnert mich an das Hotel Phonicia in Valletta, es ist klein, es ist karg, und es hat einen Fernseher, der seinem Namen mehr als gerecht wird. Wer was erkennen will, schaut in die Ferne. Die Bildschirmdiagonale entspricht dem Format einer Sonderbriefmarke. Immerhin versucht diese Pension erst gar nicht, einen Stern oder sonstige Auszeichnungen zu illusionieren. Hier soll man schlafen, aufwachen und weitergehen.

Aber die Matratze ist gut, an ihr liegt es nicht, dass ich die halbe Nacht wach gelegen habe. Eine Mischung aus Schmerzen und Fragen wirkte bei mir wie ein Red-Bull-Cocktail.

Karin hat nicht geantwortet. Ich hätte es getan.

Soll ich sie jetzt anrufen? Wahrscheinlich wird sie sauer sein, es ist noch sehr früh, und wenn ich sie wach mache, wird ihre Laune nicht besser. Allerdings, habe ich nicht das Recht, sie wach zu machen? Schließlich trägt sie die Verantwortung dafür, dass auch ich wach bin. Mitten in den Schulferien bin ich so kaputt wie nach einer Woche Klausurenkorrektur.

Ohne dass ich es bewusst steuere, liegt mein Handy plötzlich in der Hand. Es will, dass ich es benutze. Ich zögere.

»Hallo, Karin, ich bin's, Björn.« Ich lasse meine Stimme bewusst nicht so schmerzuntermalend klingen, wie es angemessen wäre.

»Björn. Wie geht es dir?«

Karins Stimme klingt neutral. Meine Frau interessiert sich noch für mich. Jetzt bloß keine Vorwürfe machen.

»Ganz okay.«

»Schön.«

Warum fragt sie nicht nach, und warum klingt sie so wach?

»Ich liege noch im Bett.«

»Ich auch.«

Ich bin verletzt, du nicht, denke ich.

»Tja, dumm gelaufen.«

Ich versuche, das Gespräch auf das einzig Interessante zu lenken, meine Tunica-Albuginea-Geschichte.

Ich seufze ins Handy. Nicht zu aufdringlich, eher dezent. Ein Du-musst-nachfragen-Seufzen.

»Äh, was meinst du, Björn?«

Das Nachfrageseufzen hat funktioniert.

»Ach.«

Ich seufze, jetzt hat es was Aufgesetztes, es klingt affektiert. Sie muss das spüren.

»Warum stöhnst du so?«

Ich stöhne nicht, ich seufze, auch wenn ich allen Grund zum Stöhnen hätte. Doch jetzt ahne ich erst, warum sie nachfragt. Das darf doch nicht wahr sein, sie weiß überhaupt nicht, was passiert ist. Sie hat keine Ahnung von der vergangenen Nacht, von dem Kühlbeutel, von meinen vorsichtigen Tastversuchen Richtung Unterleib, von meiner Angst, zur Toilette zu müssen. Sie hat von nichts eine Ahnung, was mit meinen abenteuerlichen Stunden in der Uckermark zu tun haben könnte. Warum hat sie die Mails nicht gelesen? Ich muss meine Frau dringend auf den aktuellen Stand bringen.

Ich antworte, ohne zu seufzen, und konzentriere mich jetzt wirklich nur noch auf das Wesentliche.

»Wegen gestern.«

»Wegen gestern?«

»Ich habe dir eine Mail geschickt.«

Ich habe sogar mehrere Mails geschickt. Ich habe mich zum Affen gemacht. Für dich!

»Du, ich habe gar nicht reingeschaut, ich war unterwegs. Und weißt du was, das ist auch mal schön, wenn man nicht ständig in seine Mails schaut. Ich habe das richtig genossen. Man macht sich ja so abhängig von dieser ständigen Erreichbarkeit. Und ganz ehrlich, wirklich verpassen tut man nichts, oder?«

»Kommt drauf an.«

»Siehst du das anders?«

Wie schön, Karin. Meine letzten Worte hätten sie also nie erreicht und wenn, dann extrem zeitversetzt. Und was heißt eigentlich konkret – unterwegs?

»Wo warst du denn?«, frage ich sie.

»Beim Sport, und nachher waren wir noch beim Italiener.«

»Schön.«

Wir? Wer ist wir?

»Was habt ihr denn gegessen?«

Jetzt nur noch nicht zu direkt nachfragen, das macht mich schwächer, als ich es ohnehin schon bin. Vielleicht bekomme ich über das neutrale IHR ein wenig mehr über das sehr direkte WIR heraus.

»Pizza.«

Netter Versuch. Aber wenn ich jetzt nachhake, wirkt es wie eine eifersüchtige Attacke. Die Blöße will ich mir nicht geben. Das alles hier um mich herum reicht für die Portion Blöße, die ich für den Rest meines Lebens vorgesehen habe.

»Björn?«

Nein, ich werde nicht nachhaken. Aber richtig ist das nicht. Wir reden ja gar nicht mehr. Eigentlich müsste man doch immer miteinander reden können. Vielleicht nicht um diese Zeit. Aber es sind Ferien, da könnte man reden. Da könnte man viel reden. Man könnte sogar reden und sich dabei anschauen. Man könnte in Lucca reden oder in der Uckermark. Man könnte überall reden, wenn man sich etwas zu sagen hat. Und genau das scheint mir das Problem zu sein. Wir reden ein bisschen, haben uns aber nichts zu sagen.

»Björn.«

Wenn das wahr ist, was mir gerade durch den Kopf schießt, dann haben Karin und ich ein echtes Problem.

»Björn?«

Wie soll ich damit umgehen.

»Ja.«

»Ich dachte, du wärst weg.«

Nein, ich bin nicht weg, ich mache mir Gedanken. Keine guten.

»Was war denn nun gestern.«
»Ach … und bei dir?«
»Bei mir war nichts.«

So? Und wo warst du die ganze Nacht? Hast du wirklich nur nicht in deine Mails geschaut, oder warst du vielleicht einfach nur weg?

Karin? Karin? Karin?

»Björn? Warum bist du so ruhig?«
»Bin ich ruhig?«
»Schon.«

Völlig unsensibel ist sie nicht.

»Gefällt es dir wenigstens ein bisschen?«, will sie nun wissen.

Wenn du mich sehen könntest, würdest du das nicht fragen.

»Was genau meinst du?«

Das ist der Lehrer in mir. Spitzfindig und auch ein wenig penetrant.

»Wie soll ich das wohl meinen?«
»Ich weiß echt nicht, was ich dazu sagen soll. Ich mach' das ja hier nicht ganz freiwillig.«

Klingt das wie eine Anklage? Es ist eine Anklage, aber sie soll nicht so klingen.

»Ist das ein Vorwurf?«

O Gott, wir können zwar nicht mehr miteinander reden, aber wir verstehen uns.

»Nein, kein Vorwurf.«
»Klang so.«
»Es ist nun mal eine Tatsache, ich sag' ja nur, wie es ist.«
»Und, gefällt es dir?«

Was jetzt? Was soll ich sagen? Am meisten gefällt mir die Aussicht, bald nach Hause zu fahren.

»Björn, mal im Ernst. Warum hast du mich eigentlich angerufen?«

»Ich ...«

Soll ich ihr vielleicht jetzt die Wahrheit sagen?

»Ich ...«

Oder besser nicht?«

»Ich ...«

Es könnte klingen wie das Eingeständnis einer Niederlage.

»Ich ...«

Auch wenn es hier nicht um Niederlagen geht, ich bin weder im Krieg noch bei einem sportlichen Wettkampf. Ich stehe noch nicht mal vor meiner Klasse. Ich habe Ferien, in jeder Hinsicht.

»Björn?«

»Ja.«

Ich bin sprachlos. Ich kann reden, aber nichts sagen.

»Wo bist du jetzt eigentlich genau?«

»Ich bin in Plötzen.«

»Wo ist das denn?«

»In der Uckermark.«

»Das weiß ich, wo da genau?«

»Am Niedersee.«

»Nie gehört.«

Du hast so einiges nicht gehört, Karin.

»Wie läuft es mit dem Esel?«

»Gute Frage.«

»Sind die wirklich so störrisch?«

»Manchmal.«

»Hört er auf dich?«

Okay, diese Frage ist nicht schlecht. In ihr schlummert der Wunsch nach einer umfangreichen Erklärung.

»Gute Frage.«

Und das meine ich diesmal wirklich ernst, damit sind wir endlich beim Thema. Dass Friedhelm in diesem Moment so laut zu schreien beginnt, dass ich es aus dem Stall bis in mein Zimmer höre, kann kein Zufall sein.

»Ist das der Esel?«

Wer sonst? Ich bin es bestimmt nicht, Karin. »Ja, das ist Friedhelm.«

»Warum schreit der so?«

»Er beißt Inge.«

»Wer ist das denn?«

»Eine Eselin.«

»Ach so. Böser Esel.«

»Er kann nicht anders, er beißt sie ständig. Er muss das wohl.« Nie habe ich ihn besser verstanden.

»Nicht, dass du dir da was abschaust, Björn?!«

Warum eigentlich nicht. Von Friedhelm kann ich mir einiges abschauen. Der schweigt nicht, der quatscht nicht, der beißt. Das ist eine klare Haltung, klarer geht es nicht.

»Sind denn alle Esel so?«

»Böse, oder wie?«

»Mit dem Beißen und so?«

»Keine Ahnung, ich bin ja kein Eselexperte. Ich kann dir nur sagen, dass es bei Friedhelm nun mal so ist.«

»Böser Friedhelm.«

O ja, das ist er. Ich könnte dir eine Ultraschallaufnahme

zeigen, die beweist, wie böse dieser Esel ist. Und dann wüsstest du auch endlich, was er mit mir gemacht hat.

»Ich treffe mich heute mit Daniel.«

Wie bitte? »Daniel?«, frage ich etwas zu laut.

»Du, den habe ich gestern beim Sport getroffen. Stell dir vor, der ist wieder zurück.«

Schön. Und der erste Weg führt ihn gleich zum Sport, um sich dort mit dir zu treffen.

»Wo war er noch mal?« Ich weiß genau, wo er war. Daniel ist Meeresbiologe und war für zwei Forschungssemester auf Hawaii.

»Hawaii.«

»Stimmt, und ... hat's ihm gefallen?«

Natürlich hat es ihm gefallen. Daniel ist ja nicht nur ein Meeresbiologe, er ist natürlich auch ein Surfer und dazu auch noch einer, der selbstverständlich aussieht wie ein Surfer. Typen wie Daniel haben ein Leben lang volles, leicht gewelltes Haar, einen drahtigen Körper, alberne Lederbändchen an den muskulösen Handgelenken und Flip-Flops an den sehnigen Füßen, sobald der Wetterbericht Plusgrade meldet. Daniel ist ein ehemaliger Klassenkamerad von Karin. Eine Leistungskursbekanntschaft vom Gymnasium. Mehr nicht. Soviel ich weiß. Die beiden hatten nie etwas zusammen. Was aber bestimmt eindeutig von ihm ausging. Karin war immer nur die gute Freundin, und ihren Schilderungen nach hatte sie damit nie ein Problem. Ich aber. Denn Daniel parkt, seit ich ihn kenne, mehr Geheimnisse, philosophische Fragestellungen, schmutzige Witze und Sportlerphantasien bei meiner Frau als ich. Mal abgesehen davon, dass ich keine Sportlerphantasien habe und mir schmutzige Witze partout nicht merken kann. Als ich von seinem Forschungssemester auf Hawaii erfuhr, war ich derjenige, der am lautesten klatschte.

»Der war super drauf, braungebrannt. Kennst ihn ja.«

Als ob braungebrannt und super drauf einen zwingend kausalen Zusammenhang darstellen. »Ja, ist wohl wirklich immer schönes Wetter auf Hawaii.« Jetzt reden wir schon übers Wetter, bitte nicht.

»Und bei euch?«

»Heute soll es schön werden.« Und ich antworte auch noch.

»Du, ich muss dann los.«

»Ja, ich auch.« Was? Ich muss los? Wie denn?

»Wegen der Mails, kann ich die löschen?«

»Ähm, du ...«

»Oder war was Wichtiges?«

»Nee, das hätte ich dir ja gesagt.«

Dabei fällt mein Blick auf den Kühlbeutel, der seinen Aggregatzustand verändert hat. Aus Eis wurde Wasser. Während aus dem Gespräch mit Karin nichts wurde.

»Tja, dann, mach's gut Björn.«

»Du auch.«

»Wenn irgendwas ist, kannst du dich ja melden.«

»Klar, wenn was ist, melde ich mich.«

Es ist längst was, aber ich kann mich nicht melden. Nicht hier und schon gar nicht per Telefon.

Das Handy landet auf dem kleinen Beistelltisch. Ich richte mich auf und schaue durch das geöffnete Fenster.

Friedhelm brüllt, und ich brülle zurück: »Ich komme!«

27. Friedhelm und ich, alte Freunde, wieder!

Seit einem Tag kann ich wieder so laufen, dass es nicht peinlich aussieht oder wie die billige Imitation eines Pavians mit Bandscheibenvorfall.

Vielleicht bilde ich es mir ein, aber Friedhelm ist noch nie so brav neben mir gelaufen, seit ich wieder auf den Beinen bin. Falls Esel so was wie ein schlechtes Gewissen spüren, dann spürt Friedhelm es in diesem Moment.

Wir beide marschieren allein. Sabine wollte nicht länger auf mich warten, und Plötzen ist auch nicht so schön, dass man zwei Tage am Ort bleiben möchte, nur um darauf zu warten, dass ein weiterer Eselwanderer wieder fit ist.

Ein bisschen komisch ist es schon, so allein durch die Uckermark zu stiefeln. Diese Ruhe hat aber auch etwas Bedrohliches. Als Sabine noch an meiner Seite war, war Ruhe nur eine hypothetische Konstruktion. Jetzt ist sie da.

Vor mir liegt eine Etappe, die sich nicht exakt an der vorgegebenen Route orientiert. Aber wenn sich der Verlauf meiner Reise schon an nichts orientiert, dann muss ich es auch nicht tun.

Heute also – Willmatz, die kleine Gemeinde an der Krassler. Auf dem, laut Prospekt des Fremden- und Touristikvereins, malerischen Fluss findet heute Abend eine Floßfahrt mit Musik und Spaß statt. Beides kann ich gebrauchen. Denn seit Hawaii-Daniel sich zu meinem Karin-Problem gesellt hat, habe ich weder Spaß noch Musik, wobei ich auf Letzteres noch am ehesten verzichten könnte.

Und wenn man sonst niemanden zum Reden hat ... »Weißt du, Friedhelm, dieser Daniel ist alles, was ich nicht bin ... ich weiß noch genau, als er zum ersten Mal bei uns aufgetaucht ist ...

28. Daniel, zum ersten Mal – und gleich zum Abhaken

»... das ist der Daniel.«

Unsere Wohnung war damals das Gegenteil von geschmackvoll, sie war noch nicht mal gemütlich, eigentlich war sie nicht viel mehr als ein Zwischenlager für Möbel, die den Weg zur letzten Ruhestätte noch nicht gefunden hatten. Ein Best-of-Mix aus Schwedenmöbeln und verwandtschaftlichem Sperrholznachlass mit Eichenfurnier. Als ich mich von dem alten Clubsessel erhob, den mein Vater uns netterweise geschenkt hatte, nachdem er ihn mehr als 30 Jahre ein- und durchgesessen hatte, wusste ich sofort, dass dieser Abend keiner werden würde, den man in liebevoller Erinnerung behält.

»Und das ist mein Mann.«

»Björn«, sagte ich frostig.

»Cool.«

Ist das ein Name oder eine Antwort, wollte ich fragen, tat es aber nicht, um der ersten Begegnung von Daniel und mir wenigstens den Hauch einer Chance zu geben.

Daniel reichte mir die Hand. Ich dachte zumindest, es wäre seine Hand. Aber es war nur eine angedeutete Handreichungsgeste. Er spreizte den kleinen Finger und den Daumen ab und ließ dieses seltsame Gebilde, einem stilisierten Posthorn nicht unähnlich, zwei- oder dreimal vor meinen Augen vibrieren. Unter Surfern ist das ein Gruß, für mich war es das erste von vielen Fettnäpfchen.

»Hast du was mit den Händen?«, fragte ich.

Daniel! Daniel! Daniel! So heißen Joghurts oder Jungen mit dem Rückgrat einer weichgekochten Spaghettinudel.

»Das ist ein Surfergruß, Björn.«

Karin! Karin! Karin!

»Tut mir leid, Daniel, mein Mann hat's nicht so mit den modernen Dingen.«

Ja, das wollte er ganz bestimmt von dir wissen, Karin.

»Willst du was trinken?«

Karin gab die Gastgeberin. Eine sehr einseitige. Ich war nämlich kein Gast, für sie war ich gar nicht mehr da, bildete ich mir zumindest ein. Wer nicht da ist, muss es beweisen. Im Beweisen war ich schon immer gut.

»Hat jemand was gegen Wein?«, fragte ich.

»Ich meinte eigentlich Daniel«, sagte Karin.

»Habt ihr Wasser?«

Ich hätte mir denken können, dass ein so eisenharter Mann wie Daniel keinen Wein trinkt.

»Klar, mit Kohlensäure oder ohne?«

»Mit, wenn ihr habt, wenn nicht, auch nicht schlimm.«

»Björn, holst du uns Wasser?«

»Das ist im Keller.«

»Ich weiß.«

Dass sie es wusste, hieß natürlich nicht, dass sie es auch holen musste. Sie wusste es, und ich musste gehen. Diese Art der Aufgabenteilung hat sich bei uns bis heute gehalten.

Während ich im Keller das Wasser für Mister Superboy

holte, wurde mit Sicherheit ausgiebig über mich gelästert. Bei jeder Treppenstufe malte ich mir das Thema aus, das die beiden da oben ausgiebig diskutierten. Ohne mich, dafür über mich. Ich musste die Flasche schütteln, das war ich mir schuldig.

Daniel hatte in letzter Zeit natürlich wieder wahnsinnig viel erlebt und genauso natürlich wie selbstverständlich nichts davon vergessen.

»Mit einem Motorrad bis Barcelona, das ist schon ein Ritt, oder?« Karins Begeisterung war offensichtlich, ihre schwärmende Bewunderung fast peinlich.

»So weit ist es nun auch wieder nicht«, bemerkte ich, süffisant auf die Wasserflasche zeigend.

»Ich glaub' nicht, dass du das schaffen würdest, Björn.«

»Nee, bestimmt nicht, ich habe ja auch kein Motorrad. Mal ganz abgesehen davon ... *Du* findest ja auch Motorradfahrer prollig, Karin, stimmt's?«

»Echt?«, wollte Daniel wissen.

»Nicht alle«, verteidigte sich Karin blitzschnell.

»Du hast gesagt, *alle*. Als ich mal kurzfristig mit dem Gedanken spielte, mir eins anzuschaffen, hast du gesagt ...«

»Björn, bei dir ist das doch was anderes.«

»Du wolltest mal Motorrad fahren?«, fragte Daniel.

Er fragte es, als wäre es so unvorstellbar wie dressierte Silberfische im Badezimmer.

»Ja, warum nicht?«

»Er hat es aber nicht gemacht«, fügte Karin unnötigerweise hinzu.

»Weil du was dagegen hattest, mein Schatz.«

›Schatz‹ war einer zu viel, das wusste ich. Karin bestätigte es mit einem rasanten Augenblitz in meine Richtung.

Ich hatte einen Treffer gelandet und einen kassiert.

Ein Ende war nicht in Sicht, im Gegenteil.

»Kann ich mir bei dir gar nicht vorstellen, du bist doch cool drauf.«

»Natürlich, es ging mehr um Kohle und so, wir haben ja ein Auto und dann noch ein Motorrad …«

»Versicherung, oder wie? Ey, das kostet fast nix.«

»Echt?«, fragte ich, betont ungläubig, obwohl ich genau wusste, wie günstig eine Motorradversicherung ist, wenn man nicht gerade zu den Fahranfängern gehört.

»Ich zahl' gerade mal 'n Hunni im Jahr.«

»Hab' ich ihr auch gesagt, aber …«

»Ja, Björn, das hast du gesagt, aber du und ein Motorrad, ich weiß nicht.«

»Hast recht, Karin, das ist lächerlich. Und was hast du noch mal gesagt, je größer das Motorrad, desto kleiner das Hirn.«

Daniel schenkte Karin einen Blick, um sie zu einem Dementi aufzufordern. Er bekam es nicht. Sie konnte nicht leugnen, diesen Satz gesagt zu haben, genauso.

Pech! Pech! Pech!

»Lustig, oder? Als ob es da eine Korrelation gäbe, zwischen Kubik und Hirn. Was fährst du denn für eine?«

»'ne Tausender Ducati!«

»Ah, eine Tausender … hui …«

Ich schlug mir lachend auf die Schenkel. Daniel lächelte höflich mit. Karin schwieg.

»Wasser?« Ich hielt ihm die Flasche hin.

»Jetzt krieg dich mal wieder ein, Björn, so lustig ist das nun auch wieder nicht«, kommentierte der einzige Mensch, der darüber noch nicht mal lächeln konnte. Karin saß im Fettnäpfchen, das sie sich selber hingestellt hatte. *Ich* hatte sie nur hineingeschubst.

»Ach, schon okay. Ich habe ein Prädikatsexamen in der Tasche. Zwei Angebote von Unis, und anscheinend bilden die tausend Kubik bei mir eine Ausnahme. Hirnmäßig. Mal abgesehen davon, ist es manchmal auch gar nicht so verkehrt, das Köpfchen kurzfristig auszuschalten.«

»Absolut«, pflichtete Karin ihm bei.

»Spaß muss auch sein, was, Peter?«

»Ich heiße Björn.«

»O, tut mir leid, Peter hieß dein Vorgänger, oder?«

»Nein, der hieß Lutz.«

»Nee, Lutz war —«

»Das ist doch egal«, schob Karin ein.

Daniel schien sich bestens auszukennen in der Beziehungsbiographie meiner Frau.

»Wenn du willst, kannst du meine Karre fahren, Björn.«

»Gerne«, heuchelte ich.

»Vielleicht kannst du ja Karin auch davon überzeugen, wie geil das ist.«

Karin sagte nichts mehr.

»Auch?«, fragte ich.

»Ja, ich muss sie nicht mehr überzeugen.«

Karin rutschte nun etwas angespannt auf ihrem Stuhl hin und her. Als Daniel ihr auch noch seine durchtrainierte Surferhand auf die Schulter legte, suchte sie meinen Blick, dem nichts entgangen war.

Nichts! Nichts! Nichts!

»Weißt du noch, du hast richtig gequiekt hinten, als wir da rumgedüst sind. Wo war das noch mal?«

Was? Was? Was?

»Keine Ahnung, hab' ich vergessen.«

»Das kannst du doch nicht vergessen haben, Karin!«

»Du bist mit ihm Motorrad gefahren?«

»Ist schon lange her.«

»Na ja, drei Wochen.«

»Drei Wochen?«

In dieser Situation tat Karin das einzig Falsche. Sie öffnete die Flasche. Eine Fontäne spritzte ihr ins Gesicht. Die Laune war schlagartig im Keller so wie die restlichen Flaschen.

Daniel begann zu lachen. Ich nicht, weil ich wusste, dass ich damit alles nur schlimmer machen würde.

»Ich hole uns eine neue Flasche«, schlug ich vor, während sich Karin sehr langsam abtrocknete, ohne mich aus dem Blick zu verlieren.

29. Willmatz an der Krassler

Die kleine Dorfschaft Willmatz, im Herzen der Uckermark (natürlich!), denn hier ist jede kleine Dorfschaft im Herzen der Uckermark, besteht aus einer einzigen, langen Straße, die eine hübsche Ansammlung alter Steinhäuser in die linke und die rechte Hälfte von Willmatz trennt. Es gibt keine gute oder schlechte Seite von Willmatz, es gibt nur die Seite mit den geraden Hausnummern und die mit den ungeraden. Auf der Hälfte der Straße steht eine Ampel, die überhaupt keinen Sinn macht. Weil es keine Straße von links oder von rechts gibt.

Friedhelm und ich schauen auf einen wunderbaren Hof, an dessen Grenze die Krassler plätschert, ein Fluss wie gemalt. Ampelfrei und auf den ersten Blick so sauber wie ein Gebirgsbach. Der Hof heißt Luisenmühle, obwohl ich keine Mühle sehe. Egal, Hauptsache ein Bett, ein Stall und Pils vom Fass und für Friedhelm eine besonders große Portion Kraftfutter, vielleicht sogar ein kleines Brombeersträußchen, darauf scheint er besonders zu stehen.

»Frühstück ist ab acht, im Kühlschrank stehen Getränke, müssen selber aufschreiben, abgerechnet wird am Abreisetag«, erklärt mir Gundula, die stabile Wirtin der Luisenmühle. »Der Esel ist umsonst.«

»Wie?«
»Essen.«
»Das Essen ist umsonst?«
»Das Schlafen.«
»Verstehe.«

Die Menschen in der Uckermark sprechen nicht viel, fast so, als hätten sie nicht genug Zeit, um sie mit vollständigen Haupt- und Nebensätzen zu vergeuden. Aber eigentlich haben die Menschen hier recht, warum ewig lang drum herum quatschen.

»Heute Abend ist hier ein Fest.«
Ich nicke.
»Mit Musik und Spaß.«
»Was denn für ein Spaß?«
»Spaß eben.«
»Ah ja.«
»Müssen ja nicht hin.«
»Nee.«
»Wollen Sie an der Floßfahrt teilnehmen?«
»Tja ...«
»Wollen Sie, Karten gibt es bei mir. Mein Mann macht das.«
»Was?«
»Das mit der Floßfahrt.«
»Ja, warum eigentlich nicht, gut, ich mach' mit.«
»Mach' ich mit auf die Rechnung.«

Dieses Zimmer ist mit das gemütlichste, was ich bislang präsentiert bekommen habe. So wie es eingerichtet ist, muss jemand die Absicht gehabt haben, hier auch wirklich mal jemanden schlafen zu lassen. Das Bett quietscht nicht, die Matratze stammt nicht von einem Verwandten aus Siebenbürgen, der Kleiderschrank ist nicht aus angemalter Presspappe, und die Lampen würden auch einen Gastauftritt bei *Schöner Wohnen* ohne Irritationen durchleuchten. Alles passt, alles wirkt harmonisch. Alles von Gundula? Die gute Frau mit dem knappen Wortschatz wirkt auf mich nicht unbedingt wie eine geschmackssichere Stilikone, aber irgendjemand muss sich ja diese Mühe gemacht haben.

»Gefällt's Ihnen?«

Ich drehe mich um und sehe Gundula. Weiß der Teufel, wie sie in das Zimmer gekommen ist. Ich hätte schwören können, abgeschlossen zu haben.

»Äh, ja, schön, sehr schön.«
»Das freut mich. Ich wollt' nur die Karte bringen.«
»Was für eine Karte?«
»Die Floßfahrt.«
»Natürlich.«
»Sechs Uhr.«
»Abfahrt?«
»Treffpunkt.«
»Okay. Wo?«
»Hier.«
»Ah ja.«

Gundula nickt mir noch mal zu und verschwindet dann so lautlos, wie sie gekommen ist.

Ob ich jetzt abschließen darf, ohne dass sie das Gefühl hat, dass ich irgendwas zu verbergen hätte? Obwohl, egal, die Tür bleibt auf. Ich habe nichts zu verbergen, so oder so.

Das Handy vibriert. Ich hole es aus der Tasche und schaue auf das Display. Sie ist es. Meine Frau will mich sprechen. Aber ich will sie nicht sprechen. Nicht jetzt und auch nicht morgen, und ich weiß nicht, ob ich sie überhaupt sprechen will. Ich will mich jetzt nur auf die Floßfahrt vorbereiten, und dann will ich heute Abend Spaß haben. Mit Gundula, ihrem Mann oder sonst wem. Du hast ja auch deinen Spaß mit diesem ...

»Ja?«

Ich habe das Gespräch tatsächlich angenommen. Das war ich nicht, das war ein Dämon in mir.

»Ich bin's.«

Karin klingt wie immer, ich bemühe mich um das Gegenteil. Ich bin nicht wie immer, also muss ich auch nicht so klingen.

»Mhm.«

Das ist ausreichend anders. Wenigstens platze ich nun nicht gleich vor Freude, nur weil Karin mir die Gnade erweist, sich bei mir zu melden. Ich lerne jeden Tag dazu.

»Alles okay?«, will Karin von mir wissen.

»Mhm.«

»Wo steckst du?«

»Willmatz.«

»Kenn' ich. Willmatz an der Krassler, stimmt's?«

»Mhm, genau.«

»Schön da?«

»Mhm.«

»Was machst du denn so, Björn?«

»Och, nichts Besonderes.«

»Du bist so still.«

»Ich?«

»Ja.«

»Nö, ich bin nicht still, ich bin nur 'n bisschen müde.«

»Wovon?«

Wovon! Soll das ein Witz sein? »Vom Wandern.«

»Das glaub' ich. Ist ziemlich ungewohnt, oder?«

»O ja, das ist alles ziemlich ungewohnt.«

Das ist kein Wink mit dem Zaunpfahl mehr, hier winkt die komplette Chinesische Mauer.

»Du, keine Frage.«

Die Chinesische Mauer winkt umsonst.

Warum sage ich Karin nicht die Wahrheit: Ich bin nicht müde, ich bin sauer. Aber warum bin ich dann so still, wenn man sauer ist, dann darf man nicht still sein. Dann ist das Gegenteil angesagt. Wenn ich bei meinen Schülern so wäre, wie ich es jetzt bin, hätten die mich schon am ersten Tag mit Haut und Haaren gefressen.

»Was hast du denn heute noch vor?«

»Ich mach' gleich eine Floßfahrt.«

»Echt, du?«

»Ja, warum nicht?«

»So mit Musik und Partyfässchen?«

»Keine Ahnung, wahrscheinlich. Gundulas Mann macht das.«

»Wer ist denn Gundula?«

Oh, eine Reaktion. Tja, Karin, jetzt geht es los. The Empire strikes back. Ich bin wieder da!

»Gundula? Das ist die Wirtin hier von der Luisenmühle. Total nette Frau, haben uns gerade lange unterhalten, super freundlich und so interessiert.«

»Schön.«

»Ich hoffe, sie kommt auch gleich mit.«

»Wenn ihr Mann da auf dem Floß ist, kommt sie bestimmt mit«, sagt Karin.

»Ja, wäre toll, wenn Gundula mitkommt. Dann könnte ich mich noch länger mit ihr unterhalten, was die alles zu erzählen hat, ist wirklich spannend, ganz bestimmt. Tolle Frau.«

»Glaub' ich.«

Kein Wunder, dass sie nicht reagiert, sie nimmt es gar nicht ernst. Schlimmer noch, sie nimmt mich nicht ernst. Sie weiß, dass ich sie nur provozieren will.

Na und? Da kann sie doch trotzdem reagieren. Ganz unegoistisch. Nur für mich! Ein Mal! Ist das zu viel verlangt.

Karin ist meine Frau, und sie ist nicht verhaltensgestört. Wenn einer in diesem Moment verhaltensgestört ist, dann bin ich das. O Mann!

»Ja, du, dann muss ich mir ja keine Sorgen machen«, sagt Karin.

Doch! Doch! Doch!

»Ich hatte ja ein bisschen Angst, dass du dich langweilst«, ergänzt sie.

»Karin, warum hast du mich in die Uckermark geschickt?«

Endlich. Die Frage aller Fragen. Die Uckermark-Frage.

»Ich möchte da jetzt nicht drüber reden, Björn.«

»Aber ich. Karin, du kannst doch nicht einfach von mir verlangen, dass ich in diese gottverdammte Gegend fahre, ohne mir zu erklären …«

»Gefällt es dir nicht mehr?«

»Was?«

»Ich habe gefragt, ob es dir nicht mehr gefällt?«

»Das habe ich verstanden, aber darum geht es jetzt doch gar nicht.«

»Kannst du nicht einfach antworten, war doch eine einfache Frage.«

Ihr Kommentar klingt spitz, und ich weiß genau, dass es besser ist, dies nicht zu ignorieren. Und noch besser ist es, wenn ich sofort die Schärfe aus meinen Antworten nehme.

»Doch, es ist schön hier, aber, Karin, versteh mich bitte nicht falsch, darum geht es jetzt wirklich nicht, ich will … ich möchte … ich möchte doch nur von dir wissen …«

»Björn, ich muss Schluss machen, mein Akku …«

»Karin?«

Die Schärfe ist automatisch wieder da.

»Karin?«

Mit Luft nach oben.

»Karin?«

Aber die Schärfe bringt nichts. Gar nichts. Sie ist weg. Einfach so. Der Akku!

Ich wähle sofort ihre Nummer. Nicht so, Karin. Nicht die Akkunummer. Wir müssen reden. Jetzt. Sofort!

»The person you have called …«

»Kariiiiiiiiiiiiin!«

30. Floßfahrt und Erkenntnisse

Gerade mal eine halbe Stunde treibt das Floß die Krassler hinab, und mich interessiert nur eine Frage: Wo ist hier eigentlich die Toilette?

Die anderen scheint es nicht zu interessieren, im Gegenteil. Sie drängen sich um das Bierfass, das in der Mitte des Floßes aufgebaut wurde und nun den anbetungswürdigen Mittelpunkt eines Kreises aus durstigen Männern bildet.

»Sie auch ein Bier?«

Steffen, Gundulas Mann, meint mich. Immerhin bin ich der Einzige, der vom Floßkapitän persönlich angesprochen wird. Vielleicht ist das eine Ehre, vielleicht aber auch nur eine höfliche Geste, die im stolzen Fährpreis von 8,90 Euro mit drin ist. Egal.

»Hallo, Sie auch ein Bier?«, wiederholt Steffen seine Frage.

Ich zögere, ich würde wirklich gerne vorher wissen, was man macht, wenn man muss, bevor ich aktiv dafür sorge, dass ich muss.

»Ja, gerne«, antworte ich.

Was? Ich war noch gar nicht fertig mit meinem Zögern!

Die Uckermark hat mich verändert. Seit ich hier bin, sage ich nicht mehr das, was ich denke. Eine Fremdsteuerung hat sich meiner bemächtigt. Schlimm finde ich es nicht mehr.

Aber Bier ist Bier, und Toilette ist Toilette, und noch *muss* ich ja nicht.

Für mich ist diese Haltung schon fast ein Abenteuer, ich lasse mich nicht gerne treiben, ich muss wissen, was kommt. Das ist eine Lehrerkrankheit, wer nach Stundenplänen lebt und sie zudem noch selber macht, der wird zwangsläufig zu einem Stundenplan auf zwei Beinen. Das hat viele Vorteile, bringt aber nur wenige Überraschungen. Wer Überraschungen braucht, wird aber kein Lehrer.

Eine Floßfahrt besteht nur aus Treibenlassen, aber so wie die Krassler sich vor uns abzeichnet, ist auch mit keinen Überraschungen zu rechnen. Sie verläuft schnurgerade. Am linken Ufer grünt der Wald und am rechten Ufer auch. Das wird sich nicht ändern. Die Krassler ist fließende Langeweile. Ein Fluss für Lehrer.

Steffen reicht mir ein Bier.

»Kommt aus Perlau, das brauen die da im Kloster.«

»Die Mönche verstehen was von Braukunst.«

»Sind keine Mönche, sind Knackis.«

»Was?«

»Die haben schon vor der Wende das Kloster plattgemacht und zum Knast umgebaut. Na ja, im Grunde hat sich nicht viel geändert. Die Schlösser wurden nur 'n bisschen dicker.«

»Trotzdem lecker.«

»Ja, getrunkene Resozialisierung.«

»Schön formuliert.«

»Woanders machen sie Jeans.«

»Wie?«

»Die Knackis. Hab' ich gelesen. In den USA.«
»Stimmt, hab' ich auch mal gelesen.«
»Steffen.« Er reicht mir die Hand.
»Björn.« Wir schütteln uns die Hände.

Das Bierfass ist aus meinem Sichtfeld verschwunden. Der durstige Männerkreis hat es nun sorgfältig abgeschirmt.

»Musst du nicht steuern?«, frage ich.
»Nö, das Floß kennt seinen Weg.«

Nur um sicher zu sein, dass es wirklich seinen Weg kennt, schaut er noch mal zum arretierten Ruder, einem langen Stamm, der in einer Art Scherenbock verankert ist.

»Willst du mal?«
»Was?«, frage ich.
»Ans Ruder?«
»Einfach so?«
»Klar.«

Warum nicht, vielleicht macht es Sinn, mal ans Ruder zu kommen, nach allem, was mir passiert ist. Obwohl – warum soll ich mich an ein Ruder stellen, wenn es nichts zu steuern gibt? Ich habe mir die Frage gerade erst gestellt, da sitze ich schon neben dem Stamm. Eine Hand führt das Floß, die andere hält das Bier. Das Leben kann so einfach sein.

Steffen kümmert sich wieder um die anderen Gäste, die noch immer das Fass belagern, während ich mich über meine Beförderung zum Floßkapitän freue und nun keinen Gedanken mehr an das Thema Toilette vergeude und erst recht nicht an … na ja, das hatten wir ja schon.

Unglaublich, wie schnell man beginnt, sich in ein sich

ständig wiederholendes Bild zu verlieben. Das Wasser bleibt Wasser, das Ufer bleibt Ufer, und der Wald, links und rechts, bleibt Wald. Jeder Meter bleibt gleich. Blau und grün. Und ich fühle mich plötzlich glücklich. Einfach so. Mit einem Stamm in der Hand und einem Bier. Himmel, das ist es. Für den Augenblick. Alles andere zählt nicht. Endlich nur der Moment, nicht das, was kommt oder war. Björn Keppler, da passiert was mit dir. Und es tut dir gut. Prost, Björn.

»Alles gut?«, will Steffen von mir wissen, ich habe gar nicht gemerkt, dass er wieder zurückgekommen ist.

»Klar, super«, sage ich wahrheitsgemäß.

»Sieht man.«

»Wie?«

»Du hast so gegrinst.«

»Echt?«

»Ja.«

»Macht Spaß.«

Steffen setzt sich zu mir, und einen kleinen Moment habe ich Angst davor, dass er mir das Ruder wieder abnimmt. Unnötigerweise.

Wir schauen den Männern zu, die sich mehr mit ihrem Bier beschäftigen als mit der wunderbar langweiligen Landschaft. Eine Zeitlang belassen wir es beim Beobachten, und ich glaube, wir denken das Gleiche.

»Was machst du denn so?«, will Steffen jetzt von mir wissen.

»Ich bin Lehrer.«

»Oh, das tut mir leid.«

»Warum das denn?«

»Na ja, Lehrer – Sieben-Tage-Woche, voller Körpereinsatz, miserable Bezahlung, kaum Urlaub …«
»Okay, jetzt hab' ich's verstanden.«
Steffen lacht, und ich tue es auch. Er hat ja recht.
»Bist du das erste Mal hier in der Uckermark?«
»Mhm.«
»Und?«
»Schwer zu sagen.«
»Ja, verstehe.«
»Kommst du von hier?«
»Ja. Plötzen.«
»Kenn' ich.«
»Kurz nach der Wende haben meine Eltern die Luisenmühle gekauft, für kleines Geld. Die haben damals die halbe Uckermark für kleines Geld vertickt. Meine Eltern hatten diese spinnerte Idee, aus der Mühle eine Pension zu machen.«
»Ist doch eine draus geworden.«
»Ja, ja, das schon. Überlebt haben sie es nicht.«
»Das tut mir leid.«
»Schon gut. Jetzt versuchen meine Frau und ich, das Ding zu stemmen.«
»Schwierig?«
»Unter uns? Es ist unmöglich. Wir haben kaum Gäste. Wenn ich hier diese Floßfahrten nicht machen würde, wär' längst Schichtende.«
»Das tut mir leid.«
»Dir tut aber einiges leid.«
»Tut mir …«
»Ich hol' uns noch ein Bier.«

Steffen wird unter lautem Gejohle von den anderen Männern in ihrem Pils-Kreis begrüßt, und erst jetzt sehe ich, dass einer von ihnen mir sehr bekannt vorkommt. Ein weiterer Blick genügt, und ich weiß, wer der Mann ist. Schlagartig drehe ich mein Gesicht weg, in der Hoffnung, dass er mich nicht erkennt. Das kleine Glück, das eben noch meine Seele zum Schwingen brachte, macht Platz für einen dicken Brocken Angst – warum muss ausgerechnet Markus mit mir die Krassler auf einem Floß hinabgleiten. Und warum muss ich jetzt auf einmal ganz dringend zur Toilette, die es auf diesem Floß gar nicht gibt.

Warum? Warum? Warum?

Steffen kommt zurück und spürt sofort, dass was nicht stimmt.

»Alles klar?« Diesmal klingt seine Stimme besorgt.

»Ja, ja, alles klar.«

»Wirklich?«

»Nein. Der Typ da hinten, kennst du den?«

Ich zeige auf Markus, der mich noch nicht entdeckt zu haben scheint und in diesem Moment ganz ernst aus der Wäsche schaut, obwohl die Männer um ihn herum sich fast schlapp lachen. Wenn die wüssten, wen sie da in ihrer Mitte haben.

»Die Stimmungskanone da?«, fragt Steffen angemessen leise.

»Genau«, antworte ich, sicherheitshalber noch ein wenig leiser.

»Nee, nie gesehen. Müsste ich?«

»Das ist ein Mörder.«

»Was? Nicht dein Ernst?«

»Doch. Heißt Markus.«

»Woher kennst du den?«

»Vom Eselwandern.«

»Du bist auch einer von diesen Eselwanderern?«

»Ja, warum nicht?«

»Siehst nicht so aus.«

»Danke.«

»Da nicht für.«

Statt weitere Fragen zu stellen, fixiert Steffen nun Markus.

»Sieht nicht so aus, als hätte der irgendwelche Hemmungen«, sagt Steffen.

»Nee, der nicht, seinetwegen habe ich eine ganze Nacht nicht gepennt. Wir mussten in einer Hütte übernachten.«

»Mit ihm?«

»Er war zuerst da, draußen tobte ein Unwetter.«

»Scheiße, ich glaub', der kommt zu uns.«

Steffen hat recht, Markus hat mich entdeckt. Verdammt.

Wo ist hier die Toilette, ich muss!

»Kennen wir uns nicht?«, fragt Markus.

»Klar, aus der Hütte.«

»Verfolgst du mich?«

»Ich?«

»Red' ich mit 'nem anderen?«

»Ich bin der Steffen«, bemüht sich der Floßkapitän um Entspannung.

»Schön«, antwortet Markus. »Was ist jetzt, verfolgst du mich?«

»Nein, natürlich nicht, reiner Zufall. Ich bin in der Luisenmühle, und da habe ich von dieser Fahrt hier erfahren.«

»Willst du auch mal ans Ruder«, fragt Steffen.

»Warum das denn?«

»Macht Spaß. Stimmt's, Björn?«

»Ja, macht echt Spaß, möchtest du?«

Markus möchte nicht. »Was soll ich denn da, ich hab' 'ne Floßfahrt gebucht und keinen Arbeitseinsatz.«

»Musst ja auch nicht.«

»Wir kommen gleich an Perlau vorbei«, sagt Steffen, ohne sich darüber einen Gedanken gemacht zu haben.

»Ich weiß, vom Fluss aus hab' ich's noch nie gesehen.«

Steffen weiß, was Markus meint.

»Ich habe oft auf den Fluss geguckt, von meiner Zelle aus. Dritter Stock, Block zehn, da ging das. Begehrte Aussicht, hat nicht jeder. Die meisten Fenster gehen in die andere Richtung. Scheißblick. Nur Uckermark.«

Steffen und ich nicken.

»Kannst du da langsamer fahren.«

»Das geht nicht«, sagt Steffen.

»Das war keine Frage«, sagt Markus.

»Okay, ich versuch's mal.«

Markus hat eine sehr überzeugende Art, Menschen dazu zu bringen, Dinge zu tun, die sie eigentlich nicht tun wollen. Er wäre ein guter Lehrer, theoretisch.

Markus geht zurück zu den anderen. Ich stelle mir vor, dass die anderen Kollegen von ihm sind. Manche entlassen, die anderen auf Freigang. Wie Flüchtige sieht keiner von ihnen aus.

»Kennst du die anderen?«, frage ich.

»Nee.«

»Komisch, dass keine einzige Frau dabei ist.«

»Jetzt, wo du's sagst, stimmt, komisch.«

»Meinst du, die sind alle aus Perlau, ich meine, aus dem Kloster?«

»Keine Ahnung. O Mann, wie soll ich da bloß gleich langsamer fahren?«

»Frag mich nicht«, sage ich.

»Wir könnten an Land gehen.«

Ja, unbedingt, ich würde die nächste Toilette aufsuchen und dann verschwinden. Keine Ahnung, wie ich dann anschließend zur Mühle komme, aber das wäre das kleinste Problem. Hauptsache, ich bin weg von diesem Irren.

»Hallo?«

Steffen formt seine Hände zu einem Trichter. Es folgt eine Ansprache an die gesamte Floßbesatzung.

»Hat jemand Lust auf einen kleinen Landgang, wir kommen gleich an Perlau vorbei?«

Keiner der Männer scheint besonders begeistert davon zu sein. Auch Markus nicht.

»Von einem Landgang habe ich nichts gesagt«, stellt Markus fest.

»Okay, war nur eine Idee, kein Landgang, kein Thema.«

»Und jetzt?«, flüstere ich ihm ins Ohr.

»Ich weiß es nicht«, sagt Steffen und rudert hilflos mit den Armen.

Bis zu diesem Moment hielt ich Kapitäne für Männer mit ganz besonderen Fähigkeiten: Männer, die in Krisensituationen immer genau wissen, was zu tun ist, es sei denn, ein Eisberg taucht auf. Steffen ist ganz offensichtlich keiner dieser Kapitäne. Er ist ja auch nur ein Floßschiffer mit einer alten Mühle, die nicht richtig rund läuft.

Ganz unvermittelt reißt nun der Blick auf den Wald zur Linken ab. Eine breite Schneise wird sichtbar, und dann sehe ich das alte Kloster, das von einer hohen Sichtschutzwand umgeben ist. Zwei Wachtürme säumen das Panorama. Und der Stacheldraht, der die obere Kante der Sichtschutzwand kleidet, verrät, dass hinter diesen Mauern nicht mehr gebetet wird und wenn, dann nur um die Wiederaufnahme eines Verfahrens oder Hafterleichterungen.

Markus ist jetzt wieder bei mir. Diese Impressionen möchte er wohl nur mit mir teilen. »Hammer, oder?«

»Äh, was genau?«

»Der Knast, was sonst?«

Während ich hier allein mit Markus sitze, fällt mir dummerweise ein, dass ich Steffen erzählt habe, dass ich ein Lehrer bin und dass Markus das niemals erfahren darf, weil er doch so schlimme Erfahrungen mit ihnen gemacht hat. *Gibt zwei Berufe, da krieg' ich sofort 'n Puls! Bullen und Lehrer. Bei Lehrern noch mehr. Lehrer sind das Letzte*, seine Worte. Steffen ist der Einzige auf diesem Floß, der meinen Beruf kennt, und er muss der Einzige bleiben, so viel steht mal fest. Ich könnte ihn in den Fluss schubsen, das hätte Steffen nicht verdient, aber die Gefahr wäre gebannt. Aber wer bringt dann das Floß zum Stehen. Ich nicht. Ich kann es gerade mal auf Kurs halten.

Ich werde nervös. Jetzt an etwas Schönes denken. Ferien, ja. Oder besser noch, die Vorfreude auf Ferien, die währt länger. Es funktioniert, ich denke an die schönste Zeit im Jahr ... und dann denke ich plötzlich ... das ist aber jetzt gar nicht schön ... daran will ich nicht denken. Nein, nicht jetzt!

...

31. Vier Wochen vor den großen Ferien und keine Ahnung

»Im Odeon läuft der neue Fatih Akin, sollen wir?«, fragte Karin.

»Welcher?«

»Der neue, hab' ich doch gerade gesagt.«

»Wieder so eine langweilige Ethnokiste?«

»Ja oder nein?«

»Nein. Ich muss noch –«

Bevor ich ausreden konnte, hatte sie schon einen Kommentar: »Okay.«

Ich blickte von den Zeugnissen auf, die ich so gerne bearbeitete wie eine asbestverseuchte Trennwand im Hochsommer.

Karin hakte nicht nach, kein Überreden, kein *Warum*, kein *Och, bitte*, nichts. Im Grunde war es mir recht, ich hasse Überredungsversuche jeglicher Art. Daran hat sich nichts geändert. Entscheidungen fällt man, sie zu diskutieren macht aus Entscheidungen nur unverbindliche Angebote. Aber um ehrlich zu bleiben, solche Gedanken behielt ich von Anfang an für mich.

»Diese Zeugnisse machen mich wahnsinnig, jedes einzelne ist eine gigantische Lüge. Eine Illusion mit Schulsiegel. Ich bin Lehrer, kein Fälscher. Gegen mich hat der Typ, der Hitlers Tagebücher gemalt hat, das Copyright auf Echtheit. Wie hieß der noch mal?«

»Keine Ahnung«, sagte Karin frostig genug, um ihre Stimmung erkennen zu können, was mir leider aber erst viel später klar wurde.

»Kujau, genau ... Konrad Kujau ... KK ... auch schon tot, glaub' ich.«

Sie hätte mich bewundern können, für mein Allgemeinwissen, sie tat es nicht, war eigentlich auch nicht nötig. Kujau muss man nicht kennen.

»Eigentlich kein schlechter Maler, hätte ich nicht abgelehnt, so'n Bild von dem.«

»Mhm.«

Dafür hätte ich liebend gerne diese pseudopädagogische Beschäftigungsmaßnahme abgelehnt, die sich vor mir türmte. Zweimal im Jahr musste ich diesen Mist machen. In meiner Freizeit! Ja, ich gehöre zu den Lehrern, die bei allem, was nach der sechsten Unterrichtsstunde passiert, von ihrer Freizeit sprechen. Nein, ich arbeite nicht zu Hause, wie es der überwiegende Teil meiner Kollegen und Kolleginnen behauptet.

Nein! Nein! Nein!

Ich behaupte zwar, dass ich ein Arbeitszimmer beim Finanzamt absetzen muss, weil ich 50 % meiner Arbeit außerhalb der Schule absolviere. Und ich gehöre auch zu den Beamten, die bereit wären, für diese steuerliche Absetzbarkeit bis nach Karlsruhe zu marschieren. Aber die Wahrheit ist: Ich bereite mich nicht zu Hause auf meinen Unterricht vor. Selbst wenn ich zu Recht ein Arbeitszimmer hätte, käme ich nicht auf die Idee. Weder aus steuerlich relevanten noch sonstigen Gründen. Ich muss mich nicht mehr vorbereiten. Die paar Minuten auf dem Weg zur Schule reichen völlig, um mir klarzumachen, dass sich an der englischen Grammatik und den englischen Vokabeln in den letzten Jahren nichts geändert hat. Im Fach Geschichte verhält es sich ähnlich. Alles, was nach 1989 passiert ist, findet in meinem Unterricht gar nicht statt. Weimarer Republik, Französische Revolution, Mittelalter, Marshallplan, Xerxes, Napoleon, Canossa, Alexander der Große, das Römische Reich. Gibt es da was wirklich Neues? Nein! Was sollte ich denn dann dazulernen? Weiterbildung? Lächerlich. Es gibt nur zwei Gründe für einen Lehrer, um bei Weiterbildungsmaßnahmen mitzumachen: die Suche nach einem neuen Partner oder einer neuen Partnerin aus dem Kollegium oder die Flucht vor dem bereits existierenden Partner oder der entsprechenden Partnerin. Ich bin zufrieden mit Karin, ich brauche so etwas nicht. Und ich brauche erst recht keine Arbeit an Zeugnissen.

Demonstrativ schlug ich auf eines der frisch unterzeichneten Lügenblätter. »Das ist ein Witz, ein ganz schlechter Witz. ›Bildungsauftrag abgelehnt‹, das müsste ich schreiben. Aber was muss ich stattdessen schreiben? ›Ungenügend‹. Völlig beknackt.« Ich schlug noch einmal auf das Blatt, was Karin mit keinerlei Reaktion kommentierte. Kein Blick, kein Seufzen, kein Schulterzucken. Nichts. »Ungenügend ist noch übertrieben. Hier ...« Ich zeigte ihr das Zeugnis eines ganz besonders unbegabten Schülers. »Mario Rommerskirchen ... drei Fächer sechs ... Rekord!«
»Mhm.«
»Kannst du dir vorstellen, was es heißt, so einen täglich vor sich zu haben? Wenn ich nicht Angst hätte, dass er mir irgendwann auflauert, um mir die Reifen zu zerstechen

oder gleich direkt mich ... ich hätte ihm auch die vierte Sechs gegeben. Der spricht ein Englisch wie eine Kaulquappe. Dem was beibringen zu wollen ist so aussichtsreich wie ein Geschäft für Tapetenverleih in Gelsenkirchen.«

»Mhm.«

Karin zog sich einen Espresso aus unserem Kaffeevollautomaten.

»Jetzt noch einen Espresso?«, fragte ich sie mit aufrichtigem Erstaunen.

Es war sieben Uhr abends, viel zu spät für einen Espresso. Karin und ich hatten vor einiger Zeit gemeinsam beschlossen, nach 16 Uhr keinen Espresso mehr zu trinken, aus gesundheitlichen Gründen und aus Angst vor schlaflosem Hin- und Herwälzen. Wir machten nur eine Ausnahme, wenn irgendwas anlag, was uns die Nacht über beschäftigte. Eine Party (selten!), ein Konzert (noch seltener!), die Fahrt zu ihren Eltern nach Rügen (total selten, dem Himmel sei Dank!).

Karin trank ihn hastig, ohne Zucker, sie suchte ganz offensichtlich nicht den Genuss, sondern einzig und allein die wachrüttelnde Koffeinoffensive.

»So!«, sagte sie.

»Wie, so?«

»Ich geh' dann mal.«

»Wohin?«

»Ins Kino.«

»Du, ich möchte echt nicht, ich muss das alles hier bis Freitag fertig haben.«

»Kannst du ja.«

»Karin, äh … dann kann ich nicht ins Kino, verstehst du das?«

»Björn?«

Ich schaute sie an, lächelnd, so, als gäbe es Hoffnung auf ein Happy End. Vielleicht sogar Hoffnung auf das EINE, wenn ich fertig wäre mit den Zeugnissen, auf der Suche nach Körperlichkeit und Nähe.

»Ja?«

Ich hielt meine Arme weit gespreizt, um sie darin gefangen zu nehmen. Eine Geste, die mindestens so blöd war wie mein Lächeln, zumindest in dieser sehr speziellen Situation.

Karin ging an mir vorbei in Richtung Ausgang. Sie ging vorbei an meinen Armen und meinem Verständnis, wenn man das so sagen kann.

»Karin?«, rief ich irritiert, fast schon sorgenvoll. Fast!

Sie blieb stehen, drehte sich langsam um und sprach dann unglaublich leise, aber präzise zu mir, als hätte sie jedes Wort bereits mehrfach geprobt und getestet: »Weißt du, was mich an dir wahnsinnig stört, Björn?«

Ich sagte nichts.

»Deine vollständig fehlende Spontaneität.«

»Wie kommst du denn jetzt da drauf?«

»Und dass du das noch nicht mal mitkriegst, macht mich auch wahnsinnig.«

»Was krieg' ich denn nicht mit?«

»Das ist doch nicht wahr, Björn.«

»Kein Scheiß, Karin, was krieg' ich nicht mit?«

Sie ging zur Tür, ohne ein weiteres Wort. Ich folgte ihr. Was ihr egal war. Sie lief unbekümmert weiter.

»Karin, bleib doch mal stehen.«

Blieb sie nicht.

»Karin?!«

Kurz vor ihrem Auto holte ich sie ein. Dass meine Socken blitzschnell nass wurden, war kein Zufall, ich stand in einer Pfütze.

»Mist!«

Ich zeigte auf meine nassen Socken, was Karin nicht zu interessieren schien. Sie stieg in ihr Auto. Ich trippelte ihr hinterher, auf Zehenspitzen, als könne man so den Grad der Feuchtigkeit reduzieren.

»Geh vernünftig!«, giftete Karin.

Wenigstens sprach sie mit mir.

»Karin?«

»Björn, ich geh' jetzt ins Kino, allein. Du machst deine verdammten Zeugnisse, und ich seh' Fatih Akin.«

»Wusste gar nicht, dass der in der Stadt ist.«

»Korinthenkacker.«

Während ich nur einen Scherz gemacht hatte, wurde sie beleidigend. Ich wollte die Stimmung heben, sie wollte sie vernichten. Karin startete den Motor.

»Okay, warte, ich komme mit, Karin.«

»Nein.«

Karin gab Gas. Noch ohne eingelegten Gang. Der Wagen brüllte auf. Ich habe ihr tausendmal gesagt, dass man das nicht machen soll. Nicht bei einem kalten Motor. Aber egal, es war ihr Wagen, und ich wollte nicht der Korinthenkacker sein, der sich ständig wiederholt mit seinen motorschonenden Tipps.

»Karin, was soll das, erst sagst du, ich wäre nicht spontan, dann bin ich es, und dann ist es auch wieder verkehrt.«

»Björn, du bist so spontan wie eine Landtagswahl.«

Karin trat die Kupplung, schob den ersten Gang ein und fuhr los. Motorschonend, wie ich feststellen musste. Wenigstens das.

Auf sie wartete Fatih Akin und auf mich noch ein Dutzend Marios.

MAILVERKEHR

Hallo Björn,
Ich glaube, wir müssen mal reden, aber nicht am Telefon, okay?

Gruß Karin

Gesendet vom Handy – 18:47 Uhr

• • •

Björn,
schade, dass du nicht antwortest. Egal, wirst schon deine Gründe haben.

Karin

Gesendet vom Handy – 18:59 Uhr

• • •

Wenn du nicht in einem Funkloch steckst, fände ich es doof, dass du nicht schreibst. Und komm mir nicht mit der leeren Akkunummer, du würdest nie mit einem halbleeren Akku unterwegs sein. Ich kenne dich!

K

Gesendet vom Handy – 19:23 Uhr

• • •

Verstehe

Gesendet vom Handy – 19:34 Uhr

32. Rettendes Ufer – in jeder Hinsicht

Klasse, vielleicht sollte sich meine Frau mal Gedanken darüber machen, dass es außer Funklöchern und leeren Akkus auch noch andere Gründe gibt, warum man nicht im Sekundentakt irgendwelche Mails beantworten kann. Es war schwer genug, die Mails zu lesen. Ihr zu antworten, habe ich mich schlichtweg nicht getraut. Markus hat mich im Blick, und ich könnte schwören, dass er nicht nur was gegen Lehrer hat, sondern vor allem gegen Menschen, die Dinge tun, die er nicht kontrollieren kann.

Und jetzt kommt er näher. Ich beginne zu schwitzen, obwohl die Sonne über der Uckermark ihr heizendes Tagewerk längst beendet hat und sich auf ein nettes Lichtspielchen beschränkt, das den Fluss in hübsche Farben taucht. Die Uferlandschaft sieht nun so aus, als hätte der Besitzer einer Modellbauanlage in der letzten Phase des Schaffens nicht mehr genug Häuser und Bäume gehabt. Das hier ist das Ende der Sperrholzplatte.

»Wo ist dein Esel?«, will Markus von mir wissen.
»Im Stall.«
»Meiner auch.«
Bis hierher ist schon mal alles gutgegangen. Glück gehabt.
»Gehst du morgen weiter?«

Markus klingt eigentlich ganz freundlich, kein Grund also, zu sehr in Angst zu versinken.

»Mal sehen, vielleicht bleibe ich noch einen Tag.«

»Gehst du jetzt allein?«

»Ja.«

»Sollen wir zusammen gehen, ich bleib' vielleicht auch noch 'n Tag, dann könnten wir ja morgen zusammen … hm?«, schlägt Markus vor.

Ich sitze in der Falle. Gedankenblitze zucken durch mein Hirn. Wie komme ich aus der Nummer raus? Egal wie, Hauptsache lebendig!

Angst! Angst! Angst!

»Wir beide?«, frage ich zögerlich.

»Siehst du noch jemanden?«

»Tja, warum eigentlich nicht, zu zweit macht es bestimmt mehr Spaß.«

Spaß? Mit einem, der garantiert mehr Respekt vor einer alten Eseldecke hat als vor einem Lehrer für Englisch und Geschichte.

Statt ihm genau das zu sagen, setze ich auf einen völlig unbegründeten, dualen Spaßfaktor. Bin ich jetzt völlig bescheuert. *Warum eigentlich nicht?* Mir fallen tausend Gründe ein, die dagegen sprechen, mit diesem Irren und unseren Eseln durch die Gegend zu marschieren. Der Wunsch, meine Pension noch zu erleben, ist nur einer davon. Hier wimmelt es von einsamen Pfaden und Wäldern, die danach schreien, zu einem Tatort zu werden, der so schnell nicht entdeckt werden wird. Abgesehen von einem Förster habe ich während meiner ganzen Wanderung noch keinen anderen Ordnungshüter getroffen. Man wird mich erst dann finden, wenn meine Körperfarbe sich der des Farns angepasst hat, in dem mich Markus sehr lieblos versteckt hatte.

»Freut mich«, sagt Markus.

»Gerne.«

»Wo schläfst du?«

»Luisenmühle.«

»Gehört Steffen, ne?«

»Mhm. Und seiner Frau.«

»Nett.«

»Finde ich auch.«

Prima, jetzt werde ich auch noch die Nacht vor meinem Ableben mit diesem Eselpsycho verbringen.

»Wo schläfst du genau?«, will Markus wissen.

»Äh, wie genau meinst du das?«

»Was ist denn daran so schwer zu verstehen?«

Meine Zimmernummer bekommt er nicht. Auf keinen Fall.

»Siebzehn«, antwortet der Teil von mir, den ich ganz augenscheinlich nicht mehr im Griff habe.

»Achtzehn.«

»Hey, sind wir ja Nachbarn.«

»Ja«, antwortet Markus so begeistert, wie meine Freude über meinen neuen Zimmernachbarn ist.

Steffen kommt zu uns. Ich weiß nicht, ob er mir helfen will oder ob es nur die Sorge um sein Floß ist. Was auch immer, schön, dass er da ist.

»Na, alles klar?«

»Wir schlafen nebeneinander«, erklärt Markus ungefragt.

»Hey!«, kommentiert Steffen, unbegründet begeistert. Und klatscht dann auch noch in die Hände. Was soll das?

»Morgen marschieren wir auch zusammen.«

»Hui!«

Steffen klatscht erneut, und über Markus' Gesicht huscht ein Lächeln wie bei einem kleinen Jungen, dessen Vater gerade den Bau einer Sandburg übertrieben lobt. Ich bin mir nicht sicher, aber kann es sein, dass Markus wirklich richtig stolz und glücklich darüber ist, mit mir zu wandern? Tue ich ihm Unrecht? Ist er eine von diesen armen Seelen, denen ein bisschen Zuwendung fehlt und Respekt? Oder hat er nur ein außergewöhnliches Mitteilungsbedürfnis, wie es Menschen haben, die entweder nicht sehr viel mitzuteilen haben oder schlichtweg zu wenig Möglichkeiten. Er hat bestimmt in einer Einzelzelle gesessen. Isolationshaft. Im berühmten Trakt Soundso, den jedes Gefängnis hat. Dort, wo die harten Jungs sitzen, die ganz harten.

»Heute Abend wollen Björn und ich noch was bei euch essen.«

Was wollen wir? Da weiß ich nichts von. Und da will ich auch nichts von wissen.

»Stimmt's, Björn?«

»Klar.«

»Ähm, ja, das ist jetzt nur so, wenn wir nach Hause kommen, dann ist die Küche bei uns eigentlich schon zu«, sagt Steffen und rudert hilflos mit den Armen, die komischerweise viel untrainierter aussehen, als ich es mir bei einem Floßkapitän vorgestellt hätte. Körperliche Arbeit haben diese Arme nicht oft gesehen und noch weniger verrichtet.

»Dann machen wir die Küche eben wieder auf«, sagt Markus.

Steffen überlegt. Einen Vorschlag von Markus lehnt man nicht einfach ab, das hat Steffen mittlerweile auch schon begriffen.

»Gute Idee«, antwortet Steffen.

»Weiß ich. Was willst du essen, Björn?«

Nichts. Ich habe keinen Hunger, und wenn ich an morgen denke, könnte ich mir vorstellen, nie wieder Hunger zu haben.

»Och …«

»Musst du schon sagen.«

»Ich nehm', was kommt.«

»Hühnchen mit Pommes«, schlägt Markus vor.

»Hui …«, sagt Steffen und rudert jetzt noch hilfloser mit den Armen.

»Du auch?«, will Markus von mir wissen.

Ich hasse Hähnchen, und noch mehr hasse ich Hähnchen mit Pommes. Vielleicht sollte ich erklären, dass ich alles hasse, was sich in der Luft bewegt. Mücken, Fliegen und Vögel. Auch wenn Hühner nicht richtig fliegen können, hasse ich sie trotzdem. Allein schon, weil sie es theoretisch könnten, sie sind ja nun mal Vögel.

»Hähnchen, ehrlich gesagt, ich …«

Markus wertet das als Zustimmung. »Dann nehmen wir zweimal Hühnchen mit Pommes.«

Markus verschränkt jetzt die Arme vor der Brust. Kompromissbereitschaft sieht anders aus.

»Okay, machen wir, zweimal Hähnchen mit Pommes. Es gibt nur ein kleines Problem«, sagt Steffen.

Markus geht nun einen kleinen Schritt auf Steffen zu. Die Arme immer noch fest verschränkt.

»Es gibt keine Probleme, es gibt nur fehlende Lösungen.«

So einen intelligenten Spruch hätte ich Markus nie zugetraut. Wahrscheinlich hat er ihn von seinem Bewährungshelfer oder aus einem Ratgeber zur Vereinfachung des Lebens. Solche Bücher stehen bestimmt haufenweise in den Gefängnisbibliotheken.

»Wir haben keine Hähnchen.«

So was steht natürlich in keinem Ratgeber. Es sei denn, der Ratgeber *Tausend Möglichkeiten, um mal richtig was auf die Fresse zu bekommen* ist schon geschrieben worden. Falls ja, gibt es ihn bestimmt in keiner Gefängnisbibliothek. ›Wir haben keine Hähnchen‹, das muss man sich wirklich trauen. So was Markus ins Gesicht zu sagen ist ganz sicher sehr riskant.

»Dann holen wir eben welche.«

Markus ist weitaus weniger aufgeregt oder sauer, als ich es vermutet hätte.

»Gute Idee. Eigentlich. Aber wo sollen wir um diese Zeit noch Hühnchen holen?«

»Hähnchen.«

»Hühnchen, ja, natürlich. Aber die sind auch sehr schwer aufzutreiben, um diese Zeit.«

»Wir können ja auch was anderes essen, hm, Markus?«

»Du willst doch Hühnchen.«

Wie soll er wissen, was ich wirklich will.

»Ja, schon, aber ich könnte auch mit was anderem leben.«

»Wenn du Hühnchen mit Pommes willst, dann kriegst du auch Hühnchen mit Pommes.«

Wie oft habe ich mir gewünscht, dass Karin sich mal so für mich einsetzen würde.

In Großwandlitz ist unsere Floßfahrt beendet. Das Vertäuen der Seile am Steg erledigt Steffen nervös, als würde er es zum ersten Mal machen und nicht täglich wie immer in der Saison. Ständig fällt sein Blick auf mich und meinen Schatten. Markus weicht mir seit einer Stunde nicht von der Seite und quatscht mich voll. Aber was soll ich machen, Schülern, die mich nerven, kann ich drohen, ihm nicht. Ich bin dazu verdammt, ihm zuzuhören, und was noch schwerer ist, ich muss ihm auch noch das Gefühl geben, mich für seinen gesammelten Blödsinn zu interessieren.

»Einen Porsche mit Anhängerkupplung finde ich cool.«
»Super.«
»Sex geht auch ohne Liebe.«
»Natürlich.«
»Doc Martens Schuhe haben immer eine Stahlkappe.«
»Echt, wusste ich gar nicht.«
»Bücher braucht keine Sau.«
»Korrekt.«
»RTL ist das beste Fernsehen.«
»Meine Meinung.«
»Jesus kam eigentlich aus Belgien.«
»Habe ich auch mal gelesen.«
»Das war ein Witz.«
»Natürlich, den muss ich mir merken.«

Und so weiter und so weiter. Markus quatscht und quatscht, springt thematisch von einem Schulausflug in die Eifel zu streng katholischen Iren, die angeblich alle mindestens vier Kinder haben, rein statistisch. Korrekte Fakten sind Markus nicht wichtig, solange er quatschen kann.

Am Ufer wartet Gundula auf uns, um uns in ihrem Minivan nach Hause zu bringen. Die nun vollständig alkoholisierten Mitreisenden feiern den Sieg über das Bierfass, das sie wie einen erlegten Bären vor sich hertragen, um allen zu beweisen, wie erfolgreich ihr Kampf gegen das böse, böse Bier war.

Wie das Floß nach Hause kommt, ist mir egal, und Steffen muss ähnlich denken, obwohl er bestimmt genau weiß, wie. Aber jetzt gibt es Wichtigeres als ein Floß, das nach Hause muss.

Das Wichtigste hier und jetzt sind Hähnchen mit Pommes.

»Und, war's schön?«, will Gundula von uns wissen.

Markus und ich nicken synchron.

»Du, Gundula, können wir auf dem Weg vielleicht bei Jochen vorbei?«, will Steffen von seiner Frau wissen.

»Warum das denn?«

»Ein paar Hähnchen mitnehmen?«

»Jetzt noch?«

»Die beiden würden gerne gleich noch Hähnchen mit Pommes essen. Bitte.«

Markus lächelt sie an.

»Das tut mir leid, aber um diese Zeit haben wir die Küche leider zu«, sagt Gundula mit Blick auf Markus.

»Du, Gundula, wir können sie ja wieder aufmachen. Kein Problem, wenn die beiden doch Hunger haben, oder? Ist doch wirklich kein Problem, machen wir einfach!«, schlägt Steffen vor.

»Bitte, wenn wir zu Hause sind, ist es elf ...«
»Na und?«
Warum können Frauen manchmal einfach nicht erkennen, was ihre Männer ihnen sagen wollen, auch wenn sie dabei nicht sprechen.

»Ich mache euch noch ein schönes Brot mit Leberwurst, und dann nehmt ihr euch noch ein Bier aus dem Kühlschrank, okay. Warme Küche ist heute Abend nicht mehr. Tut mir leid, echt nicht. Und außerdem ist der Jochen im Urlaub.«

Markus' Miene verfinstert sich, und die Konsequenz von Gundulas Hähnchenabsage ist extremer, als ich sie mir je hätte vorstellen können ... ich hätte mit allem gerechnet, nur nicht mit ...

MAILVERKEHR

Hallo Björn,
ein paar Dinge sind wirklich blöd gelaufen, wir sollten reden.

Karin

Gesendet vom Handy – 20:16 Uhr

• • •

Hallo, Karin,
bin auf dem Weg zur Luisenmühle, kann jetzt nicht. Wirklich!

Björn

Gesendet vom Handy – 20:18 Uhr

• • •

Ich rufe dich an.

Gesendet vom Handy – 20:19 Uhr

• • •

Nein!

Gesendet vom Handy – 20:21 Uhr

33. Der Fall Markus

… sein Kopf liegt auf meinem Schoß. Markus weint.

Wir sitzen auf der Rückbank des Minivans, der nicht nur schon bessere Zeiten gesehen haben muss, sondern hoffentlich auch bessere Straßen. Wir ruckeln über etwas, das den Begriff Straße eigentlich nicht verdient hat. Es ist ein Weg, in dessen Mitte eine braune Grasnarbe liegt und an den beiden äußeren Rändern plattgewalzter Schotter. Ein Panzer hätte sein Vergnügen, ein Minivan nicht. Fast scheint es so, als hätte hier niemand ein echtes Interesse, die Straße wirklich befahrbar zu machen. Wahrscheinlich gibt es nichts, was diese Straße tatsächlich leisten soll. Es würde mich nicht wundern, wenn sie in keinem Navigationsgerät der Welt gespeichert wäre.

Und dieser Mann, auf dessen zuckenden Hinterkopf ich seit einiger Zeit starre, weint, nur weil es keine Hähnchen mit Pommes gibt. Unfassbar.

Steffen und Gundula, die beide vorne sitzen, wirken so steif, als hätte sie jemand festgetackert. Ohne die ständigen Bodenwellen und Schlaglöcher sähen sie aus wie Schaufensterpuppen, die jemand einfach so in ein fahrendes Auto gesetzt hat.

In meinem ganzen Leben habe ich nie eine ähnliche Situation erlebt. Ein vorbestrafter Mörder heult mir den Oberschenkel voll und verkrampft sich mit seiner Hand in meiner Wade. Einer Hand, die Dinge getan hat, die eine Hand nicht tun darf. Ich lasse es geschehen, irgendeinen Sinn wird das alles haben. Wenn doch jetzt bloß jemand sprechen würde. Die Stille ist unerträglich.

Mit meiner rechten Hand habe ich gerade eben noch die Mail von Karin beantwortet, mit der ich nun wirklich nicht sprechen kann. Sie würde es verstehen, wenn sie mich hier sehen könnte, verkrampft, ratlos, hilflos und so ganz unpädagogisch auf der Rückbank des japanischen Minivans. Ich sehe das Ortseingangsschild von Mimpitz, und keine zehn Sekunden später saust das Ortsausgangsschild an mir vorbei, während ich mit der linken Hand den Kopf von Markus streichele.
Dann räuspere ich mich.
Steffen und Gundula zucken kurz auf, in der Hoffnung, dass nun etwas passiert, was die Anspannung und Peinlichkeit dieser Situation in eine Richtung schiebt, die das alles hier für uns erträglicher macht.
Ich muss sie enttäuschen, mehr als ein vorsichtiges Räuspern bekomme ich nicht hin.
Und Markus weint.

Wir fahren durch Ostmimpitz, Bereckendorf, Heinersfelde, Eppingsfelde, Halverscheid, Dittricherow, Zahnow, Stefansrode, Georgsbückerode, Klausenhintenitz, Sachsenergerd, Herrkaneinitz, Blockerode, Husemeyeritz und noch ein paar andere Ansammlungen von Häusern, die gleich ganz auf Ortsnamen verzichten. Wir fahren und fahren, schweigend, bis auf Markus, der schluchzt und weint und seinen Hinterkopf zucken lässt. Dann endlich erscheinen die Lichter der Luisenmühle.

»Wir sind da«, sagt Gundula so behutsam es geht.

Steffen macht den Wagen aus und schaut zu Gundula. Sie weiß inzwischen, wer Markus ist, ich hab' die beiden tuscheln sehen, als ich den wimmernden Gewaltverbrecher vom Floß zum Auto begleitet habe.

Die beiden schauen nun zu mir, und ich lenke ihren Blick auf Markus, der, was soll er auch sonst tun, noch immer weint.

»Ähm, Markus? Wir sind da«, sage ich.

Markus weint.

»Sollen wir nicht reingehen?«

Markus weint.

»Ich kann uns eine Hühnersuppe machen«, schlägt Gundula vor.

Markus weint lauter.

»Oder was anderes?«

Markus weint noch lauter.

War keine gute Idee von Gundula, jetzt wieder mit Essen anzufangen. Die beste Idee wäre, jetzt wirklich auszusteigen, um in der Luisenmühle weiter zu reden. Dort könnte ich mir dann auch eine frische Hose anziehen, denn meine ist pitschnass von den Tränen eines Mörders.

»Markus, sollen wir nicht reingehen?«, schlägt Steffen vor.

Ich bin mir nicht sicher, ob Markus' Hinterkopf nun anders zuckt, vielleicht um dem Vorschlag Steffens zuzustimmen, oder ob er nur die Frequenz seiner Heulattacken erhöht hat. Ich wage es in jedem Fall nicht, mich zu bewegen.

Jetzt hebt Markus seinen Kopf, und dort, wo ich seine Augen vermute, liegen zwei dicke, knallrote und geschwollene Hautklumpen, durch die ein bisschen das Blau seiner Iris schimmert. Dass Markus überhaupt blaue Augen hat, ist mir bis zu diesem Moment gar nicht aufgefallen.

»Ja«, schluchzt Markus und gibt den Blick frei auf meinen nassen Oberschenkel. »Tut mir leid.«

»Kein Problem, trocknet ja wieder.«

»Was?«

»Die Hose.«

»Ich meine, dass ich geheult hab, das tut mir leid.«

»Ach, macht doch nichts, kann ja mal passieren.«

»Nein«, schluchzt Markus.

»Doch«, entgegne ich.

»Hast du auch schon mal geweint?«

»Ich?«

»Mhm …«

»Klar.«

»Ich mein', nicht als Kind, als Erwachsener?«

»Warum?«

»Was?«

»Warum hast du geweint?«

Ich muss nicht lange überlegen …

34. Handarbeiter sucht gleichgesinntes Ehepaar

Am Anfang einer Beziehung ist es egal, wer was mit in die Beziehung bringt. Es findet sich für alles ein Plätzchen, auch wenn es noch so geschmacklos und unnütz ist.

Karins gerahmte Poster von Miró und Matisse fand ich so schön wie sie meine Freischwinger-Sessel, die ich nicht aus dem Baumarkt hatte, sondern eigenhändig renoviert und schwer erarbeitet. Es waren Originale! Eigentlich hasste Karin braune Möbel, aber bei diesen Sesseln machte sie eine Ausnahme. Sie fand sie wunderschön, jedenfalls schön genug, um sie nicht in den Keller zu tragen oder gleich auf die Straße.

Am Anfang einer Beziehung streitet man sich nicht über die Wandfarbe im Wohnzimmer, die Fliesen im Flur, die Lampen im Schlafzimmer. Das Leben ist ein einziger Konsens. Was auch für Fragen der Innenarchitektur gilt.

Aber irgendwann passiert es, dann bekommt alles einen neuen Anstrich. So als hätte der Gott der Liebe die rosaroten Brillen einkassiert und eine Ladung nüchterner Kontaktlinsen spendiert. Mit einem Mal sieht alles anders aus. Die Freischwinger sind plötzlich doch zu braun und passen eigentlich nicht zu dem weißen Wandregal. Im Gegenzug sind Miró und Matisse natürlich mega-out, und wenn sie es nicht sind, dann sind zumindest gerahmte Posterwerke von den beiden mega-out.

Der Konsens ist nun da, wo auch die Leidenschaft der ersten Wochen und Monate sich hin verkrochen hat: irgendwo im letzten Winkel. Auf Wiedersehen, Romantik! Hallo, Wirklichkeit.

Das Spiel der Mächte beginnt. Wer wird sich nun durchsetzen? Wessen Handschrift hinterlässt die meisten Spuren? Wer fordert, und wer verteidigt? Wer klagt an, und wer gibt auf? Wer hat die Hosen an, und wer zieht sie aus, und wenn beide die Hosen ausziehen, wem macht es dann am meisten Spaß? Es ist nicht so, dass dabei die Liebe auf der Strecke bleibt, sie ist nach wie vor da. Sie ist nur nicht mehr die alleinige Triebfeder des partnerschaftlichen Miteinanders.

Als es passierte, waren meine braunen Freischwinger-Sessel noch nicht mal mehr im Keller, sie waren bei einem wildfremden Mann in Soest gelandet, der sie für einen lächerlich geringen Betrag bei eBay ersteigert hatte, von Karin, die keine Zeit hatte, auf ein höheres Gebot zu warten und gleich beim Eröffnungsgebot diesem Mann aus der Börde den Zuschlag erteilte.

Als es passierte, weinte ich meinen geliebten Sesseln schon lange keine Träne mehr nach, denn schließlich hatte auch ich mich in einigen Punkten durchgesetzt: An der Wand, die vor einiger Zeit noch ausschließlich für Miró und Matisse reserviert gewesen war, hing nun ein gerahmtes Bild von Alexander Münch mit dem Titel »Alles fließt«. Das Bild war teuer genug, um es gut finden zu müssen, und es hatte genug Inhalt und Aussage, um es nicht auf Anhieb zu verstehen und langweilig zu finden.

Als es passierte, lag ein langes Wochenende vor uns,

weil ein Brückentag die Illusion eines Urlaubs in den Kalender gezaubert hatte. Als es passierte, war ich so gut drauf, wie ich es sonst nur am ersten Ferientag bin.

»Björn, kommst du mal?« Karins Stimme drang aus der Küche.

»Bin schon unterwegs, sollen wir gleich zum Italiener oder lieber selber was machen?«, rief ich ihr aus dem Flur entgegen, nicht ahnend, was gleich passieren würde.

Als ich die Küche betrat, traute ich meinen Augen nicht. Karin hatte ausgemistet. Wobei dieser Ausdruck nicht mal ansatzweise das beschreibt, was wirklich geschehen war.

»Na, da staunst du, was«, sagte Karin.

Nichts erinnerte mich mehr an die Küche, in der ich noch an diesem Morgen meinen Kaffee getrunken, meine Spiegeleier verzehrt und den kalten Tomatensaft genossen hatte, so wie jeden Morgen, außer am Samstag und Sonntag, da verzichte ich auf den Tomatensaft und genehmige mir einen frisch gepressten Orangensaft mit einem Spritzer Zitrone. Wo vor einigen Stunden noch Gemütlichkeit und organisatorische Genauigkeit geherrscht hatten, regierte nun das Chaos. Der Inhalt der Schränke stapelte sich auf dem Boden und dem kleinen Küchentisch. Die Schubladen waren leer, glänzten aber auffällig.

»Eigentlich wollte ich nur den Besteckkasten sauber machen, aber dann hat's mich gepackt, dann hab' ich alles ausgeräumt und angefangen. Bis eben noch. Italiener ist 'ne gute Idee. Ich hab' tierisch Hunger.«

Mir war der Appetit vergangen. Ich starrte auf die zweite Schublade von oben, die mit dem Krimskrams, wie

Karin immer sagte. Die Schublade, die mein Allerheiligstes aufbewahrte, die Schublade, die zur letzten Zuflucht geworden war, nachdem der Sekretär im Wohnzimmer Karin nicht mehr angemessen erschien, um meine kleine Sammlung zu beherbergen – meine einzigartige Sammlung kurioser Zeitungsanzeigen. Ich hatte alles gesammelt, was mir in die Hände fiel ...

Einsamer Mann mit Liebe zur Handarbeit,
sucht Ehepaar, das ihn dabei beobachten möchte
Chiffre 59 494

Ich reite für mein Leben gerne,
suche passenden Partner,
Pferdeallergie kein Hindernis
Chiffre 72 356

Hi, wer hat einen funktionierenen Geigerzähler,
und kann mir Diesen leihweise,
für ein Kleines Nutzungsentgeld, zur Verfügung Stellen?
Angebote unter 0179 – 89 ...

Ich suche dich, weiß nur nicht wo!
Angebote unter – Stichwort Grüne Witwe 98 878

Mit dir möchte ich Pferde stehlen
und sie abends wieder zurückbringen
Sandra 19 – 90 – 65 – 90

> Seriöser Geldeintreiber gesucht –
> bitte keine Russen –
> Kasachen bevorzugt
> Pizzeria Corleone – 02 921 – 176 ...

> Weihnachtsmann bringt Christbaumständer
> Jochen – Chiffre 98 345

> Tausche Ratgeber für alternative Empfängnisverhütung
> gegen gebrauchten Kinderwagen
> Ilona – Chiffre 8871

So einen geballten Wahnsinn findet man nicht einfach so, da muss man am Ball bleiben, ein Leben lang. Mit jedem Jahr war meine Suche umfangreicher geworden. Darum hatte ich ja auch schon einen Kompromiss gemacht. Ich hatte mich von den Originalen getrennt, die mehrere Aktenordner füllten, und sie auf DVDs kopiert.

Und das soll alles umsonst gewesen sein?

»Wo sind die DVDs?«

»Welche?«

Karin wusste genau, was ich meinte, als ich mich auf den Inhalt der Schränke stürzte und ihn durchforstete, als gälte es, ein Erdbebenopfer zu finden.

»Karin, das ist nicht dein Ernst?«

»Björn, ich –«

»Sag, dass das nicht wahr ist.«

»Björn, ich –«

»Nein!«

Ich konnte mich nicht dagegen wehren. Mir rannen die

Tränen an meiner Wange herab, als hätte ich gerade erfahren, dass sich bei der Untersuchung eines harmlosen Eiterpickels ein Verdacht auf Hautkrebs ergeben hätte.

Karin brauchte einige Zeit, bis sie begriff, wie traurig ich war, und noch länger, um mich zu trösten. Es gelang ihr nicht. Nicht an diesem Abend und auch nicht am folgenden.

Ich habe zwar nicht durchgeheult, aber …

35. Der neue Weg

»... aber du warst sauer, schweinesauer?«, fragt Markus mich jetzt.

»Und wie.«

»Du hast merkwürdige Zeitungsanzeigen gesammelt?«

»Ja, ewig, seit ich lesen kann.«

Markus' Augen sehen nun fast schon wieder normal aus. Während sich jetzt meine Augen ein ganz kleines bisschen mit Tränen füllen.

»Heulste?«

»Nein.«

»Doch.«

»Nein.«

»Nur wegen deiner Anzeigen?«

»Ich heule nicht.«

Ich sage es sehr energisch. Meine Angst und mein Respekt vor einem Mörder sind verschwunden.

»Wie kann man wegen ein paar Anzeigen weinen?«

»Wie kann man wegen Hühnchen mit Pommes weinen?«

Markus nickt, ich habe recht. Vielleicht ist ihm das nun unangenehm. Er geht ein paar Schritte von mir weg, dann dreht er sich um.

»Meine Mutter«, sagt er.

»Was ist mit deiner Mutter?«

»Hühnchen mit Pommes.«

»Wie?«

»Sie hat sie mir versprochen, damals, als ich das erste Mal in den Bau musste. Sie hat gesagt, wenn du rauskommst, gibt's Hühnchen mit Pommes.«

Ich nickte, als würde ich selbstverständlich sofort verstehen, welches Kindheitstrauma seine Mutter mit diesem Versprechen ausgelöst hatte.

»Sie hat es nie gemacht, nicht beim ersten Mal, nicht beim zweiten Mal, nie. Scheiß auf Hühnchen mit Pommes. Verstehst du. Versprochen, nie gehalten. Nie! Scheiße!«

»Das ist natürlich ganz schön ... ganz schön ...«

Ja, was? Ganz schön doof, ganz schön daneben, ganz schön schön?

»Scheiße!«, sagt Markus.

»Genau, ganz schön scheiße«, wiederhole ich mit maximaler Empathie.

»Weißt du, wenn du im Bau bist, dann ...«

Ich nicke schon wieder, völlig unangebracht.

»Warst du auch schon mal im Bau?«

»Nee, noch nie.«

»Warum nickst du dann so?«

»Nur so.«

»Ach so.«

Ich nicke weiter, damit es wirklich wie ein ›Nur so‹ aussieht. Und Markus fährt fort.

»Na ja, jedenfalls, wenn du im Bau sitzt, weißt du, woran du dann am meisten denkst?«

»Hühnchen mit Pommes.«

»Willst du mich verarschen?«

»Auf keinen Fall, warum sollte ich? Auf keinen Fall. Reg dich nicht auf. Keine Verarsche, ich schwöre.« Ich hebe tatsächlich die Hand, als gälte es hier, vor einem Mörder mit Heulkrampfambitionen meinen Beamteneid zu wiederholen.

»Was soll das?«

»Was?«

»Das mit der Hand, nimm die runter, das irritiert mich.«

Ich senke die Hand. Schnell, sehr schnell.

Markus grinst kurz, weil er sich endlich wieder überlegen fühlt oder was weiß ich.

Und er macht weiter mit seiner gedanklichen Exkursion in die Welt der Gefängnisse.

»Also, das, woran du am meisten denkst, wenn du im Bau sitzt, ist SEX!«

»Klar, logisch.«

»Was ist denn daran logisch?«

Diese Gegenfragen machen mich wahnsinnig. Gegenfragen tauchten in meinem Studium nicht auf.

»Ich dachte, weil du wenig Gelegenheit hast, deine Sexualität auszuleben, im Knast?«

»Sexualität ausleben, was erzählst du denn da für 'n Scheiß?«

Gegenfragen. Gegenfragen. Gegenfragen.

»Gibt doch keinen Sex im Bau.«

»Du hast null Ahnung.«

Woher soll ich Ahnung haben, ich saß noch nicht Bau.

»Wenn du ständig an Sex denkst, gibt's auch ständig Sex.«

»Macht Sinn.«

»Soll ich dir sagen, wie —«

»Ähm, wärst du mir sehr böse, wenn wir das jetzt mal nicht so vertiefen? Ich meine, wenn es dir nichts ausmacht, Markus. Sex ist ja schon was Intimes, da muss man ja nicht alles ausdiskutieren ... ich mein', da muss man nicht ständig drüber labern.«

Habe ich da gerade labern gesagt? Björn, reiß dich zusammen, nur weil du vor diesem Menschen Angst hast, musst du nicht seine Sprache sprechen.

»Nee, drüber labern lassen wir mal. Hast recht.«

Ich wechsle wieder in meinen Nickmodus, diesmal sogar mit ehrlicher Absicht.

Markus verzichtet auf Details und bleibt theoretisch. Ein feiner Zug.

»Ich wiederhole: Das Erste, an was du morgens denkst, ist SEX, und das Letzte ist es auch. Sex! Sex! Sex!«

Mein Mund steht offen, zum Glück merke ich es sofort und schließe ihn abrupt.

»Und wenn du irgendwann mal nicht an Sex denkst, an was denkst du dann?«, will Markus nun wissen.

Ich wage einen zweiten Versuch. »Hühnchen mit Pommes.«

»Hör doch mal mit deinen scheiß Hühnchen mit Pommes auf.«

»Du, Markus, sei mir nicht böse, aber du hast davon angefangen.«

»Ich?«

»Ja.«

»Du musst mal genau hinhören. Du hörst nicht genau hin! Scheiße!«

Fürs Hinhören bin ich nicht zuständig. Ich bin Lehrer.
»Tut mir leid, Markus. Was habe ich denn überhört?«
»Von Überhören habe ich nichts gesagt, ich habe gesagt, du musst mal genau hinhören. Überhören und nicht hinhören sind zwei Paar Socken.«

Schuhe, es heißt zwei Paar Schuhe. Und dass er mich hier korrigiert, macht mich ein bisschen sauer. Ein kleines bisschen. Nicht so sauer, dass ich drauf reagieren müsste. Um genau zu sein, nicht sauer genug, um mich zu trauen.

»Verstehst du das, Björn?«

Ich nicke, das traue ich mich.

»Also noch mal, an was denkst du, wenn du irgendwann mal nicht an Sex denkst?«

»Sag du's!«

Genial, Björn, ein Gegenangriff, prima Idee! Du bist ein Akademiker, du hast es drauf. Respekt!

»An deine Mutter«, sagt nun Markus und nickt mir dabei zu, als hätte der Duracell-Hase Pate gestanden.

»Mutter!«

Ich habe es schon beim ersten Mal verstanden, aber anscheinend ist Markus so angetan von seiner eigenen Erkenntnis, dass er sie gerne für sich und mich wiederholt.

»Ja, da hätte ich auch drauf kommen können.«

»Bist du aber nicht.«

»Natürlich nicht«, sage ich schnell, um ihm nicht das Gefühl zu geben, seine Leistung in irgendeiner Weise zu schmälern.

»Du denkst an deine Mutter. An jeden verdammten Scheiß, der dich mit deiner Mutter verbindet. JEDEN VERDAMMTEN SCHEISS. Verstehst du das?«

»Klar, Markus, klar.«
»Und als ich da gerade diesen …«
»Zusammenbruch?«
»Was?«

›Zusammenbruch‹ war zu hart. Ein Mensch wie Markus bricht nicht zusammen, ein Mensch wie Markus, der … der … der … verdammt, was zum Teufel soll ich jetzt sagen?

»als ich gerade diesen Heulkrampf hatte …«

Genau. Heulkrampf.

»… woran habe ich da wohl gedacht?«
»Hühnchen mit Pommes!«
»Bingo! Genau. Björn, ich sag' dir, ich hab' echt schon gedacht, du kriegst null mit. Genau deshalb habe ich geflennt. So schwer war's doch nun wirklich nicht zu verstehen.«
»Eigentlich nicht.«
»Aber du verstehst es?«
»Natürlich.«
»Danke, Björn.«
»Kein Thema.«
»Ich hab' Hunger.«
»Ich glaube, wir bekommen nichts mehr, hat Gundula ja schon gesagt und —«
»Wenn die nix hat, dann holen wir uns das eben woanders.«
»Woanders?«, frage ich vorsichtig.
»Exakt!«
»Und … an was hast du da gedacht?«

36. Hildes Wildes Schnitzelparadies

Schon das Schild hat mich abgeschreckt – Internationale Deutsche Küche. Was soll das sein? Schnitzel Taiwan? Pommes Suleika? Frikadelle Ali? Aber noch schlimmer als das Schild ist definitiv das, was wir hier tun. In Halverscheid, zehn Kilometer von der Luisenmühle entfernt, mitten in der Nacht vor einer Frittenschmiede. Einer Wellblechbaracke mit ausgeschalteter Innenbeleuchtung, für die die offizielle Bezeichnung Nahrungsmittelverkauf einer stumpfen und sachlich völlig falschen Behauptung gleichkommt. Markus hat das Schild auf der Rückfahrt von unserem Floßabenteuer gesehen, auch wenn ich ihm das wegen seines Heulkrampfes nicht zugetraut hätte. Meiner Einschätzung nach hatte er während der gesamten Fahrt nur meinen Oberschenkel gesehen. So kann man sich irren.

Dass Hildes Wildes Schnitzelparadies um diese nachtschlafende Zeit geschlossen ist, versteht sich von selbst. Und ein Blick auf die von innen mit Fett verschmierten Fenster lässt mich hoffen, dass diese Bude auch nie wieder aufmacht. Ich vermute, dass in der gesamten Uckermark weniger Ungeziefer beheimatet ist als im Innenraum dieser lukullischen Frechheit.

»Und?«, sagt Markus.
»Das ist Wahnsinn.«

»Was!«
»Na, das hier!«
»Du hältst mich für bekloppt?«
»Das habe ich nicht gesagt.«
»Du hast Wahnsinn gesagt.«
»Diese Situation hier, das ist Wahnsinn. Wenn du da jetzt reingehst, dann ist das strafbar, das ist dir doch klar, oder?«
»Du hältst mich für bekloppt.«
»Markus, wann hab' ich das gesagt?«
»Ich weiß, dass das strafbar ist, ich bin nicht bekloppt.«
»Ach so, das meinst du.«
»Was dachtest du denn?«
»Is' jetzt auch egal.«
»Na dann ...«

Markus beendet das nächtliche Gespräch und schleicht nun um Hildes Wildes Schnitzelparadies herum. Selbst mir als Laien wird sehr schnell klar, wie leicht man in diese Wellblechbaracke einbrechen könnte.

Könnte! Könnte! Könnte!

Das nächste Haus liegt ein paar hundert Meter entfernt von uns. Es ist dunkel, wie alles hier um uns herum.

Markus fuchtelt mit der kleinen Taschenlampe, die er im Handschuhfach des Minivans gefunden hat, vor dem Schloss der Bude herum.

»Easy.«

»Markus, bitte, weißt du, was du da riskierst? Nur für so ein blödes Hühnchen?«

Er schaut mich kurz an: vorwurfsvoll, anklagend, unverzeihlich.

»Okay, blödes Hühnchen nehme ich zurück. Trotzdem, es gibt nichts auf der Welt, das diese Aktion hier rechtfertigen würde. Nichts.«

»Machst du dir Sorgen um mich?«

Ja, das tue ich, irgendwie. Aber das ist doch verrückt. Ich mache mir Sorgen um einen Mörder. Wann habe ich mir zum letzten Mal überhaupt Sorgen um einen anderen Menschen gemacht? Um einen *fremden* Menschen? Ich mache mir noch nicht mal Sorgen um Menschen, die mir nahestehen. Die jemand meiner Obhut anvertraut hat. Das Schicksal meiner Schüler ist mir egal. Ob sie die Schule mit oder ohne Abschluss verlassen – nicht mein Problem. Was aus ihnen wird – nicht mein Thema. Warum sie in der Schule versagen – muss man andere fragen, nicht mich. Und jetzt versuche ich hier in Halverscheid das Schlimmste zu verhindern, damit Markus aus dieser Nummer einigermaßen sauber rauskommt. Gut, ich hänge mit drin, aber ich werde jedem Richter erklären können, dass ich keine andere Wahl hatte. Und der Richter wird mir glauben. Ich bin Beamter.

Markus wartet noch immer auf eine Antwort von mir. Und ich muss ihm eine geben, und das nicht nur, damit er endlich den Lichtkegel der Taschenlampe aus meinem Gesicht nimmt, das er anstrahlt, um meiner Antwort einen würdigen Rahmen zu geben. Markus kann sehr hartnäckig sein – und nachtragend.

»Ja, ich mache mir Sorgen.«
»Das gibt's doch nicht.«
»Wieso?«
»Ich fass' es nicht, der macht sich Sorgen.«

Markus dreht sich von mir weg und spricht in eine Richtung, wo niemand ihn hören kann.

»Was ist denn daran so ungewöhnlich?«

Markus wendet sich mir wieder zu.

»Um mich macht sich nie einer Sorgen.«

Jetzt wird er bestimmt wieder sentimental. Egal, von mir aus soll er lieber wieder heulen, als mit mir in Hildes Wildes Schnitzelparadies einzubrechen.

»Was machst du, wenn ich jetzt trotzdem da reingehe?«, will Markus nun wissen, statt zu heulen, was ich wirklich eindeutig besser fände.

»Was soll ich denn machen?«

Damit habe ich ihn überfordert, ganz eindeutig. Mit dieser Frage hat er nicht gerechnet. Doch da täusche ich mich. Markus präzisiert: »Machst du dir nur Sorgen, oder machst du auch was anderes?«

»Soll ich dich festhalten, oder wie?«

»Das würde ich dir nicht raten.«

Verstanden, das war eine Gewaltandrohung. Kenne ich. Auf so etwas darf man sich nicht einlassen, jedenfalls nicht unmittelbar. Wozu ist man Lehrer, es gibt andere Möglichkeiten, auf einen gewaltbereiten Menschen zu reagieren. Leider kann ich aber Markus' Eltern weder einen Brief schreiben noch sie zu mir zitieren. Ich kann von Markus auch nicht verlangen, die Klasse zu wiederholen. Ich merke schnell, dass ich mich hier auf völlig neuem Terrain befinde. Kaum hat man als Lehrer den Schulhof verlassen, wird man angreifbarer denn je.

Ich hole einmal tief Luft, spüre dabei den Anflug eines kleinen Herpesbläschens, weil ich beim Luftholen noch einen kurzen Blick auf das Schnitzelparadies geworfen habe, dann wechsle ich meine Taktik.

»Okay, ich versuche es mit Argumenten«, sage ich, ohne mir darüber im Klaren zu sein, welche Argumente ich da konkret im Kopf haben könnte.

»Dann beeil dich, ich hab' Hunger.«

Hunger macht ihn unruhig, ich darf jetzt nicht auf Zeit spielen. Gib Gas, Björn.

»Muss es denn unbedingt ein Hühnchen sein, Markus?«

»Die Zeit läuft.«

Verstehe, die Hühnchennummer ist nicht diskutabel. Sein Essenswunsch ist so fix wie Artikel 1 des Grundgesetzes.

»Wir rufen diese Hilde an und fragen sie, ob sie noch mal aufmacht.«

»Wie willst du das denn machen? Du kennst diese Hilde doch nicht mal.«

»Kein Problem. An jedem öffentlichen Imbiss muss ein Schild angebracht sein, das den Namen, die Anschrift und eine Telefonnummer des Geschäftsführers verrät.«

»Du meinst, so ein Bums hier hat einen Geschäftsführer, und der heißt Hilde?«

Das Gespräch läuft, und noch habe ich es unter Kontrolle.

»Hilde oder nicht, jeder Laden hat einen Geschäftsführer, ich meine, im juristischen Sinne.« Meine Stimme klingt nun schon wieder ziemlich souverän.

Da landet auch schon wieder der Lichtkegel der Taschenlampe in meinem Gesicht.

»Na dann, sieh zu.« Markus gibt mir die Taschenlampe, damit ich das Schild finde.

»Die Zeit läuft.«

Der Hinweis wirkt nicht motivierend, zumal ich sehr schnell feststellen muss, dass Hildes Wildes Schnitzelparadies alles hat, nur kein Schild. Und so langsam wird mir klar, wie bescheuert die Idee ist, den Geschäftsführer oder diese Hilde zu bitten, für uns noch mal den Imbiss zu öffnen.

Pro forma gehe ich einmal um das gesamte Schnitzelparadies herum, was nicht lange dauert.

»Und?«, will Markus wissen, nachdem ich meinen Rundgang beendet habe, »hast du die Nummer?«

»Nein.«

»Ich dachte, jeder Laden muss so ein Schild haben.«

»Dieser Laden offensichtlich nicht.«

»Ist das eine Straftat?«

»Nein, das ist eine Ordnungswidrigkeit.«

»Wo ist denn der Unterschied?«

»Keine Ahnung, ich vermute mal, dass bei einer Ordnungswidrigkeit keine kriminelle Energie dahintersteckt.«

»Wie zum Beispiel bei einem Mord?«

»Genau.«

O Gott, dieses Thema wollte ich mir eigentlich ersparen. Und jetzt diskutiere ich mit einem Gewalttäter mitten in der Nacht, irgendwo in der Uckermark, in einem Kaff namens Halverscheid, von dessen Existenz ich bislang absolut nichts wusste, über den Unterschied zwischen einer Ordnungswidrigkeit und einer Straftat.

Wahnsinn! Wahnsinn! Wahnsinn!

»Sollen wir Hilde anzeigen?«, schlägt Markus vor. Die plötzliche Begeisterung in seiner Stimme ist unüberhörbar.

Ich habe anscheinend den richtigen Nerv bei ihm getroffen, jetzt muss ich nur noch nachlegen. Ganz offensiv, denn Markus ist kein Freund von Zwischentönen, die er dann garantiert falsch interpretiert. Einer wie Markus braucht den Gong auf die Zwölf.

»Ja, das ist eine gute Idee, Markus! Das ist eine ganz ausgezeichnete Idee. Wir zeigen die an, wir machen die fertig. So geht das nicht. Da hast du vollkommen recht. Wenn diese wilde Hilde hier oder wie auch immer die hier heißen mag, wenn dieser Imbissfreak aus … aus … aus …«

»Halverscheid«, ergänzt Markus.

»… aus Halverscheid, exakt! Wenn Hilde glaubt, mit so einer Missachtung der Vorschriften durchzukommen, dann haben sie aber die Rechnung ohne den Wirt gemacht. So nicht! Nicht mit uns! Was, Markus?«

Es ist wirklich sehr dunkel, aber das ungläubige Gesicht von Markus kann ich trotzdem gut erkennen.

»Willst du mich verarschen?«

»Wie?«

»Wir sollen diese Hilde anzeigen, nur weil kein Schild an diesem Imbiss-Bums ist?«

»Weswegen wir nicht anrufen können«, insistiere ich, wohl wissend, wie sinnlos es ist.

»Du hast echt Phantasie. Echt, muss man dir lassen.«

Markus schüttelt den Kopf und wechselt wieder die Blickrichtung ins Nirgendwo.

»Da buchten die mich ein, weil ich einem die Tröte weggeblasen hab', und dann zeig' ich Jahre später jemanden an wegen Ordnungswidrigkeit. Du bist echt gut, Björn.«

»Wie meinst du das jetzt?«

»Wir gehen da jetzt rein«, sagt Markus sehr bestimmend.

»Markus, warte, ich kann da nicht mit rein.«

»Schiss?«

»Auch.«

»Was denn noch?«

Was soll ich jetzt sagen, die Wahrheit? Das wäre Selbstmord. Die halbe Wahrheit? Das wäre eine Option.

»Ich bin Beamter.«

»Was bist du?«

»Beamter.«

»Na und? Wo ist das Problem?«

»Wenn ich da jetzt reingehe, dann bin ich die längste Zeit Beamter gewesen. Einbruch! Verstehst du? Das ist eine Straftat.«

»Gut, dass du mich daran erinnerst.«

Meint der das ernst? »Meinst du das ernst?«

»Nein, natürlich nicht. Meinst du, ich weiß nicht, was ein Einbruch ist? Meinen ersten Einbruch habe ich gemacht, da konnte ich noch nicht mal schreiben.«

Ich hoffe, dass er es mittlerweile gelernt hat. Sicher bin ich mir nicht.

»Okay. Von mir aus musst du nicht mit rein. Ich zieh' das allein durch.«

»Danke, das ist echt total nett. Danke!«

»Dafür nicht.«

Markus schaut sich um, auf der Suche nach einem Ast, einem Werkzeug oder etwas anderem, mit dem er das lächerliche Schloss von Hildes Wildem Schnitzelparadies knacken kann.

»Eine Frage noch. Nur mal angenommen, die erwischen uns«, sagt Markus.

Dich. Hier geht es nicht um uns – *ich* stehe ja nur Schmiere, präzisiere ich in Gedanken.

Markus schweigt, unerträglich lange. Was soll ich jetzt sagen, eine richtige Frage hat er ja nicht gestellt.

»Ja?«, frage ich zögerlich, in der Hoffnung, damit weiter Zeit schinden zu können.

»Was machst du dann?«, fragt Markus.

Mit dieser Frage habe ich gerechnet.

»Keine Ahnung.«

»Verpfeifst du mich, oder nimmst du die Schuld mit auf dich?«

Was für eine Frage? Was für eine Schuld? Ich trage keine Schuld. Ich bin Opfer. Der Täter bist du!

»Ehrlich gesagt, habe ich mich mit dieser Frage noch gar nicht so beschäftigt. Schwer zu sagen, wie man reagiert, wenn man so was wie hier noch nie gemacht hat. Das ist für mich alles totales Neuland. Versteh mich nicht falsch. Einbrüche und so was, das kenne ich nur aus dem Fernsehen. Und selbst da schau' ich am liebsten normale Filme, ohne Einbrüche, meine Frau, die guckt gerne Krimis, aber ich guck' mehr so –«

»Hör auf zu quatschen. Klare Frage, klare Antwort, okay?«

»Okay!«

»Also?«

Ich werde auf keinen Fall die Schuld auf mich nehmen. Ich werde die Wahrheit sagen, dass ich genötigt wurde, dass ich eine Scheißangst hatte und deshalb gar keine andere Wahl, als hier mitzumachen. Niemand wird mir daraus einen Vorwurf machen. Markus wird die Verantwortung für diese dämliche Aktion allein übernehmen müssen. So sieht es aus.

»Ich werde dich natürlich nicht verpfeifen.«

Markus strahlt. »Darf ich dich in den Arm nehmen?«, fragt er.

Nein, das darfst du nicht. Das dürfen nur Karin und meine Mutter.

»Natürlich«, sage ich.

Hilfe! Hilfe! Hilfe!

Markus geht auf mich zu, legt die Taschenlampe ins Gras, wo sie nun einem einsamen Nachtkäfer den Weg in sein Loch leuchtet, und dann nimmt er mich in den Arm. Mir geht jetzt nur noch ein Gedanke durch den Kopf: Möge doch bitte ausgerechnet jetzt niemand in diesem bedingungslos verpennten Halverscheid auf die Idee kommen, einen Nachtspaziergang machen zu müssen, um dann dieses Bild vor Hildes Wildem Schnitzelparadies zu sehen. *Brokeback Mountain* in der Uckermark, um 2.34 Uhr.

37. Nachtgedanken und Frühstücksbier

Es ist unfassbar. Ich liege in meinem Zimmer, bin aufgewühlt wie selten zuvor und kann nur schwerlich begreifen, was in der letzten Zeit passiert ist. An Schlaf ist nicht zu denken, aber ich will auch nicht schlafen. Ich bin so angenehm aufgeputscht, voller Energie, mein Akku ist so voll wie sonst nur am letzten Tag in Lucca. Wo sich zur grenzenlosen Energie leider immer auch schon die Sehnsucht nach dem nächsten Sommer gesellt und dazu leider auch dieser unangenehme Magendruck wegen bevorstehender Klassenarbeiten, Klassenfahrten und Klassenwahnsinns.

Aber hier ist es anders. Ich denke nicht an morgen, nicht an die nächsten Ferien, schon gar nicht an mein Kollegium und meine Schüler. Ich denke nur darüber nach, was mit mir hier passiert ist. Ich spüre eine Veränderung, die ich nicht in Worte fassen kann.

Glückwunsch, Keppler – zu was auch immer!

Diese Nacht vor dem Imbiss war wie ein Kick. Sosehr ich auch Angst hatte, dass irgendwas schiefgeht, so sehr bin ich jetzt im Nachhinein fasziniert von dem, was geschehen ist. Ich bin über eine Grenze gegangen und habe dabei einen Menschen gesehen, der mir fremd vorkam. Dieser Mensch war ich. Und jetzt wird mir einiges klar. Ich habe mich selber kennengelernt, auf eine Art und

Weise, an einem Ort, in einer Konstellation, die ich niemals für möglich gehalten hätte.

Ich bin glücklich. Mir geht es gut, mir geht es verdammt nochmal so gut, dass ich heulen könnte. Heulen vor Glück. Ich kann mich nicht daran erinnern, wann ich das letzte Mal so ein Gefühl gehabt habe.

Wenn mich doch jetzt bloß jemand so sehen könnte. Björn Keppler, der Antilehrer, der Antimann, der Antianti. Ja, das hättet ihr alle nicht von mir gedacht.

Ich schaue auf das Handy. Es blinkt. Ein Anruf oder eine Nachricht, irgendwas wartet jedenfalls auf mich. Was auch immer es ist, es ist mir egal.

Tut mir leid Karin, diese Nacht gehört mir, ganz allein.

Es klopft an der Tür. Ich zögere, wahrscheinlich ist es Markus, der auch nicht schlafen kann. Ich stelle mich schlafend, man soll sein Glück nicht herausfordern. Es klopft erneut, mein simuliertes Schlafen scheint nicht sehr überzeugend zu wirken. Ich schaue auf die Uhr: 4.45 Uhr.

Klopf. Klopf. Klopf. Das kann nur Markus sein.

»Björn?«, flüstert eine Stimme hinter der Tür.

»Ja.«

Ich antworte, weil es nicht Markus' Stimme ist.

»Alles in Ordnung?«

»Ja«, antworte ich.

Steffen scheint sich Sorgen gemacht zu haben. »Lust auf ein Bier?«

»Bist du noch auf oder schon wieder?«

»Spielt das eine Rolle?«

»Nein.«

»Sollen wir unten weiterreden, oder soll ich lieber hier auf dem Flur bleiben?«

»Ich komme.«

Was ist das bloß für ein Trip? Ich stehe auf, als gäbe es nichts Selbstverständlicheres, als um diese Zeit aufzustehen, nach dieser Nacht, nach dieser Erfahrung, nur um ein Bier zu trinken. Aber es fühlt sich gut, es fühlt sich so wahnsinnig gut an. Weiß der Teufel, warum.

Wir sitzen nun vor der Luisenmühle und warten darauf, dass die Uckermark sich aus ihrer grauschwarzen Schabracke quält, um sich in ein touristisch attraktiveres Licht zu stellen.

Steffen und ich haben uns in eine Hollywoodschaukel gelümmelt, die noch nie schick war und bei jeder Bewegung quietscht, als wäre die gesamte Konstruktion aus den Scharnieren und Planken eines alten Piratenschiffes gezimmert.

Wir schauen nach vorne und strahlen wie kleine Kinder.

»Schön, oder?«

»Mhm.«

Steffen und ich prosten uns zu. Dass ein Bier um diese Zeit schmecken kann, war mir nicht mehr bewusst. Zum Morgengrauen gehört Kaffee und sonst nichts. Aber dieses Bier hier schmeckt himmlisch.

Der Blick auf den erwachenden Morgen und das Ufergluckern der Krassler sorgen für einen weiteren Schub an Glückshormonen. Es geht mir unverschämt gut.

»Ich hab echt gedacht, der dreht durch«, sagt Steffen.

»Ich bin froh, dass du nicht die Polizei gerufen hast.«

»Als ich euch in unseren Wagen hab' steigen sehen, da hatte ich den Hörer schon in der Hand. Aber Gundula meinte, ich soll's mal nicht übertreiben.«

»Ja, die Frauen. Manchmal haben sie wirklich den besseren Riecher.«

»Deine auch?«

»Karin?«

Steffen nickt. Ich überlege. Hat sie den besseren Riecher? Ich weiß es nicht. Sie hat eine wunderbare Intuition. Sie sieht Dinge kommen, die ich noch nicht mal verschwinden sehe. Karin spürt Schwingungen und Stimmungen besser als ich, keine Frage. Vielleicht hat sie wirklich einen besseren Riecher. Ja, ich glaube, den hat sie.

»Ich denke schon.«

Und jetzt, wo ich wieder einmal an sie denken muss, weil Steffen mich fragt, ist die Erinnerung an sie eine sehr angenehme.

»Liebst du sie?«

»Karin?«

»Oder die andere?«

»Es gibt keine andere.«

»Na dann … und?«

»Ja, ich liebe sie.«

»Wirklich?«

»Wirklich.«

»Vermisst du sie?«

Ich weiß es nicht, ich glaube nicht. In diesem Augenblick vermisse ich nichts. Obwohl, ich müsste sie doch gerade jetzt vermissen, so weit entfernt von ihr, an einem Ort, der mich durch nichts mit ihr verbindet, außer der

Erinnerung an sie. Wenn ich sie jetzt nicht vermisse, wann dann. Am ersten Tag hier habe ich sie vermisst, das weiß ich ganz genau. Obwohl, weiß ich das wirklich so genau? Habe ich Karin vermisst oder nur die Erklärung, warum sie mich auf diese Reise geschickt hat, statt mit mir wie immer in den Süden zu fahren. Jetzt bin ich mir nicht mehr sicher.

Fakt ist: Wenn man voneinander getrennt ist, muss man sich auch vermissen. Das ist der Artikel 1 im Grundgesetz für die Frischverliebten. Das Vermissen unter und zwischen den Verliebten ist unantastbar.

»Nein«, sage ich jetzt, »ich vermisse sie nicht.«

»Aha.«

»Komisch, oder?«

»Was?«

»Ich vermiss' Karin nicht.«

»Nein, das ist völlig normal.«

»Aber wenn man sich liebt, dann muss man sich doch auch vermissen.«

»Quatsch.«

Steffen schüttelt den Kopf und fährt nun fort.

»Dir geht es gut, und nur das zählt. Dir kann es auch gutgehen, ohne dass sie dabei ist. Und es gibt überhaupt keine Verpflichtung zum Vermissen, nur weil man sich liebt.«

»Kluge Worte, Steffen.«

»Findest du?«

»Schon.«

»Willst du noch ein Bier?«

»Gerne.«

Während Steffen uns noch ein Bier holt, muss ich mir

etwas eingestehen. Seit Karin und ich zusammen sind, haben wir noch nie mehr als ein paar Tage getrennt verbracht. Und wenn, dann nicht freiwillig. Als ich im Krankenhaus lag, um mir den Verdacht auf eine mögliche Blinddarmreizung teuer bestätigen zu lassen, war ich nur in der Nacht allein. Tagsüber saß sie an meinem Bett, um mich zu trösten und um sich geduldig anzuhören, wie wenig leidensfähig ich bin. Als ich auf einer Fortbildung im Harz war, bin ich am zweiten Tag abgereist, weil Karin mir ein Alibi gegeben hatte, das wochenlang von Dr. Eckehardt angezweifelt wurde. Und als sie im vergangenen Herbst übers Wochenende zu ihren Eltern musste, weil deren Nachlass geregelt werden sollte, tauchte ich einen Tag später völlig überraschend bei ihren Eltern auf, obwohl ich mit dem Nachlass nichts zu tun hatte. Eigentlich waren wir also nie richtig getrennt gewesen. Wie soll man dann das Vermissen lernen?

Steffen öffnet ein frisches Bier und reicht mir die Flasche.

»Warst du schon mal verheiratet?«, will er von mir wissen.

»Ich bin es immer noch.«
»Ich meine, vor Karin?«
»Nein. Und du?«
»Gundula ist meine dritte Frau.«
»Nicht schlecht.«
»Gibt bessere.«
»Ich meinte das ironisch.«
»Ich nicht.«

Steffen meint jedes Wort so, wie er es sagt.

»Gundula und ich, wir sind nicht zusammen.«

»Seid ihr nicht verheiratet?«

»Das schon, das heißt aber nicht, dass wir auch automatisch zusammen sind.«

»Muss ich das verstehen?«

»Nö. Gundula und ich, wir mögen uns einfach sehr. Ich kann mir keinen besseren Menschen auf der Welt vorstellen, mit dem ich den Rest meines Lebens verbringe, aber mehr eben nicht.«

»Ich finde das schon eine ganze Menge«, sage ich.

»Ja, das ist eine ganze Menge. Wenn da jetzt auch noch Liebe im Spiel wäre, wäre es ein Traum, das Optimum.«

»Habt ihr Sex, oder ist das zu indiskret?«, frage ich sehr vorsichtig.

»Klar haben wir Sex.«

»Einfach so.«

»Nö, nur wenn wir Lust haben.«

»Ich meine, einfach so, ohne Liebe.«

»Sex und Liebe ist wie Kaffee mit Sahne, passt beides zusammen, muss aber nicht.«

»Verstehe.«

»Warum wolltest du das mit dem Sex wissen?«

»Nur so.«

»Keiner fragt nur so.«

»Ich schon.«

»Von mir aus. Willst du auch wissen, ob wir getrennte Schlafzimmer haben?«

Exakt das wollte ich ihn gerade fragen. »Nein, Blödsinn, das ist eure Sache. Warum soll ich das wissen«, heuchle ich.

»Kannst du ruhig wissen, wir haben keine getrennten Schlafzimmer. Gundula kann besser schlafen, wenn ich neben ihr liege.«

»Verstehe.« Das hätte auch Karin sagen können. »Steffen, kann ich dich noch was fragen?«

»Klar, hau rein.«

»Wie kann man einen Menschen heiraten, den man nicht liebt?«, frage ich, weil ich es wirklich nicht weiß.

»Wenn man mit ihm zusammen sein möchte«, antwortet er so selbstverständlich, als gäbe es keine natürlichere Antwort als diese.

»Aber dazu muss man doch nicht heiraten?«

»Man muss auch nicht heiraten, nur weil man sich liebt«, entgegnet Steffen. Entwaffnend, verblüffend und überzeugend. Die klassischen Argumente von wegen Versorgung, Steuerklasse und Ähnliches lasse ich mal lieber weg. Mit einem Bier in der Hand und einem Naturphilosophen neben sich spielen solche Dinge keine Rolle.

Ich habe genug gehört. Jetzt will ich nur noch mein Bier austrinken und dann in den Stall gehen. Friedhelm wartet bestimmt schon auf mich. Und wenn nicht, wäre es toll, wenn er wenigstens so tun würde.

MAILVERKEHR

Liebe Karin,
Ich bin nun auf dem Weg nach Pinzow, das liegt nicht mehr weit von der polnischen Grenze entfernt, soll aber sehr schön sein. Was heißt ABER – IST bestimmt sehr schön. Du wunderst

dich wahrscheinlich, dass ich schon so früh auf den Beinen bin, aber ich bin voller Energie. Friedhelm und ich rasten gerade an einer Wiese, die so grün ist wie in einer Reklame für irische Butter. Wir sind fast schon so was wie Freunde geworden, verrückt, oder? Das Beste an ihm ist, er gibt keine Widerworte, und er ist gar nicht so störrisch, wie das Klischee es vorsieht. Im Gegenteil, dazu später mehr.
Und was machst du so?

Dein

Björn

Gesendet vom Handy – 7:02 Uhr

• • •

Lieber Björn,
tja, da wunderst du dich, ich bin auch schon wach, war gestern früh im Bett. Stell dir vor, habe gestern alte Fotos von uns gesehen. Schön war das.
Wenn du Lust hast, ruf mal an. Ich will »euch« nicht stören. Schönen Gruß an deinen neuen Freund Friedhelm, unbekannterweise.

Karin

Gesendet vom Handy – 7:09 Uhr

38. Pinzow, Kepplers Flug und Marvin der Indianer

Friedhelm grast, und ich beobachte ihn dabei, während ich überlege, Karin anzurufen. Sie hat mich schließlich ausdrücklich darum gebeten. Es steht hier immer noch auf dem Display. Die erste Mail von ihr, die so persönlich ist, dass ich wieder das Gefühl habe, verheiratet zu sein. Kein Daniel, kein Ich-hab-keine-Zeit-Gehetze, sogar »Lieber Björn« steht da. LIEBER!

»Ich soll dich von meiner Frau grüßen«, rufe ich Friedhelm zu, der tatsächlich kurz den Kopf hebt, als wolle er mir sagen: Grüße zurück.

»Was meinst du, soll ich sie anrufen?«

Friedhelm schaut mich an.

»Lust hätte ich.«

Sein Kopf bewegt sich nicht.

»Und sie ist wach.«

Als wäre das ein Kriterium.

»Du bist mir vielleicht eine Hilfe.«

Jetzt kommt Friedhelm auf mich zu. Es wirkt, als würde er die Nähe zu mir suchen, weil das, was er mir zu sagen hat, nicht jeden hier etwas angeht. Dabei sind wir hier weit und breit allein. Bilde ich mir das ein, oder guckt Friedhelm jetzt komisch? Geht er normal auf mich zu oder energisch? Friedlich oder aggressiv? Bis ich das nicht mit Sicherheit sagen kann, sollte ich kein Risiko eingehen.

»Friedhelm, mach keinen Scheiß!«

Friedhelm kommt noch näher. Und nun bin ich mir überhaupt nicht mehr sicher, was das zu bedeuten hat. Gleich ist er bei mir, und dann sollte ich es wissen.

»Friedhelm.«

Jetzt legt er die Ohren an. Kein gutes Zeichen, gar kein gutes Zeichen. Das weiß ich.

»Friedhelm!«

Ich halte ihm die ausgestreckte Hand entgegen, als könne man einen ausgewachsenen Esel damit aufhalten. Für einen kurzen Moment flammt die Erinnerung an etwas auf, an das ich mich eigentlich nicht mehr erinnern wollte – Tunica Albuginea, das wenig angenehme Treffen mit Dr. Nachtigall und ganz viel Kühlung.

»Friedhelm!!!«

Er bleibt stehen, dicht vor meiner Hand. Wir schauen uns in die Augen. Er blickt neutral, ich ängstlich.

»Alles klar, Friedhelm?«

Er zwinkert, wirklich.

»Guter Junge.«

Mir scheint, das ist genau das, was er hören will. Seine Ohren zucken nach vorne. Das linke zuerst, dann folgt das rechte. Mit ein wenig Einbildung wirkt das wie ein geheimer Code, den es zu entschlüsseln gilt.

Nichts einfacher als das. Ich weiß, was Friedhelm will. »Alles klar.« Und ich beginne, seinen Kopf zu streicheln. Ich verstehe scheinbar wirklich, was er mir sagen will. Und es ist so einfach. Dieser Morgen gehört uns beiden. Nur uns.

Das Handy stecke ich in die Tasche. Friedhelm gibt mir

einen knappen Stoß gegen die Hand und setzt dann sein Grasen fort. So einfach kann Kommunikation sein, wenn man sich was zu sagen hat.

Langsam beginne ich meinen Magen zu spüren. Bier zum Frühstück ist vielleicht doch nicht das Richtige, um den Energievorrat für einen ganzen Tag anzulegen. Vielleicht hätte ich auch was essen sollen.

Stattdessen habe ich mich ausgiebig von Markus verabschiedet, der heute in eine andere Richtung marschieren will, ohne Angabe von Gründen. Beinahe kommt es mir vor wie ein kleiner Tod. Abrupt, unangekündigt und nicht nachvollziehbar. Aber ich weiß, dass Markus nicht gänzlich geht, weil etwas von seiner Geschichte bei mir bleibt. Für immer. Mit Steffen und Gundula habe ich Adressen ausgetauscht, mit dem festen Vorsatz, sie auch benutzen zu wollen. Das alles war so intensiv, dass ich keinen Gedanken an Brot, Obst, Müsli oder Ähnliches verschwendet habe. Dabei hätte mir klar sein müssen, dass man hier außerhalb geschlossener Ortschaften kaum etwas finden kann, das einen satt macht. Es sei denn, man ist ein Esel.

Laut Karte ist Pinzow noch zehn Kilometer entfernt. Der Weg dorthin ist grün markiert. Nett formuliert liegt eine Naturstrecke vor uns. Sachlich korrekt ausgedrückt liegt vor uns ... Landschaft. Landschaft. Landschaft.

Für einen Esel ist das ein zehn Kilometer langer MacWalk, mit allem, was den Magen eines Vierbeiners füllt. Für mich ist das die Straße des Hungers. Vielleicht habe ich Glück und finde was. Falls nicht, auch egal, was ist schon Hunger gegen das Gefühl, eine solche Landschaft genießen zu dürfen.

Bilde ich mir das ein, oder ist das da an meiner Wade so was wie ein Muskel? Schade, dass sich hier niemand findet, der mir diese Frage beantworten kann. Es wäre auch zu eitel, um über so was zu sprechen.

»Da staunst du, was, Friedhelm? Das sind keine Waden, das sind Titankraftwerke.«

Friedhelm lässt das unbekümmert. Woher soll er auch wissen, was Titankraftwerke sind. Ich weiß es ja selber nicht, aber es klingt so schön.

»Ja, ja, ich bin wieder in Form.«

Schon ziemlich bekloppt, wenn man damit gegenüber einem Esel angibt. Aber was soll's, er wird es keinem weitersagen. Esel sind loyal. Und wenn sie es nicht sind, wird es niemand erfahren.

»Sei froh, dass ich nicht zu traben anfang', dann wär' aber Schluss mit lustig.«

Friedhelm ist ein wahrer Freund, er lässt sich nicht provozieren und mampft weiter brav seine Gräser und Kräuter.

»Könnte sein, dass ich dich auf tausend Meter locker abhänge, mein guter Freund.« Friedhelm mampft.

»Okay, here we go – it's time for a challenge. Are you ready, Mister Donkey?!«

Ich schiebe die Funktionshosenbeine noch ein wenig höher, damit die Titankraftwerke noch besser zur Geltung kommen. Modellwaden de Luxe.

»Ready to rumble? Bist du bereit?« Hab' ich echt schon so viel Bier getrunken? »Oder soll ich dir einen kleinen Vorsprung geben?«

Wenn es für das hier Zeugen gäbe, könnte ich einpacken.

»Auf die Plätze, fertig, los!«

Die ersten 50 Meter nehme ich in vollem Galopp. Meine Beine federn. Die Lunge pumpt sich voll mit Sauerstoff. Ich hätte nie gedacht, dass ich aus dem Stand zu solch einer Geschwindigkeit fähig bin.

Björn Keppler, Gazelle! Da geht noch was!

Ja, tatsächlich, das war erst der Anfang. Mein Rücken wird von einem Schweißfilm überzogen. 100 Meter schon und von Friedhelm keine Spur. Du hast es ihm gezeigt. Du wirst es allen zeigen, deinen Schülern, die dich verspottet haben, deinem Direktor, der dich beharrlich übergeht, wenn es darum geht, Karriere zu machen. Keppler, du Tier. Warum hast du nicht eher gezeigt, was in dir steckt. Die 150-Meter-Marke ist geknackt, und du spürst noch immer keine Erschöpfung, im Gegenteil. Dieser Ast da, der da im Wege liegt, da springst du drüber. Keppler, du Känguru. Jetzt, das Sprungbein zuerst, ein langer Schritt, das Standbein folgt. Keppler, du kannst fliegen ... ja ... ja ... Flieg! Flieg! Flieg! Keppler, du Adler! Irgendwas hängt an meinem Standbein fest. Ich kann mich nicht umdrehen. Ich kann nur in Flugrichtung schauen, nach vorne. Aber ich ahne, was mein Standbein am Flug des Phönix hindert – der Ast, den das Sprungbein mit Leichtigkeit überwunden hat.

Die Summe aus Geschwindigkeit und Masse sorgt für eine Bodenlandung sondergleichen.

Es tut nur einen Moment lang weh, dann registriere ich den modrigen Geschmack in meinem Mund. Vor einer Landung auf einem Weg in der Uckermark sollte man den Mund unbedingt schließen. Wenigstens habe ich jetzt keinen Hunger mehr und pule Erdreich und Undefinierbares aus den Zähnen.

Wo zum Teufel steckt jetzt Friedhelm. Er müsste längst bei mir sein, so schnell war ich nun auch wieder nicht.

Ganz vorsichtig hebe ich meinen Körper. Glück gehabt, es scheint nichts gebrochen zu sein. Der Ast ist wirklich sehr groß. Kein Wunder, dass ich da hängen geblieben bin. Hätte jedem passieren können.

Vielleicht hätte ich auf das Hochkrempeln der Hosenbeine verzichten sollen. Jetzt sehe ich zwei Schürfwunden, wie ich sie früher immer hatte. Früher, als ich zehn war.

»Kann ich Ihnen helfen?«

Wer ist das?

Die Stimme kommt aus dem Unterholz und gehört einem Indianer. Kein Scheiß, da steht nun ein echter Indianer vor mir. Er hat sich irgendeinen Wildlederlappen zwischen die Beine gebunden, seine Füße stecken in Mokassins, um den Hals baumelt eine primitive Perlenkette, und in den langen, zotteligen Haaren hat sich eine Feder verfangen, die aber eher von einer Taube als von einem Adler stammt. Die Uhr mit den roten Digitalziffern am Handgelenk des Indianers halte ich für einen Stilbruch. Aber man sollte ja nicht kleinlich sein, wenn man mitten in der Uckermark einen Indianer trifft.

»Ähm, ich bin gestürzt«, erkläre ich unaufgefordert.

»Das habe ich gesehen«, sagt der Indianer.

»Was haben Sie gesehen?«

»Dass Sie gestürzt sind.«

Aber das andere hat er nicht gesehen, das darf er nicht gesehen und erst recht nicht gehört haben. Bitte nicht!

»Reden Sie immer mit Ihrem Esel?«

O mein Gott! Er hat es gehört, er hat alles gehört. Peinlich. Peinlich. Peinlich.

»Das ist eine, das war eine ... ich ... nein ... eigentlich nicht ...«, stammele ich.

»Ich rede auch mit meinen Tieren.«

Sie sind ja auch ein Indianer, denke ich. »Ach, so?«

Noch besteht die Möglichkeit, dass er mich gar nicht ernst nimmt. Ich kann ihn schließlich auch noch nicht richtig ernst nehmen. Da wo ich herkomme, gibt es nur zwei Möglichkeiten, als Indianer durch die Gegend zu laufen. Entweder ist Karneval oder ein Pfleger in der Nähe.

»Darf ich Sie auf einen Tee einladen?«, fragt Winnetou, dessen richtigen Namen ich nicht kenne. »Ich heiße Marvin.«

Natürlich, wie sonst.

»Aber so nennt mich schon lange keiner mehr.«

»Und wie nennt man sie jetzt?«

»Chavatangawunua.«

»Ah ja.«

»Das ist aus der Sprache der Hopi-Indianer.«

»Interessant.«

»Bedeutet: Kurzer Regenbogen. Und was ist nun mit dem Tee – Interesse?«

Interesse? »Tee ist eine wunderbare Idee. Gerne, haben Sie zufällig auch Kekse oder so was?«

»Nein.«

Das hätte ich wissen müssen. Indianer essen keine Kekse. Sie tragen aber auch keine Digitaluhren.

»Haben Sie Hunger?«

»O ja.«

»Dann mach' ich uns was.«

»O ja.«

»Kommen Sie, ich wohne nicht weit von hier.«

Friedhelm steht genau da, wo ich ihn verlassen habe. Ich bin ein sehr einsames Rennen gelaufen. Dafür habe ich einen Indianer kennengelernt, der Tee hat, aber keine Kekse oder so was.

»Was ist?«

Friedhelm hebt den Kopf, um ihn gleich wieder zu senken.

»Alles klar?«

Friedhelm wiederholt die Geste. Er nickt. Er nickt tatsächlich. Und er kommt auf mich zu. Ganz langsam. Friedlich. Kopf rauf, Kopf runter. Er bleibt vor mir stehen.

»Na?«

Friedhelm stößt mich mit seinen Nüstern vor die Brust, nicht nur einmal, mehrfach. Er will mir etwas sagen.

»Ist ja gut.«

Aus dem Stoßen wird ein Stupsen, sein ganzer Körper zittert dabei ein wenig, und die langen Ohren drehen sich.

»Ja, Friedhelm. Danke, das tut gut. Danke.«

Für Friedhelm bin ich ein Sieger. Und jetzt fühle ich mich auch so.

MAILVERKEHR

Liebe Karin,
ich glaube, ich verstehe jetzt, warum du mich hierher geschickt hast. Und ich würde so gerne mit dir darüber sprechen.

Dein Björn

Gesendet vom Handy – 15.43 Uhr

• • •

Lieber Björn,
ganz kurz, haben wir noch einen Zweitschlüssel fürs Auto, ich kann meinen nicht finden.

Karin

Gesendet vom Handy – 15:48 Uhr

• • •

Im Werkzeugkoffer unter der Wasserwaage.

Gesendet vom Handy – 15:51 Uhr

• • •

Danke!

Gesendet vom Handy – 15:53 Uhr

• • •

Gerne. Dafür bin ich da.

Gesendet vom Handy – 15: 54 Uhr

• • •

Gibt auch noch andere Gründe.

Karin

Gesendet vom Handy – 15: 56 Uhr

39. NVA und Hopi-Eintopf

Gibt auch noch andere Gründe? Karin!

Sie schreibt tatsächlich, es gibt auch noch andere Gründe, die mein Dasein rechtfertigen.

Welche? Egal, es gibt welche. Und die sind positiv. Oder? Natürlich.

Ich beginne zu strahlen. Jetzt muss ich zurückschreiben, um sie zu fragen, welche Gründe das sind. Das muss ich jetzt wissen. Konkret. Ich möchte einen nach dem anderen erfahren.

Friedhelm stupst mich in die Seite, bevor ich das erste Wort getippt habe, dabei fliegt mir das Handy fast aus der Hand.

»Hey, pass doch auf.«

Genau das tut er.

»Du meinst …?«

Er stupst mich erneut, etwas schwächer als beim ersten Mal.

»Nicht?«

Friedhelm hat recht, manche Fragen sollte man nicht stellen, wenn man sich nicht sicher ist, dass die richtigen Antworten folgen. Karin hat sich mir genähert, eine weitere Frage könnte sie verscheuchen. Friedhelm ist ein kluger Esel, und ich stecke das Handy wieder ein.

Wir sitzen vor Marvins Hütte. Um genau zu sein, ich sitze, Friedhelm steht – wie meistens. Aber unser skeptischer Blick auf das, was wir sehen, der ist identisch.

Marvin hat sich in seine Hütte verzogen, die von außen aussieht, als hätte jemand vergessen, sie fertigzustellen. Sie ist ungefähr so groß wie die Garage für einen normalen Lehrerkombi, wenn man links und rechts nicht auch noch die Winterreifen und hinten den Rasenmäher lagern möchte. Die Fenster sind schief und in einer Farbe gestrichen, die es in mir bekannten Baumärkten ganz bestimmt nicht gibt. Die Tür kann alles, nur nicht schließen, und das Dach besteht aus einer schwarzen Wellpappe, die so einladend wirkt wie ein ausgebranntes Autowrack an der A1. Aus der rechten Hälfte der Hütte ragt ein verrostetes Schornsteinrohr heraus, für das man gar nicht erst versuchen sollte, eine Genehmigung zu bekommen. Die komplette Fassade ist mit indianischem Schmuck und naiven Malereien verziert. Wobei naiv noch sehr schmeichelhaft ist. Falls es auf diesem Kontinent so etwas geben sollte wie eine Waldorfschule für gelangweilte Apachen, dann haben die sich hier künstlerisch ausgetobt.

Friedhelm ist besonders an den kleinen Tierschädeln interessiert, die direkt unter dem Frontfenster angebracht wurden. Keine Ahnung, um welche Tiere es sich hierbei handelt, in jedem Fall beunruhigen sie meinen Freund.

»Guck einfach nicht hin«, rate ich Friedhelm.

Friedhelm starrt weiter auf den Schädelfriedhof an Marvins Hütte. Könnten das kleine Rattenköpfe sein?

»Komme gleich!«, schallt es aus dem Inneren.

»Kein Problem, alles gut. Ich hab' Zeit.« Mehr als genug.

Um die Hütte herum hat Marvin jeden einzelnen Strauch individuell geschmückt. Mal mit Farben, mal mit Federn und zwischendurch auch mal mit freigestalteten Stöckchenkonstruktionen, die hoffentlich nichts darstellen sollen. Denn ich kann beim besten Willen nichts Figürliches erkennen.

Friedhelm scheint sich nun sicher zu sein, dass ihm weder von den Schädeln noch von ihrem Sammler Gefahr droht, und wendet sich dem zu, was er am liebsten macht – dösen und grasen.

Dann erscheint Marvin mit zwei Radkappen in der Hand. Ich bin mir ganz sicher, dass es Radkappen sind, denn es gibt sehr wahrscheinlich keine Chromteller mit VW-Abzeichen. Und jetzt erkenne ich auch die Details. Es sind alte VW-Radkappen, die mit der tiefen Wölbung, zum Glück. Mit Radkappen neueren Datums hätte Marvin nichts anfangen können, denn wer Radkappen als Tellerersatz benutzt, der braucht keine aerodynamische Spielerei, der braucht eine gescheite Mulde. Tief, groß und praktisch.

Es gibt Suppe, und ich hoffe, dass es keine Rostsuppe ist.
»Das ist ein Eintopf der Hopi-Indianer.«
»Ah ja.«
Ich erkenne Bohnen, ein bisschen Speck, und was ich nicht erkenne, ist hoffentlich nicht gesundheitsschädlich.
»Mhm, lecker.« Ich meine es ehrlich, nicht nur weil ich Hunger habe.

Und während ich nun etwas Knorpel kaue, fällt mein Blick auf einen der kleinen Tierschädel. Nur ganz kurz überlege ich, mit dem Kauen aufzuhören, nur ganz kurz, dann erlöst mich Marvin von einem schlimmen Verdacht.

»Schinkenspeck von Netto. Billig, aber viel Knorpel.«

»Ach, macht doch nichts. Hauptsache lecker.«

»War schon lange nicht mehr auf der Jagd.«

Was für ein Glück. Lieber Schinkenspeck von Netto als Frischware aus dem Wald, deren Reste dann an die Hütte kommen.

»Ich auch nicht.«

»Du gehst jagen.«

»Nein, war nur ein Scherz.«

»Du bist einer von diesen Eselwanderern, richtig?«

Marvin führt den Löffel so langsam zu seinem Mund, dass er bei diesem Tempo den kompletten Tag brauchen wird, um mit seinem indianischen Radkappeneintopf fertig zu werden.

»Genau, Friedhelm und ich machen die Uckermark-Tour.«

»Du bist anders als die anderen.«

»Ach so?«

»Du bist auf der Reise.«

»Ja, das ist ja meistens so, wenn man eine Tour macht«, bemühe ich mich, so flapsig wie möglich zu kommentieren, ohne dass es unverschämt klingt oder arrogant.

»Du bist auf einer Reise zu dir.«

»Oh. Das sieht man mir an?«

»Du isst schnell.«

Das stimmt, ich habe ja auch Hunger.

»Weil du dich noch nicht gefunden hast.«

Kann es sein, dass wir uns gerade auf einem völlig falschen Dampfer bewegen? Hier geht es nicht um Finden, es geht um Futter.

»Man sieht es dir an. Du isst schnell, weil du dich noch nicht gefunden hast.«

»Ehrlich gesagt, eigentlich esse ich in erster Linie so schnell, weil ich seit gestern nichts mehr gegessen habe.«

»Ja, aber du hast dich auch gestern nicht gefunden, als du satt warst.«

Erstens, woher will er das wissen, zweitens, warum interessiert ihn das, und drittens, was soll das. Ich bin froh, dass ich jetzt hier bin. Sehr froh, fast schon dankbar. Aber ich habe keine Lust, zu einem Psychostudienobjekt zu werden. So dankbar kann man gar nicht sein. Und ich erst recht nicht.

»Ähm, Marvin, darf ich Sie was fragen?«

»Chavatangawunua.«

»Ja, natürlich. Also darf ich Sie etwas fragen?«

»Wir können uns duzen.«

»Gerne. Was …«

»… was ich hier mache?«

Oh, ein Hellseher. »Genau«, sage ich und simuliere nahezu perfekt den völlig Überraschten.

»… ich helfe dir, dich zu finden.«

»Natürlich, ist mir schon aufgefallen. Ich meine, was machst du, oder, anders gefragt, was hast du gemacht, bevor du so freundlich warst, mir zu helfen, mich zu finden?«

Marvin Chavatangawunua muss sich erst mal wieder kurz mit dem Inhalt seines Löffels beschäftigen, der nun endlich seinen Mund erreicht hat. Wahrscheinlich kalt.

Ich habe meine Radkappe schon fast leer und bewundere, wie ein Mensch mit der Geschwindigkeit eines Braunkohletagebaubaggers seinen Eintopf kaut.

Da es sich dabei sehr wahrscheinlich um ein indianisches Ritual handelt, frage ich nicht nach, sondern warte, bis Marvin Chavatangawunua mit seinem ersten Löffel fertig ist.

»Früher habe ich mich damit beschäftigt, mich zu finden.«

»Interessant.«

Da hätte ich auch selber drauf kommen können.

»Und davor, wenn ich fragen darf?«

Wieder steht zwischen Frage und Antwort ein Löffel Hopi-Eintopf. Wenn wir in diesem Tempo weitermachen, werde ich meine Pensionierung in der Uckermark erleben.

Marvin Chavatangawunua kaut und kaut und kaut und dann ...

»Davor war ich bei der NVA.«

»Oh, ja, interessant ... in der DDR.«

Marvin Chavatangawunua nickt.

»In der ehemaligen DDR«, füge ich korrekterweise hinzu.

Mich wundert nichts mehr. Ein ehemaliger NVA-Soldat, der jetzt auf Indianer macht, ist hier so normal wie ein entlassener Mörder. Nein, wahrscheinlich ist es nicht normal. Aber ganz offensichtlich ist es völlig normal, dass ich diese Menschen treffe.

»Oberst.«

»Wie bitte?«

»Ich war Oberst.«

»Oh, das ist aber schon ziemlich weit oben ... ist ja fast schon im Rang eines Häuptlings?«

Marvin Chavatangawunua schüttelt den Kopf, was bei ihm natürlich entsprechend zeitversetzt passiert.

»Ich war kein Häuptling und werde auch nie einer werden.«

»War ja auch nur so ein Vergleich.«

»Wenn, dann würde ich nur gerne ein Friedenshäuptling. Aber dieses Amt wird einem vererbt, und von wem sollte ich es erben. Ich könnte höchstens noch Kriegshäuptling werden. Dieses Amt muss man sich verdienen, durch besondere Taten.«

Wieder fällt mein Blick auf die Schädel an seiner Hütte. Mit solchen Taten kann er sich den Job als Kriegshäuptling aber abschminken, da muss schon ein bisschen mehr passieren.

»Magst du Indianer?«

»Schon als Kind war ich immer lieber Indianer als Cowboy.«

»Ich rede nicht vom Indianerspielen.«

»Gut, in diesem Sinne habe ich jetzt noch nicht so den ganz großen Zugang zu dem Thema.«

»Interessiert es dich?«

Ehrlich gesagt, interessiert mich noch mehr, ob es vielleicht ein bisschen Nachschlag von diesem Hopi-Eintopf gibt. »Klar interessiert mich das.«

Das scheint ihn zu freuen, und erst jetzt fallen mir seine strahlend blauen Augen auf, was auch nicht so typisch für einen Hopi-Indianer ist.

Ich nicke interessiert, und die blauen Hopi-Augen funkeln noch ein bisschen mehr.

»Vielleicht hilft es dir auf der Suche, dich zu finden«, sagt Marvin Chavatangawunua.

»Kommt auf einen Versuch an.«

»Ja. Möchtest du noch was essen?«

»Och, warum nicht?«

Marvin Chavatangawunua geht in die Hütte, um noch was zu holen. Während ich Friedhelm zuzwinkere. Wir beide sind die mutmaßlich einzig normalen Lebewesen in dieser Gegend, was ich mit meinem Zwinkern deutlich machen möchte. Friedhelm schaut einmal kurz auf und nickt. Ehrlich.

»Ich will dir nun erzählen, warum ich ein Hopi-Indianer wurde.«

Bitte, lass ihn kein Grenzzauntrauma haben oder irgendwas in dieser Richtung, lass ihn einfach nur ein harmloser Spinner sein.

»Dass ich kein richtiger Hopi bin, muss ich dir nicht sagen.«

Nein, das ist nicht nötig. Gibt ja wahrscheinlich kaum Hopis, die Oberst bei der Nationalen Volksarmee der DDR waren. »Nein, musst du nicht«, sage ich so normal es eben geht.

»Nach der Wende bin ich in ein schwarzes Loch gefallen. Von heute auf morgen war alles anders. Gestern noch war ich verantwortlich für viele meiner Genossen, und auf einmal war ich nur noch für mich verantwortlich.«

»Keine Frau?«

»Kommt noch.«

»Okay.«

»Ich habe überlegt, was ich mit dieser Situation machen soll, und zum ersten Mal in meinem Leben gab es keine strategische Perspektive. Es gab keine Kommandostruktur oder richtungweisenden Pläne, es gab nichts. Meine Frau hatte sich übrigens schon vor der Wende von mir getrennt.«

»Das tut mir leid.«

»Mir nicht. Sie hat mich betrogen mit einem Genossen.«

»Oh.«

»War besser so, wenn es sie noch gäbe, säße ich nicht hier.«

»Ja, ja, Frauen und Indianer, das ist ja oft auch so eine Sache.«

Marvin Chavatangawunua bekommt die Ironie nicht mit, stattdessen starrt er nun auf seine Mokassins, als sähe er dort die Wahrheit und nichts als die Wahrheit.

»Verspotten würde sie mich. Zu Recht. Sie fand mich schon in der Uniform lächerlich, und jetzt so.«

»Wenn du dich wohl fühlst, so ...«

»Mir geht es nicht um wohl fühlen. Ich weiß, was andere denken, wenn sie mich so sehen. Und du machst da keine Ausnahme.«

»Ich hab' nichts gesagt.«

»Schon gut, es macht mir nichts aus. Ich kenne die Kommentare, der Verrückte aus dem Wald, der Indianer, der Bekloppte. Ich hätte genauso reagiert. Ich hätte mich selber verspottet, wenn ich nicht diese Erfahrung gemacht hätte.«

Alles klar, jetzt kommt doch das Trauma.

»1990 war ich in Amerika.« Oh, Auswärtstrauma. »Erst bin ich ziellos herumgefahren, habe nur das übliche Touristenprogramm gemacht. New York, Boston, San Francisco. Ein bisschen Geld hatte ich ja. Habe dann aber schnell gemerkt, dass ich während meiner Jahre in der DDR nichts verpasst habe.«

»Das ist nicht dein Ernst?«

Das glaube ich ihm wirklich nicht. Eine Nation, die sich von ihren Verwandten im Westen Kaffee und Nylonstrumpfhosen schicken ließ, behauptet plötzlich, nichts verpasst zu haben. Bitte, das ist ja wohl ein bisschen arg geflunkert.

»Ja, es ist schwer für euch zu glauben, dass wir hier im Osten nicht immer nur davon geträumt haben, den Luxus des Westens mal zu erleben. Aber wenn der Traum der Realität nicht standhält, was bleibt dann übrig von einem Traum?«

Ich zucke mit den Schultern. Keine Ahnung, was ich nun sagen soll. Er hat mich erwischt.

»Dieser ganze Glitzer-Hokuspokus ging mir schnell auf die Nerven. Ich wollte eigentlich schon nach Hause fliegen, und dann habe ich diesen Artikel in der *New York Times* gelesen. Und der hat mein Leben verändert.«

Potz Blitz! Jetzt bin ich neugierig.

»Weißt du, wo die Hopi-Indianer wohnen?«

»Nicht genau.«

»Im Nordwesten von Arizona, in einem Reservat.«

»Oh.«

»Ja, genau – oh! Strenggenommen leben die Hopis in einem freien Land wie Amerika genau wie wir damals.«

»Na ja, ich glaube, der Vergleich hinkt ein bisschen ...«

»Ich glaube nicht. Ich war in diesem Reservat, und der Vergleich hinkt kein bisschen, nur dass da außerhalb des Reservates keiner den Wunsch verspürt, an diesem Zustand etwas zu ändern. Den Amerikanern ist das ziemlich egal, wie es den Indianern geht, solange die friedlich sind und in ihrem Reservat bleiben.«

Es gab bestimmt nicht wenige Menschen in der BRD, die ähnlich über die Menschen in der DDR dachten.

»Ich wollte mir das alles nur anschauen. Dann habe ich ein halbes Jahr in diesem Reservat verbracht. Irgendwann habe ich dann gespürt, dass ich genau dieses Leben leben möchte. Das Leben eines Hopi-Indianers.«

»Und warum bist du nicht dageblieben?«

Marvin Chavatangawunua blickt stumm zu mir. Darauf will er nicht antworten. Erst jetzt fällt mir auf, dass Friedhelm neben mir steht. Die Geschichte über die Hopi-Indianer scheint ihn zu interessieren, immerhin hat er dafür mit dem Grasen aufgehört.

»Die Hopis glauben, dass die Geister, lange bevor die Erde erschaffen wurde, in einem Raum ohne Grenzen gelebt haben. Dieser Raum heißt Tokpela. Als die Erde erschaffen wurde, hat ihr Gott ein paar dieser Geister auserwählt, damit sie als Menschen auf dieser Erde leben.«

So weit sind die Hopis nicht entfernt von unserem Glauben, mal abgesehen von Tokpela, über das wir uns streiten müssten.

»Die ersten Menschen waren schlecht, sie missachteten die Vorschriften des Schöpfers. Deshalb vernichtete ein Feuer die erste Welt, und nur ein paar wenige Menschen überlebten. Es waren die Menschen, denen der Schöpfer eine zweite Chance geben wollte.«

Ich nicke.

»Der Schöpfer erschuf die zweite Welt. Und wieder waren die Menschen böse und missachteten die Gesetze. Schnee und Eis und heftige Stürme vernichteten auch diese Welt. Nur wenige Menschen ließ der Schöpfer überleben.«

Klar, jetzt kommt die dritte Welt.

»Es entstand die dritte Welt.«

Natürlich.

»Auch dort gelang es den Menschen nicht, in Frieden und Eintracht miteinander zu leben.«

»Vierte Welt!«

»Ja, aber die dritte Welt wurde diesmal nicht vernichtet.«

Oh, eine Variation.

»Ein paar Menschen verließen die dritte Welt, um die vierte zu suchen.«

»Und die war dann wo?«

»Hier.«

»In der Uckermark?«

Ganz kurz lächelt Chavatangawunua wie ein milder Vater über die Unkenntnis seines kleinen Jungen, dem man nicht böse sein muss, weil er es noch nicht besser wissen kann. Leider bin ich kein kleiner Junge mehr, sondern ein erwachsener Mann mit Hochschulabschluss. Das milde Lächeln des NVA-Indianers wirkt dadurch doppelt peinlich.

»Die vierte Welt ist unsere Welt.«

»Ja.«

Jetzt nichts mehr sagen, es kann nur nach hinten losgehen.

»Als die Menschen unsere Welt fanden, trafen sie auf Masaw, den Hüter dieser Welt. Und er schenkte ihnen Land, das nicht fruchtbar war, das niemand wollte. Und er schenkte ihnen seine Prophezeiungen.«

Friedhelm weicht einen Schritt zurück.

»Schreckliche Prophezeiungen.«

Friedhelm weicht noch einen Schritt zurück.

»Einige der Prophezeiungen sind bereits eingetroffen. Der Kürbis der Asche.«

Was soll das sein, eine Panne beim Osterfeuer?

»Die Atombombe.«

Natürlich, der Kürbis der Asche.

»Die Menschen des Lichtes.«

Die Stadtwerke?

»Die Mondlandung.«

Was sonst?

»Die Mauer der Tränen.«

Alles klar, die Wiedervereinigung.

»China.«

Oder so.

»Die Flut.«

»Welche genau ist da gemeint?«

»Keine. Die Flut wird kommen, und nur wenige Menschen werden sie überleben. Und dann entsteht die fünfte Welt.«

»Sei mir nicht böse, aber das glaubst du doch nicht wirklich?«

Warum sagt er denn jetzt nichts.

»Ich meine, entschuldige, die Welt ist voll von solchen Geschichten. Eigentlich hätte schon beim Jahrtausendwechsel alles über die Wupper gehen sollen, aber nichts passiert.«

Das könnte er wenigstens bestätigen, das sind nun mal Fakten.

»Also, ich glaube an so was nicht. Klar, Fluten wird es immer geben, aber davon säuft die Welt nicht ab.«

Friedhelm steht noch immer etwas hinter mir. Man sagt Eseln nach, dass sie Gefahren besser antizipieren können als Menschen, aber hier ist doch nun wirklich keine Gefahr zu spüren. Hier gibt es ja noch nicht mal einen Fluss, und das will was heißen, denn in der Uckermark gibt es überall Flüsse. Aber doch keine Flut.

»Du bist kein Hopi.«

Da hat er recht. Ich bin kein Hopi, ich bin ein Lehrer. Ich trage eine Funktionshose und keinen Lederfummel zwischen meinen Schenkeln. Und wenn ich die fünfte Welt suche, dann Richtung Süden, hinter den Alpen, irgendwo in der Toskana.

»Und du?«

»Ich bin ein Hopi.«

»Dann verstehe ich wirklich nicht, warum du nicht in Arizona geblieben bist?«

»Du verstehst mich nicht. Du hältst mich für einen Spinner.«

»Nein, tu' ich nicht.«

Tu' ich doch.

»Es ist nur so: Vom kadertreuen NVA-Offizier zu

einem Hopi-Indianer in der Uckermark, das ist mal ein Sprung, den man nicht sofort nachvollziehen kann, das musst du zugeben.«

»Wofür lebst du?«, will er nun wissen.

»Ich?« Wer sonst, Friedhelm wird er nicht meinen. »Ich lebe für eine ganze Menge.«

»Dann sag es mir: Wofür lebst du?«

Was soll das? Ich weiß gar nicht, wo ich anfangen soll. Da gibt es so viel, für das es sich lohnt zu leben, so viel, für das ICH lebe. So viel, dass mir jetzt nichts einfällt.

Warum? Warum? Warum?

»Du weißt es nicht.«

»Natürlich weiß ich es.«

Ich weiß es wirklich nicht. Nicht in diesem Augenblick. Klar fallen mir jetzt so Dinge ein wie: mein Auto, mein Haus, mein Urlaub, mein Pensionsanspruch – Pensionsanspruch? Himmel, ja, ich weiß doch, dass diese Dinge nicht das sind, für das es sich lohnt, zu leben, aber – jetzt fällt es mir ein. Natürlich, warum bin ich da nicht sofort drauf gekommen?

»Die Liebe! Dafür lohnt es sich.«

»Du hast recht, dafür lohnt es sich.«

Puh, das ist aber gerade noch mal gutgegangen.

»Aber, was machst du dann hier?«

»Weißt du doch, Urlaub ... mit dem Esel ... mit dem Esel durch die Uckermark ...«

Während ich das sage, merke ich, was Chavatangawunua mit seiner Frage bezwecken wollte. Aber das ist mir jetzt zu privat. Ich hatte Hunger, den habe ich nun nicht mehr. Ich habe mich für seine Geschichte interessiert, und das Interesse ist einigermaßen befriedigt. Aber ich werde jetzt auf keinen Fall mit einem Hopi-Indianer über Karin, Lucca und den Grund dieser Reise hier sprechen, auf keinen Fall.

»Ich weiß es nicht. Also, vielleicht weiß ich es. Aber ich bin mir noch nicht sicher.«

»Du bist auf der Suche.«

»Ja, das bin ich wohl.«

»Aber, du bist schon fast am Ziel.«

»Sicher?«

»Sicher. Und hör auf deinen Esel, er kennt das Ziel.«

Ich schaue zu Friedhelm und denk' mir meinen Teil. Dann reiche ich Chavatangawunua die Hand.

»Danke.«

»Wofür?«

»Fürs Finden Helfen.«

40. Fast am Ziel in Pinzow

Kurz vor Pinzow behauptet die Münch, ein richtiger Fluss zu sein. Sie ist aber eigentlich nur ein Bach mit Übergewicht und breiten, welligen Hüften aus Sand. Hier gibt es kaum Vegetation, und Friedhelm ist seit einer Stunde zutiefst beleidigt wegen des mangelnden Nahrungsangebotes. Hier haben die Gletscher vor ewig langer Zeit ganze Arbeit geleistet. Sie haben eine Furche gezogen, die sich die Münch als Streckenvorgabe ausgesucht hat. Zuvor hatten die gewaltigen Eismassen alle Steine, die im Wege lagen, so lange plattgewalzt. Nun hat man den Eindruck, die Uckermark hätte Strände wie auf Sylt. Man kann es kaum glauben, aber der Sand hier ist weiß wie Mehl und hat sich wenige Meter von der Münch zu Binnendünen aufgetürmt. Während meiner gesamten Reise habe ich nichts Ähnliches gesehen. Was Friedhelm nicht tröstet. Ich genieße die Schönheit der Natur, und er schiebt Kohldampf. Pech gehabt, Friedhelm. Das Eselsein ist nicht immer nur von Vorteil.

»Wir sind ja gleich da«, tröste ich meinen Begleiter.

Friedhelm grunzt.

Und dann sehe ich dieses Tier, das hier nicht sein kann. Aber es ist trotzdem da. Hier kann so einiges nicht sein, das habe ich gelernt. Doch eine Sumpfschildkröte, hier?

Friedhelm weicht einen Schritt zurück. Dieses Tier mit

dem Panzer ist ihm nicht geheuer. Es sind nur 20 Zentimeter dunkelbrauner Rückenpanzer, die sich bewegen wie ein mobiler Maulwurfshügel, aber das reicht, um einem Esel Respekt beizubringen.

Das Lehrer-Gen in mir wird aktiviert, ist dieses Reptil da wirklich das, wofür ich es halte? Das Handy muss den Beweis ergoogeln. Wie ich das normalerweise hasse, diese ständige Verfügbarkeit von unüberprüfbarem Wissen: Namen, Daten, Fakten, 23 565 557 Treffer in einer Sekunde.

Klick! Klick! Klick!

Vielleicht bin ich nur gekränkt, weil Björn Keppler nur 231 relevante Treffer ergibt, und es werden jeden Tag weniger.

Aber jetzt habe ich was gefunden, und es wird schon stimmen. Außer Friedhelm muss ich hier niemandem etwas beweisen. Das Bild auf dem kleinen Display ist aber auch Beweis genug.

»Ja, ich habe es gewusst!«

Friedhelm schaut mir interessiert zu, weil ich die Arme sinnlos zum Himmel strecke.

»Ich war nie ein guter Biologe, aber hier muss ich sagen – Bingo! Das da ist verdammt nochmal eine Sumpfschildkröte. Ja!«

Von einem Esel Anerkennung zu verlangen, ist zu viel verlangt. Dass er mich weiter interessiert anschaut, ist mehr, als ich verlangen kann.

»Kannst du dir das vorstellen, die hat zweitausend Kilometer auf dem Buckel. Nicht die da vor uns, aber ihre Vorfahren. Zweitausend Kilometer vom Balkan in die Uckermark, und das bei einer Schrittgeschwindigkeit von ... keine Ahnung, das steht hier leider nicht. Egal, Schnelligkeit ist auf jeden Fall etwas anderes. Ich frage mich, wer bei den Schildkröten für diesen Trip in die Uckermark verantwortlich war.«

Friedhelm hält sein Interesse an mir aufrecht. Wenn Esel einmal interessiert sind, sind sie es lange. Kein Schüler hält den Vergleich mit einem Esel stand.

»Im Ernst, warum Uckermark. Die pure Lust auf den Osten? Eine Prophezeiung der Krötenindianer? Reine Blödheit?«

Es tut mir leid, was ich da gerade gesagt habe. Friedhelm wird die Entscheidung für die Uckermark auch nicht selber getroffen haben.

»Weißt du was, ich habe eine Idee.«

Jetzt wendet Friedhelm seinen Blick ab. Ideen sind nicht sein Ding. Es sei denn, es sind seine eigenen. Er hat nun die Idee, etwas zu fressen, und niemand wird ihn davon abhalten.

Ich indes habe keinen Hunger. Jetzt, wo ich das Handy eh schon in der Hand halte, könnte ich doch auch mal Karin anrufen.

»Was meinst du, Friedhelm, soll ich sie anrufen oder nicht?«

Die Sumpfschildkröte wird sich nicht an dieser Diskussion beteiligen, sie ist weg. So plötzlich wie sie da war, so plötzlich ist sie auch wieder verschwunden. Nach dem Quaken der Frösche zu urteilen, die mir vorher gar nicht aufgefallen waren, findet meine Idee in der Natur großen Anklang. Zumindest interpretiere ich diese Geräuschkulisse entsprechend. Friedhelm schweigt, vermutlich unentschlossen, vielleicht abweisend. Was auch immer, es soll wohl meine Entscheidung sein. Er will damit nichts zu tun haben.

»Karin, ich bin's, Björn«, sage ich und zwinkere Friedhelm zu, der sich sofort demonstrativ abwendet.
»Björn, alles klar?«
»Ja, irgendwie.«
Karin klingt erfreut. Ja, sie hat vielleicht sogar auf meinen Anruf gewartet. Nein, nicht vielleicht, ganz sicher. Ich kenn' sie doch, ich kenne jede Nuance ihrer Stimme.
»Ja, du, alles klar … Wetter ist schön … und, äh …«
»Björn?«
»Ja.«
»Kannst du vielleicht später noch mal anrufen, ich bin gerade auf dem Sprung.«
»Kein Problem, ich muss auch weiter.«
»Wir können ja heute Abend noch mal telefonieren«, schlägt Karin vor.
»Gerne, wann?«
»Keine Ahnung, heute Abend eben.«
»Soll ich anrufen oder du?«
»Versuch du es einfach, ja? Ich weiß nicht genau, wann ich wieder da bin, okay?«
»Klar.«
»Okay. Dann mach's gut, Björn.«
»Du auch, Karin.«
Was soll ich jetzt noch sagen? Ich kann mich doch nicht so von ihr verabschieden.
Klick!

Ich habe sie weggedrückt. Einfach so. Sie wird sauer sein. Sie wird das Handy anschauen und fluchen! Nein, wird sie nicht. Sie wird sich Gedanken machen.

Ich lasse das Handy in die Funktionshose gleiten und blicke meinen Wandergenossen an: keine Ahnung, wo Friedhelm mit seinen Gedanken ist, er hat sicher nur Hunger, und eigentlich zählt nur das. Aber – vielleicht stimmt das auch gar nicht. Vielleicht will Friedhelm etwas ganz anderes. Zum Beispiel die Freiheit.

Vielleicht hat Karin mir die Chance gegeben, das zu tun, was ich wirklich will. Es war keine Strafe, es war eine Chance, und ich habe sie genutzt. Das hier wäre der richtige Moment, um diese Chance auch Friedhelm zu geben.

»Ich habe die schlauste, beste und liebenswerteste Frau auf der ganzen Welt.«

Das kann Friedhelm nicht verstehen, er kennt sie ja gar nicht.

»Sie hat das alles hier für mich getan.«

Auch das wird Friedhelm nicht verstehen.

»Für mich!«

Friedhelm bewegt sich nicht mehr. Die Zeit ist wie eingefroren. Ich wette, dass sich in dieser Sekunde kein Zeiger bewegt. Ein historischer Moment. Für mich, für Friedhelm und ein bisschen auch für die Uckermark.

»Willst du weg? Soll ich dich freilassen?«

Friedhelm scheint diese Frage noch nie gehört zu haben.

»Wenn du willst, kannst du abhauen. Ehrlich. Kein Scheiß. Guck!«

Ich schmeiße den Zügel demonstrativ weg.

Friedhelm lässt die Ohren kreisen. Es scheint, als könne er auf diese Art weitere Informationen sammeln. Die Zeit läuft wieder. Eine neue Zeitrechnung.

»Ich meine es ernst, wenn du willst, kannst du los.«

Ich konnte es, jetzt ist er dran. Er hat keine Karin, die ihm das möglich macht. Ich bin seine Karin.

Friedhelm furzt – das ist die Aufregung. Wenn ich vor wichtigen Entscheidungen stehe, habe ich auch dieses Magenrumpeln.

»Was ist. Ab! Los! Hüa! Hüa! Hüa! Ab!«

Ich klatsche in die Hände, wie ich es in unzähligen Fury-Filmen gesehen habe, wenn der kleine Junge sich von seinem stolzen Hengst trennen muss, weil Papa das Geld braucht. Ich habe diese Szenen gehasst, weil ich sie nicht verstanden habe. Für manche Dinge muss man reifen, um sie zu verstehen. Manch einem gelingt es nie. Und manch einer braucht einen gewaltigen Schubs in die richtige Richtung, um sie zu verstehen.

Friedhelm wird nervös, er furzt in immer kürzer werdenden Intervallen. Er scheint tatsächlich zu begreifen, welche einmalige Gelegenheit sich ihm da bietet. Ein Leben in Freiheit, ein Leben ohne Lehrer und Selbstverwirklicher, ein Leben ohne Sabine, Markus und all die anderen, die die unterschiedlichsten Motive und Beweggründe haben, mit ihm durch die Uckermark zu marschieren, um anschließend ein halbes Jahr davon zu erzählen.

Friedhelm rührt sich nicht von der Stelle. Vielleicht traut er mir nicht. Ich gehe auf ihn zu, mit den Händen klatschend. Ein Fehler.

Ein Pferd würde jetzt auf der Stelle wegrennen. Ein

Esel macht das Gegenteil. Er bleibt stehen. Ich erinnere mich an eine Geschichte, die ich mal über Esel gelesen habe, in ihr wird diese Situation genau beschrieben.

Es ist besser, nicht zu klatschen, wenn man einen Esel zur Flucht überreden will oder ihn nur antreiben möchte. Beim Fall der Mauer hatte das Klatschen Sinn. Oberst Marvin & Co. wollten die Freiheit und wurden durch das Klatschen nicht nur frenetisch begeistert, sondern auch ausgiebig motiviert, das Weite zu suchen, um es im Westen zu finden. Aber ein Esel hat damit nichts an den Ohren.

Ich gehe langsam auf ihn zu. Für Friedhelm der pure Stress.

»Ganz ruhig, ich will dir nichts. Ich will dir wirklich nichts.«

Friedhelm furzt.

Jetzt streichele ich sein Fell. Ich muss dabei über meinen Schatten springen, es stinkt fürchterlich. Die meisten Eselfürze sind geruchlos. Diese hier nicht. Es sind Stressfürze, die übelste Ansammlung von Schwefelgerüchen seit der Erfindung der Hölle und Eintöpfen aller Art.

»Alles gut, mein Freund. Ich werde dir jetzt dein Halfter abnehmen, okay?«

Friedhelm lässt es geschehen.

»Und jetzt nehme ich dir die Taschen ab, okay?«

Auch das lässt Friedhelm geschehen.

»Jetzt die Decke, dann bist du frei!«

Himmel, ich zittere jetzt auch. Ich schenke einem Lebewesen die Freiheit. Friedhelm bekommt von mir kein Abschlusszeugnis, sondern ein selbstbestimmtes Leben. Nicht mehr und nicht weniger.

Ich fühle mich großartig dabei.

Und jetzt, wo ich die Decke in der Hand halte, zittere ich.

»Mach's gut, Friedhelm.«

Friedhelm furzt nicht mehr.

Ich muss schlucken.

Friedhelm richtet seine Ohren in meine Richtung.

Ich schluchze.

Friedhelm legt seinen Kopf auf meine rechte Schulter.

Ich weine … hemmungslos. Friedhelm rührt sich keinen Zentimeter, und ich rieche seinen warmen Eselatem. So nah waren wir uns noch nie.

Zwei Freunde in der Uckermark. Es ist kitschig, aber schön.

Ich weine.

Weine. Weine. Weine.

Das ist es – das Glück! Zum Fassen nahe, auf meiner Schulter.

Friedhelm!

41. Der erste Tag vom Rest meines Lebens – oder wie?

»Und Sie sind sicher, dass Sie da hinwollen?«
»Ich bin mir so was von sicher.«
»Da ist nix los!«
»Macht nix.«
Als ob hier woanders etwas los wäre.
»Ich fahr' Sie auch nach Prenzlau oder Templin.«
»Flieth-Stegelitz, ja?«
»Sie zahlen, ich fahre. Kein Thema.«
Flieth-Stegelitz ist nur 27 Kilometer von hier entfernt. Für den Fahrer scheint es am Ende der Welt zu sein. Er hat schon komisch geguckt, als ich ihm das Ziel meiner Fahrt genannt habe. Ich habe ihn auf dem Marktplatz in Pinzow angesprochen. Jetzt wirkt er noch weniger davon überzeugt, dass ich weiß, was ich tue.
»Na ja, wenn Sie sich da so sicher sind, dann wollen wir mal.«
»Ja, gerne.«
»Ich heiße übrigens Paul.«
»Björn.«
Wir schütteln uns die Hände, während er mit der noch freien Hand den Wagen startet.
»Eigentlich Paul-Elmar.«
»Lustiger Name.«
»Finden Sie?«

»Schon.«

»Na ja ... wenn Sie meinen.«

Wer in Pinzow vom Marktplatz aus startet, hat die kleine Gemeinde innerhalb von fünf Minuten schon verlassen. Es gibt noch nicht mal eine Ampel, die ein Verlassen verzögern würde. Lediglich einen Kreisverkehr, der auf seine Art ein wenig Schwung nach Pinzow bringt.

Paul-Elmars Wagen rumpelt und knarzt, die besten Tage hat er hinter sich, und der Diesel hämmert in Treckerlautstärke. Viel reden werden wir nicht, das ist schon mal klar.

»Laut, ne?«

»Hmh, ganz schön«, sage ich mit angehobener Stimme, damit man mich versteht.

»Der Auspuff.«

»Ah ja.«

»Müsste mal gemacht werden, aber ...«

Paul-Elmar reibt Daumen und Zeigefinger übereinander, das internationale Zeichen für mangelnden Cashflow.

»Und, gefällt es Ihnen hier?«

»Was?«

Um ihn zu verstehen, bräuchte man einen Satz Hörgeräte oder jemanden, der diesen unfassbar lauten Auspuff dämpft.

»Ob es Ihnen hier gefällt?«

»Ja. Können Sie vielleicht das Fenster schließen, dann ist es nicht so laut.«

»Kein Problem.«

Tatsächlich, es hilft.

»Aber nicht meckern, wenn es zu heiß wird.«

»Bestimmt nicht.«

Die Außentemperatur beträgt irgendwas zwischen 23 und 25 Grad. Jedenfalls stand das auf der roten Digitalanzeige eines Werbethermometers, das die örtliche Sparkasse den Bewohnern von Pinzow vor ihrer Filiale spendiert hat.

»Müssen Sie nicht eigentlich die ganze Strecke laufen?«
»Nee, das ist ja kein Pilgerweg.«
»Kein was?«
»Pilgerweg, wie bei Kerkeling.«
»Wer ist das denn?«
»Kerkeling?«
»Ja.«
»Ein Komiker, Hape Kerkeling ... der hat ein Buch geschrieben über den Jakobsweg ... *Ich bin dann mal weg* ...«
»Nie gehört.«
»War ein Bestseller.«

Paul-Elmar schüttelt den Kopf. »Sachen gibt's.«
»Und was machen Sie so, wenn ich fragen darf?«
»Ich fahre Sie nach Flieth-Stegelitz«, sagt Paul-Elmar. Ob er es witzig meint? Keine Ahnung.
»Und sonst?«
»Ich bin Kartoffelbauer in Bömerode.«
»Oh, interessant.«
»Na ja, klingt spannender, als es ist.«

Und jetzt erst fallen mir die Hände von Paul-Elmar auf. Diese Hände sind Werkzeuge, nicht für die filigranen Tätigkeiten des Lebens. Diese Hände können zupacken, wahrscheinlich können sie T-Träger verbiegen, ganz sicher aber können sie einen vor allem beschützen, was es auf dieser Welt an Bedrohungen gibt. Außer vor gelangweilten und lernunwilligen Schülern.

»Und Sie, was machen Sie, außer Urlaub?«

»Ich bin Lehrer.«

»Oh, auch nicht einfach.«

»Nee, ganz bestimmt nicht.«

»Immer diese Ferien und dann mittags schon Schluss.«

Wie konnte ich nur davon ausgehen, dass Paul-Elmar es ernst meinte.

»Alles Vorurteile.«

»Finden Sie? Haben Sie etwa keine zwölf Wochen Ferien?«

Doch, die habe ich.

»Und mittags Schluss?«

Ja, meistens. Jetzt wird es Zeit, sich zu verteidigen, gegen diesen Kartoffelbauern und diese ewig gleichen Klischees und Vorurteile.

»Ja, aber ... haben Sie schon mal unterrichtet?«, frage ich ihn, sehr spitz und ganz deutlich provozierend.

»Nee, und das brauch' ich auch nicht.«

»Wenn alle so denken würden, dann hätten wir aber ein Problem«, werfe ich ein.

»Was denn für ein Problem?«

»Keine Schulen, keine Ausbildung.«

»Richtig«, sagt Paul-Elmar.

»Ich denke, es macht schon Sinn, dass wir Lehrer haben. Ich habe mir jedenfalls etwas dabei gedacht, als ich Lehramt studiert habe.«

Die Hitze bekommt mir irgendwie nicht.

Paul-Elmar überlegt, aber nicht lange. »Wissen Sie,

was mein Vater mir damals gesagt hat, als ich eingeschult wurde?«

»Nein, leider nicht.«

»Mein Vater hat mir gesagt: Paul-Elmar, wenn dir die erste Klasse schon auf den Sack geht, dann habe ich sehr schlechte Nachrichten, was deine Zukunft angeht.«

»So schlimm wird es wohl nicht gewesen sein.«

»Nö, so schlimm war es nicht.«

Täusche ich mich, oder fährt Paul-Elmar besonders langsam. Flieth-Stegelitz ist immer noch 27 Kilometer entfernt, wie mir ein Schild am Straßenrand verrät.

»Die ersten Jahre waren nicht einfach, morgens musste ich in die Schule, nachmittags musste ich auf dem Hof helfen.«

Ein hartes Schicksal, keine Frage, aber von mir wird er kein Wort des Bedauerns hören.

»Aber irgendwann habe ich alles in den Griff bekommen.«

Toll.

»Auf dem Gymnasium ging es dann besser.«

Was? Paul-Elmar war auf dem Gymnasium. Diese Hände sind nicht entstanden durch das Pauken von humanistischen Gedanken.

»Hatte ein paar richtig gute Lehrer.«

Gute Lehrer, was soll das denn sein?

»Haben mich motiviert. Klasse! Muss ich immer noch sagen.«

»Und wie?«

»Was?«

»Wie haben die Lehrer Sie motiviert?«

Paul-Elmar lächelt. »Ganz einfach. Die haben mir gezeigt, dass Lernen Sinn macht.«

Das habe ich auch versucht.

»Ich habe dann sogar eine Klasse übersprungen.«

Der verarscht mich doch.

»Aber es sind ja leider nicht alle Lehrer so.«

Ja, das stimmt. Ich zum Beispiel.

»Wissen Sie, was ich denke: Wenn einer kein Lehrer werden will, dann soll er was anderes machen. Aber wenn einer sich das antut, dann richtig.«

Er hat recht. 27 Kilometer vor Flieth-Stegelitz bringt ein fremder Mensch es auf den Punkt.

»Was haben Sie nach dem Abitur gemacht? Sie haben doch Abitur?«

»Ich habe Medizin studiert, in Marburg. Direkt nach der Wende.«

Alles klar, diese Hände, die eben noch T-Träger verbiegen konnten, sollen Medizinerhände sein?

»Und dann?«

»Famulatur in Heidelberg.«

Natürlich.

»PJ in Hamburg. Dann ein Jahr Assistenzarzt in Dessau.«

»Haben Sie nicht gesagt, Sie seien Kartoffelbauer?«

»Ja, habe ich.«

»Ach, und nebenbei sind Sie Arzt?«

»Nö.«

Paul-Elmar grinst. Er versteht, dass ich da nicht mehr mitkomme.

»Vor einem Jahr ist mein Vater gestorben, da habe

ich den Hof übernommen. Von einem Tag auf den anderen.«

»Einfach so?«

»Na ja, eine Nacht habe ich schon drüber geschlafen und mir nur eine Frage gestellt: Was willst du? Wenn Sie diese Frage für sich beantworten können, dann kommt alles andere von ganz allein.«

Was willst du? Was willst du? Was willst du? Dann ist auch die Antwort auf »Wer bist du?« ... »Wen liebst du?« ganz einfach. Sie kommt, ohne nachzudenken. Sie ist da. Und wenn nicht, dann gab es auch nie eine Antwort.

An uns rauscht erst Dokorow, dann Neuzellerode und schließlich Hültlin vorbei, dann sehe ich das Ortseingangsschild von Flieth-Stegelitz, und jetzt ist mir endgültig alles klar.

Endlich.

Was willst du? Ich habe nicht nur diese Frage vergessen, ich habe auch vergessen, dass es darauf eine Antwort gibt. Und dass bereits die Suche nach dieser Antwort das Ticket zum Glück sein kann.

Jetzt erinnere ich mich daran.

Es ist nicht zu spät. Es ist nie zu spät.

Ich weiß jetzt, was ich will.

»Paul-Elmar? Können Sie mal kurz halten?«

»Klar.«

Ich zücke mein Handy und suche die Seite von eBay, denn einen Teil von dem, was ich will, muss ich nun ganz dringend ersteigern.

»Alles klar?«, will Paul-Elmar von mir wissen.

»Klarer geht's nicht!«

»Na dann. Was dagegen, wenn ich das Fenster wieder aufmache?«

»Nee.«

»Braucht der eigentlich mal Wasser?«

Ich schaue in den Rückspiegel und sehe Friedhelm, der zufrieden auf der Ladefläche des kleinen Lkws steht und sich wundert, dass er zum ersten Mal in seinem Leben die Strecke zurück nach Flieth-Stegelitz nicht laufen muss.

»Ich glaube nicht, er hätte sich gemeldet. Esel wissen immer ganz genau, was sie brauchen, die melden sich.«

»Schlaue Tiere.«

»O ja, sehr schlau.«

42. Soljanka und glücklich werden

»Ich weiß nicht, darüber habe ich mir noch nie Gedanken gemacht«, sagt Bärbel und wirft einen Blick auf Friedhelm.

Dann wuschelt sie ihm über seinen Kopf und klopft sanft auf seine Flanke. Friedhelm verhält sich neutral, was ich ihm hoch anrechne. Immerhin ist Bärbel sein Frauchen, oder wie auch immer man die Besitzerin eines Esels nennt.

»Würden Sie sich denn Gedanken machen?«, frage ich.

»Mich hat das noch nie einer gefragt. Die meisten kommen zurück, geben ihren Esel ab und gut. Sie sind der Erste, der seinen Esel kaufen will.«

Friedhelm nickt. Ganz sicher. Nicht etwa, um das Gras vor seinem Kopf besser zu erreichen, er nickt, weil er dem zustimmt, was ich von seinem Frauchen will.

»Ich weiß, es mag alles ungewöhnlich klingen, aber ich bin fest entschlossen, Friedhelm zu kaufen.«

»Sie haben ja noch nicht mal die ganze Tour gemacht.«

»Ja, weil ich mir jetzt schon sicher bin.«

»Und was wollen Sie mit ihm machen?«

»Die Frage sollte eher lauten, was wird er mit mir machen.«

»Versteh' ich nicht. Was soll er denn mit Ihnen machen?«

Ich habe keine Lust, Bärbel zu erklären, was Friedhelm

bereits mit mir gemacht hat, sie soll mir jetzt einen Preis nennen und gut.

»Na ja, Ihre Sache. Ich lass' es mir durch den Kopf gehen.«

»Wann?«

»Bald.«

»Wann genau?«

»Friedhelm ist ein Tier, an dem ich hänge«, sagt Bärbel.

»Ich doch auch.«

»Das verkauft man nicht einfach so.«

»Ich will ihn ja auch nicht einfach so kaufen.«

»Und ich kenne Sie eigentlich gar nicht.«

»Okay, lernen Sie mich kennen.«

»Soll das ein Scherz sein?«

Nein, das ist kein Scherz. Ich bin bereit, eine Menge zu tun. Wenn es sein muss, starte ich ein Kennenlernprogramm der Extraklasse, ich mache einen Seelenstriptease. Ich werde ihr mehr Details von mir verraten als in jedem Bewerbungsgespräch. Ich packe aus – komplett. Körpergröße, Gewicht, politische Neigungen, Lieblingssendungen, Lieblingsbücher, Mordphantasien, Lieblingsobst, Lieblingskäse, Sockenwechselfrequenz – alles! Ich will Friedhelm!

»Okay, gehen Sie mit mir essen«, schlägt Bärbel vor.

»Wann?«

»Wenn ich fertig bin.«

»Wann ist das genau?«

Sie lächelt. Ein Teilerfolg.

»In zwei Stunden. Ich muss erst die anderen Esel fertig machen.«

»Wo?«

Bärbel lacht. »Der war gut. In Flieth-Stegelitz ist die Auswahl nicht sehr groß.«

»Umso besser.«

»Es gibt nur eine Gaststätte.«

»Wunderbar, die nehmen wir.«

»Ja, die nehmen wir. Machen Sie dann Friedhelm fertig? Seine Hufe haben es nötig.«

»Natürlich.«

Die Eselsburg ist nur mäßig besucht. Der Wirt und zwei weitere Gäste mustern uns unentwegt, in der Hoffnung, endlich mehr über den Grund unseres Besuches zu erfahren. Die Gaststätte macht einen soliden Eindruck, gehört jedoch zu den Exemplaren, die noch nie bessere Zeiten erlebt haben, aber noch immer davon träumen. An der Wand hängen ein paar Fußballwimpel von Vereinen, die ich nicht kenne, deren Namen allerdings auffällig oft mit Lokomotive, Turbine oder Dynamo anfangen.

Bärbel und ich sitzen in einer Ecke der Eselsburg und warten auf unsere Soljanka.

»Ich kann mich noch an Ihre Frau erinnern«, sagt Bärbel.

Ich auch.

»Sie klang sehr nett am Telefon.«

Ja, das kann sie.

»Ist noch gar nicht so lange her, dass sie die Reise für Sie gebucht hat. Sie hatte Glück, war nämlich gerade noch ein Esel frei geworden.«

Friedhelm, alles ist Schicksal.

»Wissen Sie, was Ihre Frau mir gesagt hat?«

»Nein, weiß ich nicht.«

»Sie seien ein wenig speziell.«

»Speziell?«

»Habe ich mir gemerkt, speziell sagt hier nämlich keiner. Ich habe nachgefragt, was sie damit meint, und sie hat gesagt, Sie sind Lehrer.«

»Und weiter?«

»Nichts weiter, sie meinte, das würde reichen, um ›speziell‹ zu verstehen.«

»Tja, wenn sie das meint – und was war Ihr Eindruck?«

»Von Ihrer Frau?«

»Von mir? Speziell?«

»Na ja, auf den ersten Blick sahen Sie aus wie alle, die sich bei mir einen Esel leihen.«

»Und auf den zweiten Blick?«

»Auch.«

Wer auch immer in der Küche die Soljanka für uns aufwärmt, der Wirt hat damit nichts zu tun. Er fixiert mich mit einem frostigen Blick, keineswegs froh, endlich einen Gast zu haben, der hier mehr verzehrt als nur ein Bier am Tresen wie die anderen beiden Gäste.

»Kennen Sie den näher?« Ich lenke Bärbels Blick unauffällig zum Wirt.

»Ja.«

»Warum starrt der mich so an?«

»Soll ich ihn fragen?«

»Bloß nicht. Ich frage lieber Sie.«

»Er ist mein Vater.«

Natürlich.

»Warum ist Ihre Frau eigentlich nicht mitgekommen?«
»Wollte sie das?«, frage ich schlagartig interessiert.
»Nein, sie hat ausdrücklich nur für Sie gebucht.«
»Ich weiß es nicht. Schon ungewöhnlich, oder?«
»Eigentlich nicht.«
Der Wirt ist verschwunden.
»Eigentlich machen meistens Singles die Reise.«
Stimmt, kann ich bestätigen. Gerne auch Singles mit wahnsinnigen Stimmen und alleinstehende Mörder mit günstiger Sozialprognose.
»Die meisten versprechen sich ja was von der Reise mit dem Esel«, fügt Bärbel hinzu.
»Aber doch nicht das Ende des Singledaseins.«
»Nein, das wohl nicht.«
Bärbels Vater bringt uns die Soljanka. Die beiden Teller dampfen.
»Guten Appetit«, sagt der Wirt.
»Danke.«
»Danke, Papa.«
»Schlafen Sie hier?«, will Bärbels Papa wissen.
»Ähm, ich ... ich weiß es noch nicht.«
»Ist gut, Papa.«
Bärbel möchte nicht, glaube ich, dass ihr Papa weiter nachfragt. Aber er scheint das nicht zu registrieren.
»Ich hätte noch ein Zimmer frei.«
Er hätte wahrscheinlich ganze Etagen frei. Der Mann meint es gut und hat einfach nur die Sorge, dass ich bei seiner Tochter übernachte. Warum? Ich wäre eine gute Partie. Eine verheiratete Partie. Das Erste, was dieser Mann an mir entdeckt haben dürfte, ist mein Ehering.

Aber der Mann braucht sich keine Sorgen zu machen. Ich will nicht seine Tochter, ich will ihren Esel. »Ich interessiere mich für Friedhelm.«

Die Blicke des Wirtes entgleisen.

»Den Esel Ihrer Tochter«, füge ich schnell hinzu, um sämtlichen Fehlinterpretationen vorzubeugen.

»Das stimmt, Papa. Er will Friedhelm kaufen.«

»Warum das denn, was wollen Sie denn mit einem Esel?«

»Genau diese Frage würde ich gerne mit ihm jetzt klären, ja?« Bärbels zielgerichtetes Lächeln bringt ihren Papa dazu, uns mit dieser Kernfrage und zwei Tellern Soljanka wieder allein zu lassen.

»Ja, also, was genau wollen Sie mit Friedhelm?«

Die Frage ist einfach, die Antwort noch viel einfacher. »Glücklich werden, endlich!«

Bärbel scheint zu verstehen, was ich sagen will. Sie stellt keine weiteren Fragen mehr.

Nur ich habe noch eine Frage, eine letzte: »Darf ich Sie noch um einen Gefallen bitten?«

43. Am Ende – Karin und ich

»Du hast was?«

Karins Stimme klingt, als hätte ich ihr gerade gestanden, die Unterschrift zu einer Geschlechtsumwandlung geleistet zu haben.

»Ich habe Friedhelm gekauft, gerade eben. Für 390 Euro.«

»Das ist nicht dein Ernst.«

»Doch, das ist mein voller Ernst. Und ich habe noch was gekauft. Ich habe zwei braune Freischwinger-Sessel ersteigert. Der Verkäufer kommt aus Soest, hat einen Mörderpreis dafür verlangt.«

»Die braunen Freischwinger?«

»Ja, und noch was … ich habe auch noch zwei Drucke von Miró und Matisse ersteigert mit Rahmen. Die waren ein echtes Schnäppchen.«

»Björn, alles in Ordnung?«

»Ach, Karin, alles ist so was von in Ordnung.«

»Möchtest du … nach Hause kommen?«

Karin fragt mich das wirklich. Aber ich freue mich nicht darüber, ich wundere mich noch nicht einmal. Vor ein paar Tagen noch wäre ich ausgerastet vor Glück. Nach Hause? Ich hätte geschrien! Doch jetzt ist alles anders, aber das weiß Karin nicht.

»Nein, ich möchte nicht nach Hause kommen.«

»Wir ... könnten noch nach Lucca fahren.«
»Wir?«
»Du und ich. Björn, ich wollte doch nur, dass du ...«
»Karin. Wir fahren nicht nach Lucca.«
»Wir könnten auch noch woanders hinfahren. Soll ich mal ins Netz gehen und recherchieren? Last Minute, Griechenland ist jetzt total günstig – oder Mauritius?«

Durch eine Telefonleitung lässt sich nicht jede emotionale Nuance der Stimme exakt erkennen, aber dass Karin leicht flattert, ist nicht zu überhören. Mauritius? Das war für uns nie ein Thema. Griechenland schon, aber das habe ich zu verhindern gewusst. Sie flattert. Aber ich will sie nicht nervös machen, denn dazu besteht kein Grund.

»Karin?«
»Ja.«
»Du musst nichts recherchieren. Ich weiß, wo wir unseren Urlaub machen.«
»Hey.«

Ist sie wirklich erleichtert, oder spielt sie die Erleichterte. Ich glaube, sie freut sich über das WIR in meinem letzten Satz.

»Ich hole dich am Bahnhof in Prenzlau ab, dann fahren wir hier nach Flieth-Stegelitz.«
»Björn?«
»Morgen kommt Inge zurück, die bekommst du dann, wird aber nicht einfach. Friedhelm beißt Inge immer, aber das kriegen wir auch noch hin.«
»Inge?«
»Sabines Esel.«
»Sabi–«

»Ich habe auch schon eine neue Strecke im Kopf. Wir marschieren die Ostroute, die soll wunderschön sein. Das Wetter dürfte zwar in den nächsten Tagen ein bisschen durchwachsen sein, aber was soll's. Wetter ist, was man daraus macht. Wäre nur gut, wenn du dir schnell noch so eine Funktionshose holst. Die sind schon praktisch, die trocknen ja in null Komma nix.«

»Björn, das ist nicht dein Ernst. Wir ... du meinst, wir beide sollen durch die Uckermark wandern, mit zwei Eseln?«

»Ja. Und ich finde, es wird verdammt nochmal allerhöchste Zeit.«

Ende

Danksagung

Danke, Uckermark, für alles!